天

Borderless

下

天下，在乎正义和你

天
Borderless
下

西口闲笔

徐国栋——著

法律出版社
北京

图书在版编目(CIP)数据

西口闲笔 / 徐国栋著. -- 北京：法律出版社，2021
ISBN 978-7-5197-5744-1

Ⅰ. ①西… Ⅱ. ①徐… Ⅲ. ①随笔－作品集－中国－当代 Ⅳ. ①I267.1

中国版本图书馆CIP数据核字(2021)第136844号

西口闲笔
XIKOU XIAN BI

作　　者：徐国栋
策划编辑：高　山
责任编辑：高　山　许莹洁
装帧设计：贾丹丹
出版发行：法律出版社
编辑统筹：学术·对外出版分社
责任校对：晁明慧
责任印制：陶　松
经　　销：新华书店
开　　本：A5
印　　张：9.375
字　　数：153千
版　　本：2021年10月第1版
印　　次：2021年10月第1次印刷
印　　刷：中煤（北京）印务有限公司
书　　号：ISBN 978-7-5197-5744-1
定　　价：59.00元

销售电话：010-83938349　客服电话：010-83938350　咨询电话：010-63939796
地　　址：北京市丰台区莲花池西里7号(100073)
网　　址：www.lawpress.com.cn
投稿邮箱：info@lawpress.com.cn
举报盗版邮箱：jbwq@lawpress.com.cn
凡购买本社图书，如有印装错误，我社负责退换。电话：010-83938349

作者简介

徐国栋

别号东海闲人。1961 年生于湖南省益阳市。从 1978 年至 1991 年，在西南政法学院、中国政法大学、中国社会科学院研究生院收尽学士、硕士、博士学位。先后在江西大学、中南政法学院、厦门大学任教；在罗马第二大学、米兰大学和哥伦比亚大学访学。主研民法基础理论和罗马法。任外国法制史研究会副会长，民法研究会常务理事。代表作为《中国民法典研究：徐国栋卷》（厦门大学出版社 2017 年版）、《绿色民法典草案》（社会科学文献出版社 2003 年版）、《民法基本原则解释一诚信原则的历史、实务、法理研究》（北京大学出版社 2014 年版）、《民法总论》（高等教育出版社 2007 年版）等，在《中国社会科学》《中国法学》《法学研究》等刊物发表论文 280 余篇。

《佛罗伦萨别墅》保罗•克里创作于 1926 年

序　言

本书名为“西口闲笔”。“西口”是西方国家的意思，人们普遍视为善地而纷至沓来。但“西口”就是“西口”，而不是“西天”。在中国民歌中，西口是一个不得不去的地方，去了叫人伤心，但如不去，哪怕是万分之一的改善现状的机会也得不到。西口谈不上好，但西口却是希望之地，尽管希望很小。现代的走西口，对多数中国人是一部辛酸史。著名的《逃荒》一书写道：一群逃荒到欧洲的中国人始终通过无线电与祖国保持联系，祖国的能源枯竭前，其电台最后为逃荒者们播送的一首歌就是《走西口》。读到这里，我潸然泪下，感悟到了一个中国人生活在西方的滋味。我个人认为，在某种意义上，把西方看作“西口”，是有道理的。你可以从那里得到许多东西，你也必须在那里失去许多东西。从失的角度看，西方就是“西口”，至少在生活上是如此。一方面，有人说得好，留洋像插队一样，都是坠落到社会的最底层[1]；还有人说得好，从中国到西方，是从钱少的地方到钱多的地方，其中的艰辛就可以想见了；另一方面，走西口最早的是留学者，他们大都是拿着西方国家的奖学金去的，坐的是人家出钱买票的飞机，谁都不会认为这样的钱是好拿的，必须以工作抵偿，工作者将付出腰肌劳损、汗水和白发的代价，但这样的“失”蕴含“得”。从得的角度看，则是另一番道理了。这种“得”，多半在学术上，你可以在西方开阔眼界，提高功力，得到与你付出的代价成比例的收获，把这些收获带回中国家乡或留在西口消费它们。

1994 年，通过桑德罗·斯奇巴尼教授的邀请，我到意大利访学两年，开始走西口。这一走就不可收，后来走到了俄罗斯及一些东欧国家，最后走到了美国。如此，基本把欧美这个大西口走了个透透。我的宏愿实现了。实现的过程中留下了一些笔记，它们构成本书的内容。

本书分为三个部分。第一部分是意大利闲笔；第二部分是美国闲笔；第三部分是俄罗斯及塔吉克斯坦闲笔，它们记录了我对到访过的几个最重要的国家的观察。

本书所收的文章，写的是三个“西口”，所以，本书书名中有“西口”字样；还有“闲笔”字样。所谓“闲笔”，是感情

〔1〕 参见朱乃肖:《巴黎岁月》，广州出版社 1994 年版，第 54 页。

笔墨而非逻辑笔墨，从形式的角度看，就是不带注释的文章。其实“闲笔”写得并不悠闲，而是费了力气写的。大凡能写论文的人，并不见得能轻松地写文学性的东西。说它是“闲笔”，不过说它是正式工作以外的产品而已。

本书极大地更新了2000年由中国法制出版社出版的《西口闲笔》一书的内容，只保留了其中对意大利的生活的观察记的大部分。所以，本书基本上是一本新书。它的出版出于高山编辑的赏识和推动，对此我十分感铭。

是为序。

2018年11月5日重写于厦门

2020年4月24日改写

目　录

一、意大利闲笔

二、美国闲笔

三、俄罗斯及塔吉克斯坦闲笔

一、意大利闲笔

出国催发作家梦

1997 年 12 月，我得到了去意大利访学的机会，由此开启了西口之旅。

尽管小西口的生活也不平凡，但大西口的生活更加不平凡，因为它是两种文明的强烈对比甚至冲撞，这样的对比和冲撞往往可以催生出许多文学作品。随手记录这种对比，便成了日记、书信等随笔性的文学。这方面的例子，在历史上太容易找了。而平凡的生活，往往造成流水账式的日记；没有分别，书信也无从产生。因此，踏上国门的人，恐怕都感到了写作机会的来临，恐怕都有写点什么的打算，只是有人把打算变成了现实；有人的打算仍然是打算而已。

上面是在我有机会走出国门赴意大利之时的想法。当时我的打算是，站在外国重新认识自己的祖国，并深入地认识自己所处的意大利，从而获得一种对中西文化比较的更深入的认识，因为我在国内曾经跟随潮流，搞过中西文化比较研究，我想检验一下自己的研究结论。这是我写作这本书的最初的动机。为了这一考虑，在我出国的有限行装中，除了各种词典外，我带的唯一的一本中文书就是《林语堂论中西文化》——顺便说一句，后来我在巴黎朋友处见到了由作者亲笔签名赠给其法国朋友，法国朋友的子孙又赠给了我的朋友的这本书的法译本，但这样的对“祖母时装的发现”并没有带给我惊喜，因为根据我自己的国外生活经验，我认为这本书的许多结论都下得过于匆忙。而我的结论是：在国内看洋人，越看越觉得与我们差别大；而在国外看洋人，越看越觉得与我们差别小，大家都是人嘛！一位留美的朋友后来告诉我，美国的中国学学者，也是非常卖劲地鼓吹中美文化的差别，目的在于争取科研经费。当然，如果中美之间的文化差别不大或根本没有，这些学者的饭碗就成问题了。我觉得此语俏皮而实在，也是对我后来为何放弃了文化比较的写作动机的一个说明。

后来产生了另外的写作动机。来到国外后，我有很强的受欺骗感和愤懑感。以前想象出国留学的人都是国内的精英，因为国内的媒体经常介绍他们的辉煌，似乎某个国家在他们到来之前，生活是平淡的，一片死寂。他们来到后，太阳有了，风也吹起来了，一切都变了样子，于是就有了某某中国学者“震惊某国”，在“某国刮起中国风”[1]之类的神话。弄得我凡心大动，还想狐假虎威，沾他们一点光呢！而我生活在西方之后，在学者圈子内——且不说其他圈子了——我看到的多不是什么给中国的名字增添光彩的英雄人物，而多是叫中国害臊的人物，他们放弃国内的教授、学者身份，去取得某个国家的“赦免”而留在这个国家从事非学术职业；即使不留下来，也一头钻进某个中国餐馆打工，成了熟练的“二厨”“三厨”，头脑空空，带着几十公斤洋杂货回国；他们中的有些人，为了节省理发费，一年不理发，以披头散发的面目提醒人们他们是中国的访问学者；他们中的有些人，一到意大利就把自己的《意汉词典》封存起来，以便在回国时以高价卖给其他人或商店，因此留意一年而保持来意前的意语水平……凡此等等，国内的媒体从来没有报道过！我感到震撼、感到受了欺骗。我的见闻可谓多矣！中国基本跑遍，留学的朋友不知凡几，但他们也没有对我说起过这些，由于这一事实，我受骗的感觉更加强烈。当然，有些人是睁着眼睛

〔1〕 我见识过一个“某地刮起中国风”的实例。我的一个很好的朋友李五斤，在中国是大学教师，为了出国，他做了一个意大利人的家庭工。当然，他原来工作的大学并不知此事，还以为他受中意友好人士的邀请到意大利旅游去了呢！由于当家庭工使他觉得学非所用，于是他离开罗马到叫赫立尼的地方教人打篮球。赫立尼是如此之小，以致从来没有来过中国人，于是当地的小报就他的到来发表了一篇名为“赫立尼刮起中国风”的报道。可惜我的朋友意大利语不过关，只知道这篇报道与他有关，却不能阅读其具体内容，只能借助于我的帮助。他把这天的小报珍藏起来，谁知道他回国后会怎样利用这篇报道。这个实例使我怀疑所有的“某某在某国刮起中国风”的神话。

说瞎话，把他们的国外生活说得悠然自得，挑起其他人对他们的羡慕和出国欲；有些人是诚实的，回国后，以“大彻大悟”“心如死灰”的生活样式让人去想象他们的国外生活经历，但他们也无勇气把他们的国外生活经历如实地告诉他人，以致每个出国的人，都要像我一样在毫无准备的情况下去亲身体验国外生活带来的震撼和冲击。这是不应该的，因此，后来我的写作动机变成了如实地揭示中国人在国外的生活，让人们看到真相，从谎言中走出来。动机一变，所写的对象就由写洋人变成写国人了。如此写来，这将是一本“拆烂污”的书，怕要引起许多当事人的不高兴以及不讲真话的媒体的不高兴。上面讲的是受骗感的来源。

愤懑感的来源在于：我来到国外，并不仅仅对我自己的行为承担责任，在许多情况下，我遇到的不快事都是代人受过。同胞们的行为、政府的行为、其他留学生的行为，我们都是要为之承担责任的。在这种情况下不感到愤懑，那就怪了。

由于这一写作动机的存在，我写了一些关于国外生活的散文，在国内报章发表了几篇。这些文章，我自己也要把它们整理出版的，因此，一家出版社约我写一本关于“我在意大利的思考”式的书时，尽管我非常忙，我还是慨然应允，这不过是做一件我早就想做的事。编辑还抱歉地对我谈到了稿费的微薄，我对妻子说，没有稿费，我也会写的，这为的是自我表现的需要，为了揭露真相的需要。

正当本书交稿在即之时,我又得到天赐的机会重返意大利温习在意大利的生活,检验我过去的观察,并进一步收集材料。刚刚回国,正欲展笔大写之时,亲戚把我召到家乡打一场官司,使我剩下的写作时间或曰合同规定的交稿时间又少了几天。情急之下,我只得把上面说到的各种素材先输入电脑再说。输入的速度是一天一万字,慢慢地,本书的雏形出来了,它表现为一部散文集式的作品。说实话,我马上爱上了它,并且不打算改变了。

本书主要采用散文集的形式。由于我打算写一本中国人在国外的生活的书的计划;又由于出版社的约稿,回国以后,我购买并阅读了我能买到的全部由中国人写作描写国外生活的书作为自己写作的参考。这些书大致可以分为三个类型,一为歌颂友谊型,所歌颂的当然是作者与他生活过的国家的人民之间的友谊,这种作品很少。二为到此一游型,作者写了半天,实际上只写了一句话:我到过那个国家,外面的世界真精彩,读者诸君,如果你没有到过,你就羡慕我吧!对于这种书,最早用西方语言向西方读者介绍中国的作者之一陈季同先生的评论是中肯的:“没有什么东西比旅行笔记更为不完备和不可靠的了。对旅行者来说,第一个遇到的傻瓜往往就代表了一个民族的众生相。一个失去了地位的流浪汉的一番谈话,很可能被当作宝贵的资料。”“实际的情况常是,旅行尚未进行,而书已经写好,旅行的目的就是出书。只求弄出300页的印刷品，管它真实不真实！”[1]三为观察家型。中国人出国着实不易，因此，每个出了国的人都感到自己有一项神圣地把自己看到的外部世界告诉国人的义务。这类书的作者往往外语很好，能阅读大量的当地文献作研究和介绍当地社会之用，因此其作品具有研究色彩。不过，他们向国人介绍的，多是从书本所得的当地生活，而不是他们亲身体验的与外国人交往的生活。这类著作是涉外文学的上品。曹桂林的《北京人在纽约》，超乎三类之上，是绝品，他以大兵的口吻讲述了“自己”真实的身体的和心灵的纽约生活，像德尔·卡斯提略的《征服新西班牙信史》那样高妙。在涉外文学的写作方面，我只服曹桂林。不过，电视剧《北京人在纽约》就是两回事了，把原作阉割得不像话。无论如何，上述三类作品中的绝大多数，都实在令人失望，原因一，多数这些书写的国外生活，实际上是在国外的中国人的生活，作者对当地生活的了解少，这反映了中国人融入当地社会的困难。洋人们爱说，世界上最难同化的民族，一是犹太人；二是中国人。此言不虚。可以说，大部分中国人到了国外，吃的是中国饭，穿的是中国衣，有病了，用的是从中国带来的药，娶的是中国老婆，甚至看的是中国电视——直接播送的节目看不到，看的是录像！自成体系，基本上与当地社会不搭界。对

〔1〕 参见陈季同:《中国人自画像》，贵州人民出版社1998年版，第4页。

当地社会缺乏了解的缺点也将存在于本书中，尽管我已尽了最大的努力进入当地社会，但我最熟悉的生活，仍然是当地华人的生活。不过，由于我已作出的融入当地社会的努力，使我有可能在本书中写出一个我熟悉的并值得记载的意大利的人物志和地方志。原因二，作品太“公开话语”化，换言之，真话讲得不到位。这是对它们的内容的评价。说实话，当今的中国毕竟不是盛唐时期的中国，由于贫富的差别以及其他许多方面的差别，在西方世界做一个中国人，可不是一件容易的事情。任何一个人，如果真实地面对自己的感受，把它们写下来，都是一部酸楚的心灵史。这样的历史有助于人们正确地认识中国在世界上的地位和中国人在外国人心目中的形象，从而获得某种启示并产生改进的欲望，但它让那些心灵虚弱的人扫兴，对人们的出国积极性也会产生打击。因此，人们关于国外生活的公开话语与私人话语，很为不同。例如，痛苦表达仅见于留学过美国的闻一多的私人书信而不是公开的著作：“留学若非过来人孰知之？作中国人之苦，若非留学孰知之？”“一个有思想之中国青年留居美国之滋味，非笔墨所能形容，俟后年年底我归家度岁时，当与家人围炉絮谈，痛哭流涕，以泄余之积愤。”[1]因此，上述缺陷也与它们

---

〔1〕 参见《闻一多书信选辑》，载《新文学史料》1983年第4期。转引自王奇生：《留学与救国——抗战时期海外学人群像》，广西师范大学出版社1995年版，第28页。

的表达形式有关。

我已经说过，本书将是一本“拆烂污”的书，包括拆自己的烂污——一些不愿与人道之事的披露。当然，对我来说，自我暴露乃出于自愿，不存在私生活权的问题。但对于书中所涉的他人来说，如果不谨慎，不知要引起几多笔墨官司，这样的先例太多。尽管我是学法律的，打官司基本上是内行并且不需支付高昂的律师费，但我没有打官司的时间和精力。为了避免不必要的麻烦，凡本书所涉的人物，我都给他们取了假名，并且对他们的“事迹”都作了某种更改，以便人们看到本书后，不会很容易地把本书中的“李五斤”与实际生活中的某某人联系起来，给该人带来麻烦。本书中一些地点我也做了适当的虚化。因此，“本书所写人物、事件和地点，纯属虚构，如果与实际的人或事相同或类似，纯属巧合”。

1998年8月2日于武汉

遥望意大利

我的名字写在本书封面上，1961年出生于湖南省益阳市。到1990年，我已有了学士、硕士、博士三个法学学位，但还没有出过国。

我读硕士生的四个同学都出国了，我还待在国内。我读博士生的同学们出国的消息时有传来，我却还没有一点出国的消息。

我有幸成为《外国罗马法文库》的编委，十几个编委中，只有三个"土包子"，我是其中之一。

"该到脱土的时候了"，这是我们三个"土包子"的共同看法。应该说，如果我曾经努力，我会得到出国机会。这种努力包括在大街上拉人练英语口语啦；考托福啦；请自己的出名的导师推荐，然后毫不客气地自写推荐信，把自己说得像一朵花，让导师签字寄出啦，此为自费出国的途径一。在旅馆里找个洋人认识他，为他做大量的事，感动他，让他在经济上担保自己得以迈出国门啦，此为自费出国的途径二，通常为男同志所采用。就女同志而言，在涉外旅馆里结识一个男洋人，赢得他的心，与之结婚或建立起恋爱关系从而出国啦。找一个缺乏人手的洋人家庭当家庭工啦，等等。条条大路通罗马，这些都是路！就公费的途径而言，考 EPT，培训一年外语后出国啦；到一个与外国名牌大学有校际交流关系的中国名牌大学工作，通过学者交换出国啦；等等。上面所说的，是我认识的许多人的出国途径。总之，鱼有鱼路，虾有虾路，猪往前拱，鸡往后刨，各有各的路。我没有选择这些路，有两个原因：第一，我认为对于我们非外语专业者来讲，外语永远是工具而不是目的。在上帝只给每人每天 24 小时的前提下，花很多时间把外语弄得听说读写译皆通，专业就难免受到影响。我确实见过不少外语顶呱呱，专业一塌糊涂的实例。我认为这是一种失败，我不愿重蹈他们的覆辙。因此，在时间有限的条件下，我只把时间用于外语能为我的专业服务的范围，换言之，优先发展阅读翻译能力。所以，尽管我翻译了不少英文的专业著作，我的英语仍然大体上是个聋子和哑巴，不合出国要求。第二，我同意一位老前辈的看法：人应该在有点自己的东西的情况下出国，免得出去后人家总把你当学生耳提面命。因此，我在等待自己专业比较成熟的时期。而我自信我迟早是要出国的，因为我还年轻。因为西方需要同中国进行学术交流，而我从事的民法专业，它本身就是国际性的。

在三个“土包子”中的一个去了加拿大，只剩下两个的当口，机会终于来了。1992年春夏之交，我看到一张通知：意大利罗马大学的罗马法教授老斯将来我所在的南方大学访问并进行座谈，我意识到这个人皆可见的通知与我的联系。我在京都大学攻读民法硕士学位时，我的研究方向就是罗马法，来的教授与我专业对口；在京都大学学习期间，我已经翻译了英文版罗马法的名著《优士丁尼法学阶梯》为中文，该书由于种种原因未能出版，但它是一个我与罗马法之关联的证据。因此，在老斯教授到来之前，我就用英文写了一份自我介绍，除了说明自己的学习经历和翻译《法学阶梯》的经历外，还提出了到意大利进修罗马法的想法。几天后，老斯教授翩然而至，在座谈会上，我提了两个引起他注意的问题。在午饭的饭桌上，他就问起徐国栋何在了。下午的讲座结束时，我又向他呈上了我的《法学阶梯》译稿和几篇我已经发表的关于罗马法的论文的复印件。得知我是从英文翻译《法学阶梯》的，他表现出不屑；看了我的文章的英文标题——从中一眼就可看出英美法理论对文章内容的影响，他说英美法中的一些作家毁了罗马法；看了我的自我介绍，他笑了，因为我根据译音拼写他的意大利语姓名，产生了一个可笑的读音。在朋友的翻译下我与他进行这些交谈，而这个朋友，是希望我去意大利的，想必他的翻译也是在朝这个方向努力。总之，在交谈的结尾，老斯教授对我说了对我将来的学术发展产生了重大影响的话：

小伙子，你这样聪明。从现在起，你开始学意大利语和拉丁语，一年后你会在意大利。

说完这句话后，我再也没有在我的大学里见到过老斯教授。

这样的表示意味着什么呢？能够当真吗？我眼下没有其他的出国途径，只能当真。可以去的国家很多，一辈子也没有很多时间用来留学，极少的留学机会，就这样交给了意大利吗？

无论如何，我开始自学意大利语并开始关心拉丁语。在此之前，我对意大利语毫无认识，因此，对我而言这是一种极为困难的语言。但我并不缺乏对意大利的认识。而意大利与罗马的关系，又是难以分清的。

在去意大利之前，我对意大利已很有认识，这是因为无论是意大利的前身罗马还是继承罗马遗产的意大利，都在人类的历史上留下了太多的痕迹，稍读书的人不可能不注意到，何况我是一个对历史极有兴趣的人呢！

在历史的悠久和功业的巨大上，找不到哪个国家像意大利与中国那样相似的，两者都有辉煌的古代，不幸的近代和重新开始的现代。在历史上，恐怕只有不多的几个民族有过罗马人那样的功业，这些功业永远激励着心怀大志的人们，使罗马史不断地成为英雄主义的来源。

在公元前753年的地图上（假如当时有地图的话），罗马不过是亚平宁半岛中部的一个小白点，它当时是一个小小的城市或村庄，第一任王罗慕鲁斯用犁头把它设计成方形。当时城市的状况，按孟德斯鸠的说法，甚至连街道都没有，房屋是毫无秩序地分散在各处，而且非常之小，没有一点伟大的迹象[1]。卫生环境糟不可言，当时没有厕所，房前屋后，阴暗角落，排泄自由，到处充满粪臭。当时地中海世界处在以掠夺其他民族为正常生计的自然状态，罗马人也把抢劫外邦人当作自己的副业，每当农闲期，罗慕鲁斯就带着他的罗马执矛夫们四处干着此等营生。不知是他为搞个人崇拜放出来的谣言，还是事实确实如此，反正他被认为是战神马尔斯与一个被幽禁的少女生的孪生子之一。由于是战神的后裔，战争成为罗马人的职业和艺术。这种艺术的杰作之一是军纪，罗马人实行一种“十中杀一”的军刑法。凡在作战中溃逃的团队，回来后请排好队，每隔九人处死一人。这样做的目的是让战士们知道军纪比敌人更可怕，与其死于军纪，不如冲向

〔1〕 参见［法］孟德斯鸠：《罗马盛衰原因论》，婉琳译，商务印书馆1962年版，第1页。

敌人。这样的军队是疯狂的。军纪应该是所有的罗马法的萌芽，它培育了罗马人的规范意识，法律正是在这种意识的沃土上成长起来。后来在罗马土地上成长起成熟的法律和法学，其原因许多人归之于“商品经济”。实际上，在罗马人发动征服迦太基人的第三次布匿战争之前，罗马的“商品经济”很不发达，是一个农夫的国家，国家以农为本，人民以农为乐，做生意叫人看不起，被认为是低下的职业。而在这时，罗马法就很发达了。想来想去，我只能把长期的战争环境养成的规范意识当作罗马法发达的原因。

罗慕鲁斯本人就是这样一些优秀军人的首领，他善于使矛，这是一种烧烤木棍的一端后磨尖形成的武器，与现在的铁矛不同，罗慕鲁斯因此得到了“执矛夫”（Quiris）的绰号，跟他一起做营生的罗马公社成员也自称为“执矛夫们”（Quirites）。在当时，罗马民族理所当然地打劫其他民族，反之亦然。因此，最初的罗马城和罗马公社是为了防卫其他民族的打劫，由三个部落（分为30个库里亚和300个氏族）结盟形成的，由此形成了最早的罗马民族，他们自号“罗马人民”（Populus romanus）或“执矛夫罗马人民”（Populus romanus quirites）。执矛夫的自称直到图留斯改革后才被“市民”（Civis）取代。最初，Civis的含义与“执矛夫”差不多，它由动词Ciere（召集、发动）的直陈式完成时形式civi派生而来，是“受征召者”的意思，引申为“市民”“战士”。随着打劫时代的结束，罗马人文明起来，Civis 的形容词 Civilis 遂有了“文质彬彬”的意思。从 Civis 又派生出 Civitas。最初它是“许多战士集合起来组成的军队或战斗团体”的含义，后来就转化为“城邦”或“市民社会”的含义。由于对法律的重视程度不同，希腊人和罗马人对“城邦”的理解也不一样。希腊人认为城邦是平等的公民的组合，强调城邦成员之平等性；而罗马人对城邦的理解却是：不同的民族，共同的法律。法律被理解为联系众多不同民族的唯一纽带。

确实，罗马人民是种族混杂的产物。建城之初，为了扩充自己的实力，罗慕鲁斯把罗马当作一个接纳形形色色的外来人的庇护所，无论他们是逃犯，还是身份极为低贱。罗马文化的巨大包容性从此开始。作为军事和宗教首领的罗慕鲁斯把他管辖的诸民族分为三个部落，一个部落由拉丁人构成；另一个部落由萨宾人构成；最后一个部落包罗了所有其他民族成分，是一个种族熔炉。早期的拉丁人多是逃到罗马方城避难的光棍汉，没有堂客。为了解决他们的感情问题和后代问题，罗慕鲁斯策划了一起阴谋：他谎称发现了孔苏斯神灵埋藏在地下的灵坛，为此举行了一个盛大的献祭仪式，吸引得邻近山头的萨宾族姑娘都来看热闹。在这个节骨眼上，罗慕鲁斯举杯为号，所有的光棍汉立刻像饿狼一样扑向那些如花似玉的萨宾族姑娘，据说抢了 683 人回家做老婆，恩恩爱爱生孩子。萨宾人哪里咽得下这口气，于是发兵攻打罗马。两军正在酣战，互有死伤，这时做了罗马人老婆的萨宾妇女看不下去了，抱着孩子挺身来到两军之间把双方隔开。军人们一时傻了眼，原来砍杀的要么是自己的岳父和大舅子；要么是自己的亲家、妹夫和外甥。骨肉相残，这是何苦？于是两军休战言和，罗马与萨宾结秦晋之好，两族的头头共同做王。这段故事，成了西方美术史上的传统题材。萨宾人也就这样成了罗马的一个部落。

罗马—萨宾联合后，过了一段时间，罗慕鲁斯神秘失踪，王位要有人坐，于是，一个哲学爱好者努马被选为王。他认为罗马人过分尚武，好激动，应该以宗教的精神柔化这个民族，为此他为罗马人制定了各种宗教制度，给罗马的各种各样的神排了座次，完善了祭司团，使罗马人固有的宗教精神得到了强化。他校正了历法，为我们现在使用的罗马历开了一个头。他建立了各种团体，力图以根据职业划分人民取代根据种族的划分，以消弭族际的矛盾。他在位期间，罗马无战争，罗马人走向文治了。

又过了若干年，一个埃特鲁斯人塔克文·普里斯科赶着载满财富的马车，带着大批随从，野心勃勃地来到罗马，一来就发表竞选演说，许诺要把罗马的基本建设搞好，改善卫生条件，老实的罗马人听信了他的花言巧语，让他当上了王。由此开创了商人王的时代，结束了农民王的时代。当时罗马的王可不是世袭的，由选举产生，这与东方的父子相传、兄终弟及的王可不一样。埃特鲁斯人既比罗马人富有，又比罗马人善于搞工商业。老塔克文不负众望，给了罗马人一个新罗马：沼泽排干了，它原来的地方成了漂亮的广场，罗马人和各族人民在上面做生意、谈政治、学法律；街道取直垫平了，建筑物改用石头，而不是过去的土砖修造；卫生状况得到了根本的改善，开始禁止随地大小便。罗马终于有了伟大的气象。老天爷，这可是引进外邦王的结果啊！他也不能白白地给罗马人好处，于是他把元老的人数由 100 人增加到 200 人，所有的亲信都被安插进去。后来一直是埃特鲁斯人做罗马王，直到共和。

在共和之前的期间，出过一位贤王塞尔维尤斯·图留斯，尽管他是非经选举登位的。他原是拉丁人，由于娶了埃特鲁斯王老塔克文的女儿而被视为其太太的同族人。他进行了一场改革，按财产把所有的罗马执矛夫们分为六个等级，按地域而不是血缘出身划分罗马居民，设立了长官来治理他们，由此打碎了过去的部落和氏族组织，大大地加强了中央的权力和权威，把过去放在部落、氏族和家族的权力收回来不少。此时个人开始作为他自己被理解，而不是作为某个团体的一员被理解。对图留斯的改革，人们普遍认为它意味着罗马国家的诞生，这个时候的罗马不复为公社，而是国家。这样的以个人为单元的政治结构，就是城邦，在其基础上产生了市民法。此前的罗马法，讲究的作者将之称为“奎里蒂法”或曰“执矛夫的法”，它以氏族或家族而不是个人作为自己的基本适用对象。

罗马人采用了亚里士多德的宪法观，把公社的权力机关分为王、元老院、人民、祭司团四种，他们互相制约，政治体制运转得还不错。卢梭在其《社会契约论》一书中对此颇多赞誉。但任何好的制度都有出现问题的时候。最后一个埃特鲁斯王高傲者塔克文就不像话了。他以阴谋夺取了王位，而且想搞世袭制；私生活管理不严，纵容自己的儿子强奸了女市民露克蕾齐娅。而这个被害人又性烈如火，告诉丈夫真相后自杀了！这还了得！露克蕾齐娅摆在广场上的尸体成了革命的号角，罗马人民已不能容忍小塔克文，也不能容忍他所体现的宪法制度。于是，质朴的罗马青年布鲁图率领人民进行了一场革命，把塔克文赶出了罗马，宣誓进行共和。此时产生了“共和国”（Res publicae）一词，后来的西方语言中的“共和国”一词，都是从它而来。事实上，它的拉丁原意是“公物”，正确的翻译应该是“国家”，无非体现的是“国家者天下人之国家，非一姓之国家也”的意思。这个词还有各种来源不一的种族混为一体的意思。以前罗马人总是说“拉丁人的物”“萨宾人的物”“阿尔巴人的物”等，现在大家都是一家子了，何必分得那么细！于是以“公物”一词一笔抹杀了“你的”和“我的”的界限，形成了民族大团结的局面。

敌人总是不甘心失败的。罗马人没有除掉塔克文这坏小子,而只是驱逐了他,留下了后患。他王当不成了,就鼓动外国人进攻罗马,成了可耻的人。当然,他的阴谋像所有其他的阴谋一样,由于不是正义的事业,当然不会成功。

共和对王政的取代,是一种宪法对另一种宪法的取代。在共和之初,罗马人认真地考虑过将来的政治体制问题。最后一任王的权力滥用,使罗马人比孟德斯鸠更早地发现了绝对的权力产生绝对的腐败的历史规律,因此,权力过分集中的现象不能再继续下去了。于是,罗马人设立了两个执政官作为集体的国家元首取代过去的王。对权力的控制,权力彼此制约的方法和限制权力存续期限的方法,罗马人兼用之。执政官由选举产生,任期一年,因此其权力受到任期的限制;两个执政官对其同僚的提案享有否决权,一个的权力限制另一个的权力,形成了相互制约。领导人民驱王的布鲁图与他的同志科拉丁努斯当选第一任执政官。从此,罗马人以执政官纪年,例如,罗马公民马尔库斯在提到他儿子的生日时会这样说:犬子是在布鲁图担任执政官的那年的正月十五出生的。而在以前,罗马人以建城以来下数若干年的方式来纪年。

当然,元老院继续存在,而且其权力还有所加强,各种人民大会也开得轰轰烈烈。最重要的是,各种长官设立起来。执政官当然是长官之一,其他的长官还有市政官、营造官、裁判官、监察官等。裁判官对罗马法的发展产生了深远的影响，他们推动了罗马法的进步和人道化，使之成为法官的法。监察官的存在，则使贡斯当产生了对古代的自由与现代的自由进行比较的兴趣。这位 19 世纪的法国人认为，古人的自由是团体的自由，从事公共事务的自由，而他们的私人生活毫无自由可言；而现代人的自由是个人的自由，在私人事务上的自由。看一看古罗马的监察官的职权，不能不承认贡斯当讲得有一定道理。监察官可以检查市民的生活和行为，婚嫁、养育子女、日常生活的安排、请客吃饭等，监察官都可以管。他们还可安置人员对别人进行监视、告诫并进行惩罚，完全一个盖世太保！不过，通过监察官，过去由习俗调整的家庭成员之间的内部关系已经国家化了，这使国家的权力得到加强，当时这是一种进步。而且监察官还掌管罗马的人口普查和财产普查，以确定征兵和纳税的依据。这些都是很现代的治国手段。

共和时期，祭司团仍然存在，因为罗马人的迷信观念一点没改，他们主要信仰朱庇特神、马尔斯战神、朱庇特的姐妹兼妻子朱诺神以及其他许多小神。这些是公共的神，除此以外，每家还信仰自己的神。罗马人深信，世界是天神和凡人共同居住的城邦，神时刻在他们身边。凡有重大行动，非征求神的意见不可，于是有了许多的占卜官，他们通过观察动物的内脏判断神的意向以决定行止。所有有谕令权的长官都是业余的占卜师。罗马人的长官分为大长官与小长官两类，区别在于前者有“法西斯”的仪仗—— 一队侍卫高举的中间插着一把斧头的木棒，它是权力的象征，据说这是罗马人从埃特鲁斯人那里学来的东西。长官每每遇到群众情绪冲动，要有过激行动的时候，就装模作样地占卜，得到的神谕多是这样的行动搞不得，什么时候可以搞，须等待进一步的指示。这么一拖，群众的情绪就冷却下来了。长官的这种占卜权，不失为控制群众的一种有效方法。

在宗教问题上，罗马人的态度也是海纳百川，有容乃大。正如外邦人是罗马人口的主要来源；外邦的神也是罗马诸神的主要来源。我们记得朱诺神就是罗马人在征服维爱后从那里请到罗马来的，她并未因曾被敌人供奉过而受嫌弃，罗马人倒是使她与其爱寻花问柳的丈夫团聚了。而朱庇特本身，我们都知道他是希腊的神，不知他怎么来的罗马，反正他是先做了希腊人的神，后来才成了希腊人和罗马人共同的神。这种对外邦的神不断吸纳的过程最后导致了万神殿的诞生，这是一个安置各种来历的神的地方，现在是一个天主教堂和意大利第一任国王维多略·埃曼努尔和拉斐尔的坟墓，他们被以一种奇怪的方式安葬——安葬在墙上，这种中国人认为不舒服的安葬方式却是当地人的殊荣，属国葬待遇。由于罗马人对外邦神的这种开放态度，相信当时罗马人若与中国人有交道，孔子肯定也会在万神殿里有一席之地。

独裁与民主的兼容，也可归之于罗马人。罗马人的民主宪法往往要付出效率的代价，七嘴八舌经常误了大事，紧急状态需要紧急措施来应对，罗马人因此创立了独裁官制度，他在国家处于危难时由执政官任命，任期只有 6 个月，享有绝对的权力，可以不经通常程序判处公民死刑。正是依靠独裁官，罗马人应付了许多的危机，包括几乎置罗马于死地的汉尼拔入侵意大利的危机。但独裁官的权力实际上是有控制的：一是受选任程序的控制，只有品德可靠的人才能当上独裁官；二是受任期的限制，危机一过，独裁官必须把绝对的权力交出来，因此，独裁官制度没有破坏罗马共和国的民主，相反使它更有力量。在民主制度下，独裁是一副为顽症而设的猛药。

共和时期留下了格拉古兄弟、迦图、西塞罗、维吉尔等伟大人物，他们共同建立了独立于希腊文化的罗马文化。

不读普鲁塔克的《提比略·格拉古传》和阿庇安的《罗马史》的相关部分，就不会明白马克思为何要在问卷调查中把格拉古列为自己最崇拜的人物。此人出身富家，却为群众着想，提出了土地改革法案。当时的罗马实行土地公有制，除了每个市民拥有的 2 罗马亩的私有地外，其他土地皆为公有，但贵族可以占有公地，只要交一定的地租就行了。这种占有没有期限，因此，名义上的占有权跟所有权差不多。许多贵族占有的土地广阔无边，而平民却不能享有这样的占有权。在这里，人们可能为在古代罗马就有了公有制而吃惊。确实，古代罗马有不少社会主义的因素。“面包和马戏”即为这种因素的两个表现。所谓“面包”，就是由国家免费在罗马城供应粮食，国家为此设立了专门的“供粮官”。这些面包吸引得全罗马领土的无产者都打马扬鞭往首都赶，于是无所事事的流民聚集起来；为了让他们安心娱乐而不是想着造反生事，国家又为他们提供免费的戏剧表演，此所谓“马戏”也。“面包和马戏”导致了罗马的腐化，那是后话。现在的问题是格拉古应如何消除公有土地利用机会不均等。其法案的主要内容为每人占有的公地不得超过 500 罗马亩，以使其他人也有占有公地的机会，这就触及了权贵者的利益，他们最终把格拉古杀害了，一个舍身求法的人为公众死去！格拉古的弟弟盖尤斯把改革进行到底，成就了乃兄之保护境遇最悲惨者的事业。一个崇拜格拉古的人，他本身也值得崇拜。

迦图为平民出身，自力更生致富，成了美德的化身。他受毕达哥拉斯学派的影响，认为肉体是灵魂的负担，应控制肉体的欲望使灵魂得到超脱。了解这种思想后，就会理解为何西方人的饮食比较简单。在迦图的时代，罗马人崇拜希腊文化，一切都搞希腊化。在罗马法学家的著作中，作者一定要插进几个希腊词显示自己够品位。正是老迦图，高扬起罗马文化优越论的旗帜，破除了对希腊的盲目崇拜，尽管他自己到老年还偷偷地学会了希腊文。这个伙计还一味主战，挑动元老院在毫无战争借口的情况下把罗马人的竞争者迦太基灭掉了。他还留给我们一部《论农业》的专著，表现了罗马人"以农为本"的价值观念和农业资本家的经营之道。

西塞罗的出身也不高贵，被戏称为"新人"。他是希腊文化的学生，几乎他的所有作品都是对希腊蓝本的模仿。他当执政官时适逢卡提林纳事件，他未经审判就处决了密谋者，而当时，罗马的被处死刑者享有"向人民申诉的权利"，他们可以把自己打扮得很悲惨，见人就流泪，乞求大家放他一马。但西塞罗没有给密谋者这样的机会，尽管他是共和国的救星，但罗马宪法要求正当的事情按正当的程序办，因此仍然要惩罚他，于是他被流放到希腊，上船之前还给其年轻的妻子写了一封悲悲切切的信。在那里他进修哲学，水平大有长进，回来后为其儿子写了一本《论义务》，此书的模仿性少得多，基本上是一部原创性的作品，表现了罗马人的价值观念。不读《论义务》，就无法理解罗马法的精神。完全可以说，罗马人的法律思想是义务本位的，西塞罗的书名不过揭示了这一事实。看来，义务本位论比人们所确信的要早得多。事实上，罗马人担任公职都是无酬的，甚至还要倒贴许多钱来进行公共建设，赢得人民的欢心，尽管这样的安排使得只有最富有或较富有的人才能为国服务，但这些人站出来为国服务，肯定不是为了"三年清知府，十万雪花银"，他们不是为了尽义务又是为了什么呢？当然，他们是为一个自己深爱的国家服务，而这个国家之所以可爱，乃因为它是 Res publicae，它是属于大家的。

维吉尔是罗马人自己的史诗作者，是奥古斯都的同时代人，受后者的庇护。《荷马史诗》让希腊文化站立起来。罗马文化要站立起来，也必须有自己的史诗！这是当时的罗马政府的结论。于是，奥古斯都召来维吉尔，对其下达了一项政治任务：搞出一部罗马人自己的史诗！财政上有什么困难就跟我说，国家予以解决。根据这位元首的授意，维吉尔写出了《伊尼阿德》，把罗马人的祖先追溯到特洛伊的王子，描述了先祖们的丰功伟绩。维吉尔沦为御用诗人，自然影响作品质量，但拉丁文因维吉尔而成熟，希腊字逐渐减少了，自己的词汇丰富起来，由一种粗鄙的语言而变得雅致，后来成为通用于欧洲的学术语言，尤其是法学的语言。当罗马法学繁盛后，拉丁文痛快地对希腊文进行了一次报复。遥想罗马人与希腊人接触的早期，罗马人出使希腊时，使者因讲希腊语结结巴巴而受到当地人的羞辱。帝国东移到拜占庭后，实行拉丁语与希腊语的双语制，但在法律领域，拉丁语是唯一的语言，弄得那些以希腊语为母语的学生痛苦不已，只得像罗马人费力地学希腊文那样费力地学拉丁文，学得汗流浃背，苦不堪言。所谓的拜占庭法，就是拜占庭人为克服拉丁语的困难发展起来的。如果当年的罗马使节能看到今天的局面，该是多么解气啊！

罗马人在进行上述宪法变革的同时，始终没有放弃过对外的扩张。有人说，处在亚平宁半岛中部良好位置的罗马城，就是为了在意大利称霸才建立起来。罗慕鲁斯的霸业在继续。到公元前146年，罗马人的领土已经囊括了整个亚平宁半岛、西西里岛、撒丁岛、科西嘉岛、非洲的埃及、突尼斯、毛里塔尼亚部分，北起多瑙河，南至撒哈拉沙漠的边缘。到公元14年，整个地中海的沿岸已经囊括在罗马帝国的版图之内了。到公元98~117年，罗马人的版图进一步沿海岸线向纵深推进，并且把不列颠群岛也囊括进来，整个地中海成了罗马帝国的内湖。领土扩张的过程，靠的是武力，一条杆棒等身齐，打得满天下都姓罗。一次征服不了来两次，耐心有的是！如果不服气，子子孙孙打下去，打不赢誓不罢休。全部都打败了，和平就降临了。人们把这样的和平唤作“罗马和平”。正是依靠这样的武力征服政策，罗马人成了世界的主人——当时人们的地理知识有限，人们所理解的世界就是地中海地区。在这个庞大的帝国内，容纳了各种各样的民族，人们讲各种各样的语言，但服从同样的法律——罗马法。当然，罗马人也给被征服的民族以相当的自治。

版图的扩大带来了政治体制的变革问题。孟德斯鸠说，幅员辽阔产生专制。此语可适用于罗马史，仅仅不能适用于美国、加拿大和澳大利亚。罗马的宪法结构与小城邦的环境相联，现在小城邦不存在了，面对的是一个横跨欧亚非三洲的大帝国。一种治理小城邦行之有效的方法对于治理大地域却不灵。美国人、加拿大人和澳大利亚人以联邦制取得了大国的好处，又不损失小国的民主自由，赋予地方以高度的自治。他们的国家是许多小共同体构成的大共同体，避免了基于行政效率需要产生的专制主义。但罗马人尚未找到这样的良方，于是，罗马宪法越来越向专制主义靠拢。这个时候，罗马人的军队已不是罗慕鲁斯时代的全民皆兵的民兵制了。共和初期，盖尤斯·马略的军制改革造就了拿军饷的职业军队。随着罗马公民的腐化和外邦人的不断流入，军队的主要成分是外邦人，这样的军队谁出钱替谁卖命。控制了这样的军队就控制了国家，“公物”由此变成“私物”。内战的发生和造成的恐怖，使军队更加膨胀。正是依靠这样的军队，恺撒消灭了其政敌，成了罗马的实际的主人；但他还不敢违背共和传统给自己披上皇帝的外袍。但共和派要防帝制于未然之中，于是有人在元老院张贴了“布鲁图的子孙到哪里去了”的大字报。恺撒的一个下属就是布鲁图的子孙，恺撒待他不错，但他经不住共和派的激将法，公元前 44 年 3 月 15 日，他与卡修斯合伙将恺撒谋刺于元老院。恺撒的外甥屋大维代恺撒而起，经过反复的厮杀，终于改共和为帝制。但为了照顾共和派的情绪，他未用皇帝的称号，而自称为“元首”，这只是首席元老的意思。但谁都知道，他实际上是罗马历史上的第一个皇帝。元老院把屋大维封为“奥古斯都”，意思是“宏伟的”。他在扩张罗马的领土时在日耳曼遭到了一次惨败，丧失了瓦鲁斯的军团。他在遗嘱中吩咐后人，帝国的领土应扩张到红海为止，由于意识到扩张的限度，后来的皇帝们从未违反这一遗嘱。

国大难治！罗马帝国扩张到了这个份上，就有了离心的倾向。尽管有发达的公路网把帝国的各个部分连接起来，但物理上的连接只能改善而不能取代政治的连接。开头是舆论上的嘀嘀咕咕，最后就有了实际的政治行动。帝位到了君士坦丁手上，他就在原属希腊的拜占庭地方通过占卜建立了一座新城，号称新罗马或第二罗马，亦号君士坦丁堡。从此帝国的重心逐渐东移，尽管号令同时行于两个帝国，但东方的特殊性逐渐形成起来。476 年，西罗马帝国被日耳曼人攻灭，而日耳曼人不想放弃罗马人的声威，遂狐假虎威，把自己的帝国称为神圣罗马帝国，自认是罗马帝国的继承人。上界的恺撒见了冷笑，不屑一顾地说了一声“假罗马”，便掉头而去。西罗马帝国却延续到 1453 年，在哥伦布快“发现”美洲时才被土耳其人攻灭，建立了奥斯曼帝国。新帝国没有借用老帝国的名号，表明自己属于一种异质的文明。东西方的对抗历来存在。在希腊罗马时代，东方的代表是帕提亚人，现在是土耳其人和广大回教徒，再后来就是俄国人。

前面已说到的罗马帝国版图的巨大，后来的奥斯曼帝国与之不相伯仲，但后者的崩溃没有留下什么像样的遗产，前者就不同了。罗马人不仅有过大帝国的构建，而且也有过大的精神构建——法律和宗教。人们说，犹太人靠宗教治理；希腊人靠哲学治理；而罗马人靠法律治理。如果说罗马人的哲学能力与他们打下的巨大帝国所要求的军事能力并不相称，以致最终被他们以武力征服的希腊人在文化上征服，那么，罗马人的法律能力与其建立的巨大帝国是相配的。军事上的成就可因一场致命的失败而灰飞烟灭，但法律的成就长存。在历史上，罗马人创立了最早的法律大厦。事实上，它只是130多个罗马才子的创造，他们写出的书，不过数千卷，数十万行，但却深刻地影响了世界上半数以上人口的生活。一个伟大的东罗马皇帝优士丁尼实行"两手抓"的政策：一手抓武力，一手抓法律，两手都很硬。在他看来，作为一个统治者，只有上面的两件事是值得干的。他甚至认为，法学是唯一的一门科学，其他的知识不过是些"技艺"。他还把法学家称作"立法者""法的奠定者"，端的是极为重视法学知识分子队伍。为了罗马法地发扬光大，他把上述才子们的著作整理出来，略作增删，编成了著名的《民法大全》。法学家的著作由此直接成了法律，古罗马的法科教授和学生幸运惨了；我们罗马学学者也要感谢优士丁尼为我们提供了"饭碗"。不幸的是，由于罗马帝国的衰落，历史的烟尘湮没了这部大型的学者法。文艺复兴时期，一阵清新的风吹掉了蒙在这部巨著上的烟尘，它成了建立新世界的法律基础，广泛传播于全世界，形成了影响深远的大陆法系或罗马法系，我们中国就属于这一法系的成员，这一事实使我可能以学习法律的理由到意大利去。罗马人的法律成就构成现代西方文明的一个要素，使他们第一次获得了世界之师的地位。

罗马人的第二项精神创造是基督教。帝国时期，罗马人已从信仰多神教转变为信仰一神教基督教。说到基督教，这是一个容易引起误解的名词。在流行的用法中，“基督教”的名词专指新教。实际上，严格意义上的基督教指所有信仰耶稣基督的各个教派。基督教在罗马帝国的历史，是先遭迫害后迫害他人的历史。最早的基督教发源于小亚细亚，它当时是罗马帝国的疆土。犹太人耶稣基督是基督教的创始人，他出生时，其民族在罗马的权威下过着悲惨的生活。他一开始传教，就有了相当影响。当时的犹太密谋分子希望基督率领他们挣脱罗马人的统治，“消灭仇敌”。出人意料的是，基督不恨民族的敌人，而爱他们，他运用其高明的医术，使一个罗马高级官吏的儿子起死回生，这是他爱敌人的表现。他主张若有人打你的右脸，你就把左脸也伸过去让他打；有人要抢你的外套，那就把衬衫也脱给他。这样的思想超越了民族间的仇恨，当然不能被那些密谋分子理解，并让他们失望。其实，耶稣不过是要超越冤冤相报的恶性循环，建立起跨民族、跨等级的爱。耶稣还格外爱那些低贱的人，他的十二个使徒出身都不高，因为他把众人都当作上帝的平等的儿女。犹太人对他不满，就借着罗马总督比拉多的手把他杀害了。现在每年的复活节，都要在罗马斗兽场举行纪念耶稣惨死的活动，这是因为基督本人就是罗马帝国的臣民；而且早期遭受迫害的基督徒不少就受投放野兽的刑罚死在这个斗兽场，成为烈士。早期的基督教为罗马人所排斥，乃因为它与当时罗马人的多神教信仰冲突。但圣保罗还是通过上诉其案件把这种宗教带到了罗马。据说他在上诉期间，做了许多传教工作，基督教对最悲惨的人的同情，使它博得了劳苦大众的欢迎。圣彼德接踵而来。他来得不是时候，公元 64 年，罗马发生了一场大火，一下子烧掉了 2/3 个罗马，据说这场火是荒唐皇帝尼禄放的，他嫌在打败高卢入侵者后建成的乱七八糟的罗马城不美，于是起了烧旧建新的歹心。在大火之际，有人还看见他站在罗马的高处，高吟“特洛伊的陷落”。大火后，罗马的确结束了乱七八糟的局面，被重建为一个更美的、更有规划的大理石的城市，那是后话。但是，一场大火烧死那么多的人，烧掉那么多的财产，总得有个人承担责任吧。于是，基督教徒被诬陷为纵火者，当时称为“宵警官”的罗马警察局长下达了通缉外来犯罪分子彼得的命令。正在举行会议的彼得听到这一消息，急慌慌地逃出罗马城。刚出城不久，就看到一个人迎面走来。彼得定神一看，哇！不是别人，正是自己的老师耶稣基督，于是问："主啊！你往哪里去？"耶稣答曰："我要去罗马，在那里重新被钉死。"耶稣以自己的死唤起群众的仁心使彼得羞愧难当，于是转身回罗马，在那里被当作替罪羊钉死，成了烈士。在他的坟墓上，建起了世界上最大的天主教堂圣彼得大教堂，国中之国梵蒂冈就是以这个教堂为中心的一块地方。彼得路遇耶稣的地方如今也是一个唤作"主啊！你往哪里去？"的教堂。

284 年戴克里先皇帝的即位标志着罗马宪法史和基督教会史上的一个转折。戴克里先外号"铁手"，从军起家，当上皇帝努麦利安的亲卫队长。他登位的那一年，就是悲惨的努麦利安被杀死的那年。军队在先帝的尸体旁给他披上了皇帝的外袍，使人有理由怀疑努麦利安之死是由他策划的。他是一个蛮族出身的罗马皇帝，上台后再也不去罗马上班，而在东方的一个唤作尼科美第亚的地方领导全帝国。离东方近了，他就仿效东方君主朝仪，命臣民奉他为神明，行跪拜礼。正式搞起了拉丁文唤作"多米那特制"的君主制。从此开始了后期罗马帝国时代。如果说，在戴克里先之前，罗马的政治体制是帝政分权的，现在则是帝政专权的了。为了治理庞大的帝国，他将之分为四个部分，每个部分都委任一个头儿，谓之"恺撒"，各部分都相对独立，这种联邦制倾向给基督教带来了生存空间。尽管帝国的总的政策是迫害基督教，但有一位"恺撒"康斯坦佐·克洛罗，管辖着相当于现在的法国领土的罗马帝国的地方，就对中央的政策阳奉阴违，迫害基督教不力。中央的风头来了，抓几个基督徒做做样子，风头一过，依然信仰自由。而这位“恺撒”的私生子君士坦丁后来做了皇帝，统一了四个“恺撒”的地盘，基督教徒的日子就好过了。

据说，君士坦丁到死时才受洗或根本未曾受洗，但他家里的包括其母亲在内的女眷早已成为基督徒，是确定无疑的。戴克里先死后，其副帝马克西姆斯的儿子马森齐奥与君士坦丁都认为：“鼎之轻重，可以问焉”，于是双方开战。马森齐奥兵多将广；君士坦丁将少兵亦少，唯有浩然正气在胸，双方约定明日决战于罗马附近的密尔维尤斯桥。大战前夜，君士坦丁得一梦，神人对他说，你若在士兵的盾牌上画上 X 和 P 两个字母，你将得胜。君士坦丁果然依计而行，果然大胜，一举消灭敌人，登上大位。经请教专家，知道 X 和 P 是耶稣的名字的希腊文缩写，若无耶稣保佑，他早就完了。为了感念神恩，他于 313 年发布了“米兰告示”宣布实行宗教宽容。325 年，他又召开了首次世界圣公会议，确定了基督教的一些基本规矩。这时，基督教已事实上成为国教，罗马成了基督教世界的中心。326 年，圣彼得大教堂落成，其冠名者被追认为第一任教皇和罗马的保护神，此后，教皇的位置就一代一代地往下传，一直传到现任教皇约翰·保罗二世。各种宗教艺术发展起来，罗马因布满了各种雕像而富丽堂皇；拉丁文也通过教廷保留下来成为欧洲的宗教语言和学术语言。先遭迫害，后迫害他人，没有哪种宗教逃得出这个怪圈！一切异教徒都受到迫害，犹太人首当其冲。异教徒生前不能担任公职，死后财产由国库没收。罗马帝国倾覆以后，基督教帝国成了它的影子，其此岸性的典章制度通过变形，转化为彼岸性的制度。现代红衣主教的庄严仪仗，与过去的罗马皇帝的仪仗，有何异哉！

基督教对西方文明的影响不亚于罗马法，是这只双头鹰的另一个头。如果说西方文明是一辆车，那么这辆车靠法律和基督教两个轮子运行，两个轮子都是罗马人的作品，这一事实足以说明罗马对西方文明的重要了。基督教之前的平等理论只以等级内的平等为限，是“像我一样的人”之间的平等，阶级间的不平等被视为理所当然的；基督教之后提出了人类普世平等的观念，外邦人、下层阶级乃至奴隶作为人类的一员，也应受到平等对待的思想，是基督教对于人类文明的巨大贡献。这一贡献也实质地影响了罗马人的精神，建构罗马法，使这种法律趋于人道化。

没有罗马，西方文明是难以想象的，就像没有希腊，西方文明是无法想象的一样。然而，罗马并不等于意大利，可以说，罗马是意大利的出发点和归宿。罗马人从罗马出发，完成了征服当时的世界的伟业，建立了一个横跨欧亚非三洲的大帝国。然而，任何大帝国都是要崩溃的，罗马帝国也不例外。西方的来自森林的文明——日耳曼文明的崛起，东方的新的宗教性文明伊斯兰文明的兴起，对垂老的罗马帝国提出了挑战。这时的罗马帝国，已经从强健的农民的国家变成了一大群柔弱的、浑身都是多余的肉的“败家子”的国家，腐化得无以复加。那里的人时行起了什么“三榻宴”，即几个狐朋狗友半坐半卧地通宵宴饮，侃大山。吃到再也吃不下的份儿上，就用羽毛扫一下喉头，吐完了再接着吃！通奸流行，以致它成了当时的法学著作的热门话题，许多名门贵族都戴上了“绿帽子”还浑然不知；人们为了享受生活，还不生孩子，搞得罗马有了兵源之忧。兵是没有多少人愿意当了，于是，保卫罗马人的国家成了“野蛮人”，尤其是日耳曼人的职业。显宦之家、富有人家拒绝担任公职为国服务，因此，大批高级职位也由“野蛮人”占据，这样的烂透了的民族被“野蛮人”战胜，就不是什么奇怪的事情了。果然，罗马人就被这样的“野蛮人”战胜了。

罗马帝国崩溃了，在其废墟上产生了神圣罗马帝国和奥斯曼帝国。正如罗马人与希腊人有征服者被征服的故事，日耳曼人也是征服了的被征服者。事实上，日耳曼人通过参加罗马人的军队并担任将军，早就把罗马帝国当作第二故乡。他们对这个国家一点也不陌生，也不怀有敌意，因为在某种意义上，它早就是自己的国家。神圣罗马帝国被野蛮人分为好几个部分，意大利北方被称为伦巴第，意思是“长胡子”。顾名思义，一个长胡子的日耳曼部落征服了这个地方，胡子太长是野蛮的象征，使他们的胡子变短成了罗马被征服者的艰巨任务。意大利南方的许多地区仍由拜占庭人占据，南北两地的文化时有交流。但意大利陷入了分裂，积弱不振，先后遭受过日耳曼人、土耳其人、奥地利人、西班牙人、法国人、瑞典人、阿拉伯人的入侵。尽管中兴之主东罗马皇帝优士丁尼曾收复过一些失地，最后的结局仍然是罗马人回到了他们的出发点意大利。意大利像希腊一样沦落了，但古罗马的精神长留，死去的罗马成了高贵的象征。如果一个人死得很英勇，人们就说他像罗马人一样死去。罗兰夫人就死得像个罗马人。

从此，先前的世界的主人常被人欺负。忆往昔，罗马人的城市总是建立在平原上；看今朝，意大利人总把自己的城市建立在山上，以便防卫。每当日耳曼侵略者呼啸而来时，可怜的意大利人就喊道“快上山吧！黄头发来也！”——那时候，黄头发是日耳曼人的体征，地道的意大利人没有长黄头发的。这种凄厉的喊声把罗马帝国昔日的威风一扫而光！况且，好端端的一个意大利又分裂为十几个国家，被分封的公爵们时间长了就不听分封者的话，拥兵自重建国家，于是国家越来越多，合纵连横，彼此厮杀，搞得意大利乌烟瘴气。在这个国家统一前，还剩下那波里王国、威尼斯共和国、罗马涅教皇国、帕尔马与皮亚琴查公国、撒丁王国、摩德纳和雷乔·埃米利亚公国、伦巴尔多·威内托王国、托斯卡纳大公国等国家，它们都对意大利文化产生了影响。

那波里王国的辖区也包括西西里岛，亦称两西西里王国。这一地区合称为“大希腊”，因为它曾经是希腊诸城邦的殖民地。事实上，那波里（Napoli）的名称由希腊词 Neapolis 演变而来，意思是“新城”，现在这个城市仍有许多希腊文化的遗迹。毕达哥拉斯曾在这一地区活动，据普鲁塔克的记载，这位哲学家曾登录为罗马公民。西西里顶南端的阿格里琴托城，曾贡献过像恩培多克勒那样伟大的哲学家，他提出了著名的“四要素”理论。这个城市后来还为意大利贡献过皮兰德娄这样的伟大的戏剧家、诺贝尔文学奖获得者。两西西里王国的民法典曾对一些国家产生影响。意大利的伟大人物有相当部分出身于那波里，它被誉为人才的摇篮。这里是世界上的第一所大学——菲德里科大学的诞生地，但博洛尼亚人坚持第一所大学属于他们，双方争执不休，如同南阳与襄樊就诸葛亮到底在哪里耕过地争执不休。

威尼斯本是一个由逃难者建立的城市，他们以运河和桥梁把许多小岛连接为一个易守难攻的堡垒。在政治上实行共和体制，像古罗马一样，由两个执政官执政。名义上他们是拜占庭的高级官员，实际上他们领导着一个独立的国家。威尼斯有海上的和陆上的两个，陆上的小海上的大，大到延伸到东方，因此，威尼斯成为东方与西方的桥梁。此乃因威尼斯人都是伟大的商人，其贸易范围广大使然。为了这方面的方便，威尼斯还在东方建立了一些殖民地。海上贸易需要海军进行保护，威尼斯的海军所向无敌。正是在威尼斯，产生了近代的制海权的概念，在这方面，也许只有雅典比威尼斯更早。威尼斯人的冒险精神，可从马可波罗远行到中国的事实中见到一斑。这个城市还是最早的会计制度和银行制度的诞生地，其会计制度达到了复式簿记的高度。而没有复式簿记，要求精确的可计算性的近代资本主义企业无法产生。

罗马涅教皇国是意大利的不幸。罗马帝国瓦解后，其影子留在了另一个领域，它就是天主教会。相较于罗马帝国，其精神版图不仅没有缩小，而且扩大到整个西方世界。在世俗政权软弱化的同时，教权获得了加强，甚至取得了凌驾一切的地位，这是因为教皇越来越多地离开自己的祭坛，插手世俗事务。当时欧洲的大小君主，都必须从教皇手里接过自己的王冠，连拿破仑也不例外。为了运用自己的权力的方便，教皇也获得了一块世俗领土，它就是罗马涅，破碎的意大利又多了一块碎片。由于教皇为了维护教权，竭力阻挠建立统一的、有力的世俗主权，与之对立的马基雅维里主义，则要解除教皇的权力，将之集中于新兴的民族国家手中。

然而，教皇国附近的博洛尼亚城却是人类的大幸。它是罗马法的复兴基地，据说教会为这种复兴提供过不少资源。由于对罗马法的研究，这里建立了通说认为的世界上的第一所大学，产生过罗马法的权威“四博士”。全欧洲的优秀青年都曾到这个城市留学，学成归国后当大官，把罗马法转化为自己国家的法，欧洲由此得到了新秩序的法律框架。

帕尔马与皮亚琴查公国位于波河之畔，古时因靠着埃米利亚大道而地位重要。数世纪中，受过意大利的许多著名家族的统治。1815 年被委托给奥地利人玛利娅·路易莎治理，她是奥地利皇帝与拿破仑之前妻的女儿。1820 年，这位女大公颁布了一部民法典。1848 年 5 月，该公国通过全民公决与皮埃蒙特合并。

撒丁王国的领土包括现在的意大利西北地区、撒丁岛以及现属法国的萨沃亚地区和尼查地区，当时处在落后状态，但它还是为世界贡献了一部杰出的民法典。它首次把知识产权确认为一项法律制度，并对水的役权作了极为社会主义取向的规定，该规定影响到远隔大洋的智利，成为智利民法典的条文。

我遥望摩德纳和雷乔·埃米利亚公国，眼光却穿不过历史的黑暗。我只知道该国于 1849 年根据弗朗切斯科公爵五世的命令制定了一部民商合一的民法典，在当时十分先进。民商合一的理论最早由意大利人提出来，不能不说与这个公国的立法实践有关。

伦巴尔多·威内托王国与威尼斯的界限难以划清，事实上，威尼斯就在这一王国的境内。也许威尼斯先是独立的，后来失去了自己的制度，成了王国的一部分。意大利的这一部分最早成为“长胡子”的地盘，其中的维罗纳是尼布尔发现盖尤斯的《法学阶梯》抄本的地方。罗马法尽管在博洛尼亚复兴，复兴的起源却在另一个王国。

托斯卡纳大公国对于我而言，是灯火通明的一个国度，尤其是其中的佛罗伦萨，用荷马史诗的话来说是：

才智尽在此城，其他城不过是飘忽的幽灵。

意大利人能第二次为人类师，主要因为这个城市的群星发光芒。这里原来是埃特鲁斯人的地盘，后来成为文艺复兴的发祥地，为意大利和世界贡献了一大批天才，马基雅维里是其中之一。但佛罗伦萨人的天才主要在艺术而非政治理论。君士坦丁堡的陷落，使拜占庭的许多学者流落到了意大利，他们使人看到了古代文明的辉煌，于是，一场对古典文化的研究运动在意大利兴起，演化为文艺复兴运动。这场运动再造了西方人的心灵，对世界文明产生了重大的影响，它表现为但丁、薄伽丘、彼德拉克、达·芬奇、拉斐尔、提香、米开朗琪罗、伽利略等名字在世界范围内的广泛传播，也表现为托斯卡纳方言成了意大利的普通话。最重要的是，这个崇拜大力神的城市塑造了一种心灵，一种以人为世界的中心的心灵，它被称为人文主义。这个城市的敌人是比萨，两城交战不已。在一次佛罗伦萨取得胜利的交战中，它从比萨夺得了一份珍贵的战利品——一部《学说汇纂》的抄本。我们现在最经常地利用的，就是这一抄本。在意大利统一之初，这个城市还作过意大利王国的第一个首都。在统一者从教皇手中夺得罗马后，首都才迁到罗马。

尽管有文化上的一些成就，但意大利毕竟成了诸小国的拼盘，失去了罗马帝国的声威。由奢入俭难，意大利人怎样完成了从世界的主人到一个饱受侵略的国家的心理过渡，的确是一个值得研究的课题。“有谁见过从小康坠入困顿的吗？”罗马人的祖先何止小康，甚至是“大康”。现在，祖先的荣耀不可提，提起来羞煞人！如果说过去的罗马充满了凯旋式的光荣，则现在的罗马成了耻辱的容器。过去的大都会变成了一个不时有狼出没的小城市或村庄；盗贼横行，为了防卫建造的用于瞭望和报警的高塔密布；作为古代光荣之遗迹的各种雕像，现在缺胳膊断腿。大理石雕像的可以转化为石灰的属性进一步加重了其灾难，许多美丽的雕像就这样成了烧石灰的好材料，罗马似乎又回到了罗慕鲁斯建城时的光景，失去了所有的伟大的气象，如果沉湎于古代的往事，哪里还活得下去！于是，罗马人又习惯了当意大利人。为了保持心理平衡，意大利人坚定地与罗马帝国划清界限，以免对古代之光荣的憧憬耽误了对现实的面对。而且，小国有什么不好呢？退一步海阔天空，小国自有小国的好处。卢梭出生在日内瓦这样极小的城市国家，他就对小国情有独钟。他认为，一个国家大小的“度”在于“既不太大以致不能很好地加以治理，也不太小以致不能维持自己”。而大国的缺点在于“每个政治体都有一个它所不能逾越的力量极限，并且常常是随着它的扩张而离开这个极限愈加遥远。社会的纽带越伸张，就越松弛”。“距离越远，行政也就愈发困难，正像一个杠杆越长则其顶端的分量也就会越重。随着层次的繁多，行政负担也就越来越重”，因此，“小国在比例上要比大国坚强得多。”〔1〕“国家最多只能限于一个城。”〔2〕大国的好处在于可提供广阔的富源；小国的好处在于人民享有较多的自由，邦联制能综合小国与大国之利。卢梭说：“自由的小国结合成邦联”，“是唯一能结合大国和小国的一切优点的政府”〔3〕。他认为，“民主政府比较适宜于小国，而君王政府比较适宜于大国”〔4〕。一个体制过于庞大的共同体，就会在其自身的重压之下而削弱和破灭〔5〕。因此，卢梭宁愿生活在小国。在其《论人类不平等的起源和基础》一书中，他有一篇给日内瓦共和国的献词，其中写道：“假如对于出生的地方也可以选择的话，我一定会选择这样一个国家，它的幅员的大小决不超过人们

〔1〕　参见［法］卢梭：《社会契约论》，何兆武译，商务印书馆1980年版，第63页。

〔2〕　同上书，第128页。

〔3〕　同上。

〔4〕　同上书，第87页。

〔5〕　同上书，第64页。

才能所及的范围以外”[1]。前文已述，意大利的诸小国都对文明有所贡献，这是小国带来的多元文化的好处。现代欧洲就是由诸多小国组成，如果欧洲是一个大帝国，也许我们将失去色彩斑斓的欧洲民主和文化了，得到一个别样的欧洲。

那就安心当小国吧！意大利尽管已成小国的组合，但她所处的地中海的中心的地理位置仍使这个国家在某种程度上维持了过去的荣光。教廷所在、名胜古迹、鲜花、阳光和清新的空气也给意大利带来了大量的旅游资源，多少人越过阿尔卑斯山来朝圣，来这个“欧洲的花园”旅游。地中海是贸易的海，意大利在相当长的时期内维持了商业中心的地位。而且相对于意大利人，其他欧洲人不过是野蛮人。在意大利人首次使用刀叉吃饭的时候，英国人还在吃手抓饭、手扒肉呢！路易十四时期，巴黎的漂亮建筑都是意大利人的作品，卢浮宫里比较像样而又老一点的东西，都是从意大利抢来的。伟大的博物馆都跟侵略史相连。意大利在文化上的优越，是不言而喻的。因此，法国古典作家都纷纷在其作品中装点意大利辞藻。卢梭利用他在法国驻威尼斯领事馆当秘书时取得的语言优势，不时在其著作中卖弄一些意大利语的大白话；连孟德斯鸠的《论法的精神》的最后一句话，也以“意

---

〔1〕 参见［法］卢梭：《论人类不平等的起源和基础》，李常山译，商务印书馆1962年版，第51页。

大利！意大利！……”[1]结尾。天不绝罗马人的后裔，罗马人的武功已成往事，但其子孙取得了经济和文化成就。

但一个意大利人摧毁了意大利经济上的繁荣，使“野蛮人”获得了机会。由于伊斯兰文明的兴起和武力上的成功堵塞了东西方之间的商路，迫使人们寻找另外的途径解决东西方之间的通商问题。热那亚人哥伦布具有完成这一伟业所需要的谋略、勇气和毅力，他带领一个西班牙舰队“发现”了美洲，开通了抵达东方的新的贸易之路，并开创了殖民地时代，地中海的贸易海的地位被大西洋取而代之，西班牙成为海上强国，意大利遭受了沉重的打击。哥伦布何曾想到自己的探险之旅会给自己的祖国带来灾难！曾几何时，地中海的西西里岛由于地处商路的关系，是欧洲文明的中心之一。由于新航路的发现，文明的中心逐渐北移，一直移出了意大利的边界，到了法国、英国，进而到了美国，意大利成了废都，西西里成了废都中的贫民窟。人民贫困，百业不振，大量的移民被输出到国外尤其是北美寻找发展的机会，干的多是低下的活。意大利落伍了，不敢再藐视“野蛮人”。

真正摧毁了意大利人的优越感和民族自信心的，是 1495 年 7 月 6 日发生的一场规模不大的战役。在意大利分裂时期，那波里王国发生王位交替。米兰公爵忘记了“请神容易

---

〔1〕　参见［法］孟德斯鸠：《论法的精神》（下册），张雁深译，商务印书馆 1963 年版，第 414 页。

送神难”的法则，不合时宜地邀请法国国王夏尔八世帮他打那波里王国的主意。法王率军进入意大利，当了几天好帮手、好客人，接着就胡作非为了，并且赖着不想走。于是，主人跟客人打了起来，法王败绩，一路往北向法国方向窜去。北方诸国在威尼斯结成了神圣同盟，组成了盟军，安排在一个地形绝对有利，唤作福尔沃诺的塔罗山谷设下埋伏全歼法军。狼狈的法军不知就里，一头钻进了包围圈。不料头天一场该死的大雨使一条小河涨水，盟军据说因此不能互相联络，结果以逸待劳、养精蓄锐的联军反而败给了疲惫之师的法军，后者白白地逃回了巴黎。这场战争带给意大利人的心理打击，有如鸦片战争带给中国人的对自己制度的怀疑，从此意大利人有了“欧洲病夫”的绰号。意大利军队，被讥为“军服漂亮，人不中用”，激得意大利军人纷纷与外国军人决斗，尽管大多赢了，但个人的赢不能洗掉军队的败之耻辱。意大利人对这一战役反复研究的结论是自己民族性格中缺乏团队精神的缺陷。古时的一个罗马人打不过一个高卢人，而一个罗马军团却可以打败两个高卢军团，现在，情形反过来了。

古代的光荣令人神往！在历史上，可能只有三个意大利人为了缅怀古代的光荣而有非常之举。第一个是马基雅维里，他痛感意大利的积弱不振来源于国家的分裂，为了统一国家，他提出了为达目的可以不择手段的策略，这种实打实的政治理论尽管是大多数政治家心照不宣地使用的方略，但做得的不见得都能说，马基雅维里为其主义付出了声名的代价，而在当时的条件下，他的理论是地地道道的爱国主义理论；第二个是李恩佐，他建立了一个短暂的罗马共和国，闹腾一阵收了场；第三个是墨索里尼，他不合时宜地企图建立一个帝国，在西方列强已经纷纷放弃殖民地的时候大搞殖民运动、武力征服，最后与希特勒作了朋友，把爱好和平的意大利人拖入了“二战”，最后蒙受了可耻的失败。意大利民族心灵上的旧伤未复，又添新伤。

然而，天不绝罗马人的后裔，意大利又阔了起来。我们从奥斯特洛夫斯基知道的“牛氓”是一个烧炭党人，这个党不甘于意大利的积贫积弱，谋求国家的统一和富强，当时中国也在忙着同样的事，因此，说意大利与中国有着共同的经历，毫不过分。马志尼搞的“青年意大利运动”，就激励过不少的中国人。这位现代意大利的开创者曾把眼光投向中国，对中国革命表示了同情。梁启超也把马志尼的运动介绍到中国，掀起了一场“少年中国”运动，并自号为“少年中国之少年”。这种有来有往的呼应，大概是两个老古国家间的最早接触之一。然而，两国的接触并不都是愉快的。基于对近代意大利的贫弱状况的认识，有人不相信意大利是八国联军的一员，与持肯定说者打了一赌，结果历史词典宣告了肯定说的胜利。这么说，意大利这位难弟还欺负过中国难兄了。无论如何，意大利开始了复兴和统一运动，马志尼、加里波第和加福尔是这场运动的领导者，他们为这一伟业历尽艰辛，但他们又选择了萨沃依王朝的国王维多略二世当他们的领袖，目标是建立一个以罗马为首都的王国，真不知他们为什么没有考虑建立一个共和国！马志尼是统一运动的思想领袖，他为此付出了长期流亡伦敦，过着贫困生活的代价。其实，马志尼是主张共和的，他同意王政是为了团结多数人共同奋斗达到统一的目标。加里波第也为其统一理想付出过出走巴西的代价，但他得到了一位巴西妻子作为补偿。他相当于辛亥革命中的黄兴，负责军事，因此，现在意大利的一艘军舰仍用他的名字命名。他组织的千人团出征对意大利王国的建立起了决定性的影响。加福尔似乎是个法国名字，他是一个天生的外交家，最善合纵连横，没有其在欧洲列强间巧妙的周旋，意大利的统一将困难得多。1861 年 2 月，真正的意大利议会就在都灵召开了，维多略二世成为意大利国王。但当时的罗马仍在教皇手中，新王国的首都暂时设在佛罗伦萨。直到 1870 年，意大利军队才从皮佑门攻入罗马，王国在这里定都，统一正式完成。罗马既是世俗的首都，又是天主教世界的首都，直到墨索里尼时代，才通过签订拉特兰诺条约把教皇的辖地限制在梵蒂冈这个 1.4 平方公里的小城，完全实现了国家的世俗化。

1861 年基本完成统一的意大利，结束了领土的破碎状态，使地中海中的靴子可能蓄积力量，有所作为。但统一付出了代价，科西嘉岛被割让给了法国人，丧失了一部分北方的领土。然而，只有统一的意大利才可能在欧洲列强的倾轧中生存下去，等待时来运转。作为一个统一的国家，意大利参加了“一战”，站在英法俄一边，德奥的对面，由于敌国内部不断发生革命，意军打得不错，得到了的里雅斯特和特伦多作为战利品。此后至“二战”的期间，墨索里尼上台，搞起了法西斯主义，国内一片恐怖。当然，墨索里尼后来被处决了，其尸体被不雅地吊在米兰洛雷托广场的一个加油站，只有其情妇陪他死去。他的孙女现在是意大利的议员，生了一个酷肖其外祖父的儿子。“二战”的破坏使贫困的意大利雪上加霜，当时美国占领军的一点粮食就可以换取一位少女的贞操，至今意大利人不喜美国人，不大承认其对解放意大利作出的贡献，埋怨他们在西西里登陆后向北推进得太慢。意大利人等得不耐烦了，在北方城市举行了反法西斯的起义。起义的日子而不是盟军在西西里登陆的日子，被定为意大利的解放日。到那一天，人们会唱起中国人熟悉的《啊，朋友再见》这首反法西斯的歌。在相当长的时期内，许多意大利人只有一件外套，洗衣服只能利用星期天进行；为了省钱，人们穿过偌大的罗马城步行去看亲戚。直到 20 世纪 70 年代，意大利的经济才起飞，人们第一次见到了股票，暴贫暴富，一如十几年前的中国。经过几十年的发展，现在的意大利是世界上的第五经济大国，西方七国首脑会议成员。她能够以富国的身份对第三世界国家提供法律知识上的援助，凭借这样的援助，我可能到这个国家去学习。

意大利阔了起来！严格说来，只是意大利北方阔了起来。意大利北方是从罗马向北直到意瑞、意法边境的地方，包括米兰、都灵等工业城市，古代它们是山南高卢人、埃特鲁斯人和拉丁人的地方。从罗马向南直到西西里的阿格里琴托的地方，谓之意大利南方，过去主要是希腊族裔的地方。也许是文明中心由地中海移至大西洋的结果，与中国的情况相反，意大利是北方富而南方穷。意大利在经济上分裂为两个。有人说，在那波里以下，就不再有意大利了。南方的孩子，可能要到成年时才穿上此生的第一双鞋。于是，北方的财货源源不断地运到南方扶贫，扶来扶去还是扶不起来。墨索里尼就用不少北方的钱在南方搞了许多基本建设，但效益都不好。不满的北方人要求分家，要求独立于南方，不愿再背南方的“包袱”。20 世纪 90 年代的一位参议员波西先生就这样主张，但应者寥寥，多数人都反对分裂，因为别看南方穷，但它为国家提供了大量的人才和其他资源；因为意大利太小，再分，就难以作为一个有力的国际法主体。看来，尽管小国的人民是幸福的，小城的人民是安乐的，但小也不能越出一定的限度。国家还是像卢梭所说的那样，达到能把小国和大国的好处综合起来的规模最好。

遥想“二战”刚刚结束时，有些西西里人要求使这个岛成为美国的一个州，为此不惜使用恐怖手段，他们也没有取得成功。意大利分裂得太久了，人们珍惜现在的统一。

遥望了半天意大利，神思飞越，策划着将来在意大利的考古、旅游。黄粱梦一醒，还得回到现实。

凭着对老斯教授的一句话的信赖，1993 年下半年，我到东方大学进修意大利语半年。由于迟迟没有得到邀请信，我担心白费精力，于是我放弃了另外再学半年意大利语，回南方大学教书去了。1994 年上半年，当我已经失去等待的信心时，老斯教授的邀请信却到了。下半年，他又来北京开会，我将在这个会议上再次见到他。可是我的意大利语本来就学得不多，现在已经丢生半年。在去北京的火车上，我才开始重新温习意大利语，背熟了这么一句话："我的口语不行，但我能用意大利语阅读。"在好朋友宾馆见到老斯教授时，这个高贵的罗马人正在吃饭，中国的筷子被他当作意大利的刀叉用来同酱爆鸭子鏖战，边吃边对我指点方略。他的意大利语我一句也听不懂，我的语言水平应受谴责，但他的米兰口音也要承担部分责任。作为中国人，我不能把我听不懂的事实暴露出来，点头的动作是我听懂了的表示。但在他需要知道我对他的意见的看法时，点头并不能解决任何问题。他气得果断地一挥手，作了一个再见的手势。此时我却在回想他使用筷子的可笑方式，以及他是否在为邀请了我这样一个傻瓜而后悔。后来他托人转告我，从现在开始，无论我在吃饭、走路或睡觉，都要学意大利语。

不到两个月，我就动身去意大利了。

我到意大利去干什么？这是我在准备出国的很长的期间内不断思考的问题。我的结论是，为了解这个国家而融入当地社会，读社会生活这本大书，无字之书；有字的书，可以带回来读。有字之书不过是无字之书的产物。同时，身处国外可以使我更好地反观中国，我可以站在意大利的土地上，对中国作一番思考，也许这种思考会更冷静，更客观，因而更深刻。

“意大利！意大利！……”我胸中回荡起孟德斯鸠的这句话。实际上，这是维吉尔史诗《伊尼阿德》中记载的伊尼阿德经过千辛万苦从特洛伊逃往意大利时，即将到达时说的话。

进出国门

1994 年 12 月 16 日 22 时，我站在首都国际机场隔离区内，已办完了海关检查、边境检查、卫生检疫手续——在办最后这道手续时，我们这架飞机的所有中国人都被告知我们已办好的黄皮书无效，须另外花 90 元买一套黄皮书，并且还要买一个内含各种常用药品的药盒。这是无可选择的交易，大家都嘟嘟囔囔地交了钱——我意识到自己终于踏上国门了。“国门”是一个象征，它并非一道真的门，甚至不仅仅是通常被人比喻为国门的包括海关、检疫、边境检查在内的最后出境手续，而是指在收到国外的邀请信后，从单位审批、办护照签证直到最后登机的一系列环节。我终于过了这道门，往候机室的深处走。身边是熙熙攘攘的旅客，中国人和外国人都有。一名洋人头戴清朝一品官员的顶戴花翎；一眼就可看出的留学女孩表现出对未知国度的兴奋；华侨们完成了故国之旅，要回到他们更熟悉的地方。而我将走向一个陌生的地方，走向另一个国门，去当外国人。我的头脑中一片茫然，想起了我为走到这一步所经历的磨难。

老斯教授撂下那句“你从现在开始学意大利语和拉丁语，一年后你将在意大利”的话后，杳无音信达一年之久。1993 年春夏之交，是老斯教授所说的一年之期，但我仍没有得到邀请信。后来我才知道，尽管我幸运地遇到了一个极有能力，极讲信义的意大利教授，但邀请一个大活人到意大利来的事，并不仅仅取决于他一个人，他必须向意大利国家科研委员会申请维持我在意大利学习和生活的经费，这需要一个相当长的过程。我焦虑地等待着，在等待的期间，我的一位师姐的丈夫去意大利，我让他带了一封信给老斯教授，当然是用意大利语写的，这个时候，我已经能用意大利语写信了。又有一位同行按惯例带了一大包信从意大利回来，但没有我的信。无法，我只得按照我的师姐去意大利的程序自己办去意大利所需的所有文件和手续，包括各种学历证书的翻译，各学历段的成绩单的收集和翻译，然后又就它们进行公证和认证。每一个环节都要花不少的精力和财力。就各种学历证书而言，我还必须证明我进入各个高校学习，都是经过竞争性的程序考取的。这是意大利方面不了解中国国情，试问在中国，哪一所高校能够像意大利那样仅凭着高中文凭就可进去呢？中国的哪一所高校不是要经过使人死去活来的考试才能进去呢？这些繁杂的公证和认证程序，不过反映了一个国家对另一个国家的无知或严重的不信任而已。

事实上，我是在没有得到确实的免于无效劳动的保障的情况下去东方大学进修意大利语的，因为我并未得到邀请信。按照原定的计划，我可以进修意大利语一年，但半年过后，即 1993 年年末，我仍没有收到邀请信，写出的信也没有回音。而且东方大学的学生生活极为艰苦，7 人住一间——我被推举为寝室里的“大哥”，经常为奖励与惩罚打或不打开水的“小弟”们耗费大量时间精力；澡堂是“一滴泉”，我不得不经常在冰天雪地的条件下洗冷水澡，这些使已长期脱离学生生活的我难以忍受。更为重要的是，1994 年我有申报教授的机会，论科研成果，我已经合格了；但论课时，我还差一些，如果我继续在这里耗下去，可能要丧失一个晋升的机会。即使我出了国，由于在相当时期内会没有科研成果和课时，我也要到两年后才能申请教授。于是，我决定中止意大利语的学习，回到南方大学教书，不为一个虚渺的机会丧失一个实在的机会。我请求我们这个项目的领导把我的决定转告意大利人，就回到南方省去了，连意大利语进修班的结业考试都未参加。回到我的大学，忙的就是别的事，每天我只靠在自家的院子里朗读在北京买来的意大利语杂志 5 分钟来保持与这种语言的接触，练的是眼到口到的功夫，心到是说不上的。意大利语是一种奇怪的语言，发音方法与汉语拼音差不多，一旦掌握了拼写方法，不知所云却可以念得如行云流水。听的人以为我的意大利语真不错，他们并不知道我不知道自己念的是什么，但我并不想指出他们的错误。

似乎我的停学意大利语构成了一种催促，不久后，即1994年2月15日，邀请信就来了。这是我在1992年春夏之交与老斯教授见面后第一次收到他的音信，它把我出国的一种渺茫的可能性变成了现实性，我真是高兴极了。邀请信到手，出国程序就启动了，从某种意义上说，我已解决了意大利的一个大学要我的问题，然而，这并不意味着也解决了作为一个国家的意大利也要我的问题，更不意味着解决了我所在的大学以及我所在的国家放我的问题。一个中国人出国，首先要迈出自己的国门，其次要踏进所往国的国门。从物理上看，这是对一个简单的事实的描述。我们出国，要经过两道“卡”。一道卡是祖国的边境检查、海关检查、卫生检查等程序；另一道卡是所往国的相应程序。从这一道卡到那一道卡，往往有万里之遥。事实上，两道卡之间的距离，何止万里？无论是这道卡还是那一道卡，都是要往前延伸的，而且既然是“卡”，就是可以收费的，收费的多少，取决于守卡人的胃口和过卡人的过卡决心。既然过卡压倒一切，付费就在所不惜了。如果没有这种决心和毅力，你就得被“卡”下来。就中国方面的卡而言，首先要我所在的单位同意我出国，然后要我的单位所属的南方事务部同意我出国，此所谓政审也。这一程序的成果表现为一个任务批件。然后要我所在的南方省的卫生部门检查我的身体，认为我健康得足以适应资本主义世界的严酷生活，我才能拿到护照，此所谓体检也。这些完成后，我才有可能向那一道卡迈进。那一道卡也非什么善主，它对一切事物都持性恶论的态度，要求我证明自己的学历、学习成绩、邀请信是真的，这一切都要求公证。因为公证人也可能作假，因此，所有的公证文件都要经过意大利驻中国使馆的认证，所谓的认证，就是证明公正文书上的公证人的签名是真的。每一道程序都需要写报告、耐心等待、得到批准、花钱。因此，从这一道卡到那一道卡的漫长旅途，往往是锻炼人们的耐心、智慧和经济能力的极好场所。一个过了卡的人，往往马上成了下一批过卡者必须咨询的过卡专家。

我必须先解决这一道卡的问题。我写了报告，说明意大利的一个大学邀请我进修，请求批准出国。还好，南方大学对加强本校的罗马法研究力量之培养十分有兴趣，很快在我的报告上批了个“OK”。但这只是初批，最后的决定权不在南方大学，而在南方大学所属的南方事务部。该部的领导人不知怎的知道了我在 1989 年没有待在家里陪老婆，而是在外面晃来晃去，批示南方大学重新考虑徐国栋的出国问题。南方大学经重新研究，确认徐国栋可以作三七开，基本上是个好同志，可以放心让他出国。于是，我的政审关在我的直接领导的关怀下有点波折地通过了。

贺客盈门！有人贺我 30 年修炼终于得道，干脆把老婆孩子一块带出去；也开始有人根据其对意大利的经济地理的知识托我买意大利的优质低价皮鞋；有人建议我准备一把故乡土，以便在思念故乡或水土不服时泡水冲服；有人劝我到底出国了，还回来作甚？有人传播小道消息，说徐国栋早有反骨，八成是不会回来了。“八”字才有了半撇，就已沸反盈天。出国是否等于得道，我心中有数，慈禧太后早在一百多年前就在欢送海军留学生去英国的讲话中英明地指出：“出洋乃第一等苦差”，正巧这句要紧话被本人读到了，谨记在心，奉为行动指南。对于这样的贺客，我这样对他说，如果你真的这么羡慕我，我就让你替我去。关于我是否回来的问题，只有两个人相信我肯定会回来，一个是我妈，我烧成了灰她都认得出来；另一个是我妻，我肚子里想些啥总瞒不过她。至于带一把土的主张，我断然拒绝了。理由一，本人身体好，游遍祖国大江南北，从来没有闹过水土不服，想那“鬼子国”的水土也制服不了我。理由二，本人素来土气，经常在火车上被人询问是哪个公社的。再带把土，岂不更土气了，不利于改善我的国际形象。理由三，带一把土在身上出国，过我们自己这一边的卡，放在 10 多年前，那是出卖自己祖国的土地；过那一边的卡，就更麻烦了，由于中西医理的不同以及外语水平的有限，加上我们受过教育的中国人出国往往被怀疑为间谍，如果在过那一边的卡时查出这把土来，他们如何理解得了，我如何解释得通这一把土可以治疗怀乡病？如果它被理解为一包特殊的炸药，这个责任算谁的？在西方国家普遍恐惧恐怖主义的条件下，这种担忧并非无理。劝我带土的小姐对我的这一回答十分不满，我也顾不得了，赶紧办下一道出国程序。

下一道手续是到省教委审查是否要交服务费。由于国家辛辛苦苦培养的许多受了高等教育的人士像荆轲一样一去不归，国家损失了大把的教育经费，害得我们这些后来者要付清了祖国的教育费后才能出国。当然，如果在最后学历完成后已为祖国服务了一段时期，这一费用可以免交。经查，我获得博士学位后已工作了3年，符合免交教育费的条件，出具证明一张，我可以凭此办护照了。

护照我办了两个。一个是在南方省外事办办的因公护照。在办这项手续之前，我要到南方省安全厅办理登记。这个地方不挂牌子，其电话不上电话号码簿，所以好不容易才找到这个所在。据说在办理这项手续时，人们往往会收到帮自己的祖国收集情报的要求，但我听到的可能是老皇历或纯粹是误传，当我提到这件事时，我反被认为是主动要求当情报人员，要根据我的自愿进行登记，我赶忙谢绝了。但我还是被讲了一通世界形势、爱国主义、人才竞争、出国成功与失败两方面的经验或教训。几天后我才得到了省外办理护照的机会，在那里填了一张表，交了130元，10天以后领护照。在130元之中，有60元是护照的押金，回国后交还护照可赎。70元为搭售的介绍外事知识的书一堆，不买还不行，买了也无用，因为我自己完全可以写这样的书，而且肯定比他们写得好。

不久，又去南方市防疫检测中心办体检手续，抽了一点血去验，注射了一支霍乱疫苗，马马虎虎做了一个B超，交费189元，体检是糊弄外国人的，项目虽多，却未认真去做。当时我的感受是，如此地习于糊弄自己和他人，实在不可救药。下一次取到了所谓的黄皮书。尽管这个本本被认为是出国必不可少的手续，我到了意大利才知道人家不要这个。我想，我们的涉外机构也是知道这个情况的，但黄皮书的发放长期未取消，原因很简单，如果取消了这玩意儿，这189元到哪里去收呢?

护照刚刚到手，新的问题又来了。从1993年9月起，出国6个月以上者改领因私护照，原因是拿因公护照的访问学者往往被接受国怀疑为间谍，受到监视盯梢等待遇，当局期望以换拿因私护照解决此问题。于是，我必须向省外事办退还我已领到的因公护照，以便把已交在那里的政审批件、出国任务批件取回办因私护照。这是一个极大的麻烦。因公护照终于交还了，白受了一番折腾。我赶到公安局去办因私护照，这个机构要求得到邀请信的中译文，但不能自己译，于是，给了我一个翻译公司的地址去办此事。该公司不能翻译意大利文，因为这种语言是小语种，在他们的翻译队伍中没有懂这种语言的人。于是我把自己的译文让他们盖了一个章，就成了他们的译文了。一页纸，收我 120 元；经讨价还价，改收 100 元。

公安局出入境管理处办护照的人态度也不太好，让你的爱国主义情绪冰消瓦解，因为我们被要求爱的“国”，并不是抽象的，它具体表现为诸多办事机构佩戴着国徽的办事人员。而这些人员似乎对申请者怀有一种莫名的仇恨，我想这是出于对出国者的嫉妒。我真想郑重地建议，对那些办理出国手续的人，都要让他们出国，让他们尝尝国外生活的辛酸，而反过来对出国者持一种怜悯态度。我就是在这样的想法中拿到我的因私护照的。到这一步，中国方面的各个卡我是过完了，心情也坏透了。无论如何，现在我取得了当外国人的资格。但是，取得了护照并不意味着出国，有护照而得不到签证的比例不小。我要去的外国，允不允许我去尝一下当外国人的滋味呢？

接下来我面临的是作为一个国家的意大利是否接受我的问题。意大利方面的手续同样地磨人。我开始办意大利使馆的签证手续，马上遇到了沟坎。首先是我的护照的形式问题，我拿的因私护照给我带来了麻烦，因为我出国的性质是访问学者，这种类型的出国者通常都是拿因公护照的。中国方面的政策变动显然没有知会意大利方面，因此对我的护照提出了怀疑，并且对我出去了是否还回来产生了同中国人一样的怀疑。这一问题通过我所在的南方大学根据意大利使馆的要求，出具一张担保在我出国期间保留我的教职和行政职务的证书获得了解决。其次，老斯教授发给我的邀请信上的签名没有经过公证，如果把这封邀请信上的签名送回意大利公证，岂不是要折腾死人？幸好老斯教授还在北京，他一个电话请求他在意大利驻华使馆工作的一个朋友进行这项公证，并收费百来元，算是解决了这一问题。

于是，在我定好的去意大利的行期之前半个月，我得到了签证——一张来之不易的路条。

不久，我在北京中国民航总部取到了意大利人寄给我的机票。我是用别人的钱坐飞机出国的，到了国外，还要靠别人的钱解决衣食住行方面的一切问题，属于所谓的自费留学，中国的学者，哪来这样的钱作这样的奢侈，因此，所谓的自费出国，实质是“洋费出国”。我明白，这一事实将决定我在意大利的一切。

1994 年 12 月 16 日，我出现在首都国际机场候机室。我利用候机的时间回顾了我的上述办理出国手续的过程，并且考虑了另一个重大的问题：如果我在国外遇到有人讲中国的坏话，我该持何种态度？事实上，在办理出国手续的过程中，我就开始注意他人写的关于国外生活的书，尤其注意先驱者们如何对待对中国的攻击或批评。《南江日报》连载的《巴黎混混》写得很吸引我。作者在巴黎的语言学校学习时，禁止其法语老师讲中国的一切坏话，否则退席抗议，逼得这个可怜的法国老头每每想说中国的不好时，话到了嘴边，只得把坏事的所属国改为越南。尽管《巴黎混混》是我读到的最有才气的国外生活记录之一，我却不能同意作者对这种情况的处理方法。我考虑到自己应采取这样的处理方式：如果外国人对中国的攻击或批评确有这么回事，我将保持沉默；如果无中生有，那么我将进行批驳。因为好就是好，坏就是坏，不能由情绪支配理性，否认是非。再者，中国的坏事不见得就是我本人的坏事，正如中国的好事不见得就是我本人的好事，凭什么我要作为整个中国的代表？如果有外国人对中国公民在办理出国手续的过程中挨宰的事实进行攻击，我绝对是要保持沉默的。当然，我的中国人的身份使我不宜于加入这种攻击。

在以后的岁月里，我又有多次机会通过这一国门出入境。1998 年 5 月 13 日，我第二次去意大利，也是走的首都国际机场。这次我在国外逗留只有 50 天，算是短期出差，原用不着什么黄皮书的，瞅见有一摊位是管卫生检疫的，我习惯地走过去，不想是姜太公钓鱼——愿者上钩，被强制性地派售了一个所谓的“国际旅行药盒”，花费 30 元；在未作任何检疫检查的情况下，交了国境卫生检疫费 30 元；另外被强制购买了中国人民保险公司出境人员传染病保险单一份，费用30元。我对工作人员说，尽管你们收的费我都可报销，但仍对你们这种做法很气愤，因为你们损害了祖国的形象，我要把你们的丑行写进我正在考虑的书里。他们说“听便”。在罗马生活期间，有一次我到机场接一位刚从国内来的同项目者。一下飞机她就表示再也不来了——顺便提到，她后来又来了罗马——因为办出国手续如同过五关斩六将，一路挨宰。这些代表国家执行公务的人，在一个同胞离开祖国前的最后几分钟，使祖国变成了一种痛苦的回忆！

另外两次通过首都机场国门，都是作为回国者。1996年1月，我取道赫尔辛基回国探亲，由首都机场入境。当时出国的人都知道，在海外居留1年以上回国的人，入境时要付80元人民币接受艾滋病检查；没有人民币的，付外汇。为了节省外汇，了解这一规则的人出国的口袋里就装着80元人民币供过卡之用。1987年12月26日国务院颁布的《艾滋病检测管理的若干规定》，本来是既针对入境的外国人，又针对定居国外的中国公民和在国外居留1年以上的中国公民的。按照该法第8条的规定，被列为检查对象的中国人，也只是须在回国后的2个月内到指定的卫生专业机构接受检查。这一规定颁布之初，虽然艾滋病在外国甚嚣尘上，但是中国人患艾滋病的比例还相当低，制定它的目的，是防止老外把脏病带进来祸害中国人，根据国家主权和国际惯例对入境的外国人进行强制性的检查，当时的报纸可是这么宣传的。“规定”颁布不久，它不适用于老外了，专门用来对付“老内”。我想，可能是老外对这种不太尊重人的作法提出了抗议并生了效，因此，与我们同机的外国人可以昂然直出机场。而患艾滋病的概率小得多的中国同胞，尽管也多次抗议——在网上的中文电子刊物中，不乏“回国记”之类的作品，几乎没有一篇不抗议中国政府在艾滋病检查问题上对自己同胞的歧视对待的——但中国人的抗议哪有外国人之抗议的威力大！因此，这一“规定”仍然长期被用来欺负自己的同胞，而且不是让他们在回国后 2 个月内接受检查，而是在机场就地见血，让这些刚下飞机的人尝尝祖国针头的滋味。我一下飞机，就被工作人员粗暴地指到一个地方，那里已聚集了不少留学生模样的年轻中国人，个个面有怒色，但都敢怒不敢言，顺从地掏钱——一个留学芬兰的中国人既没有人民币，也没有其他硬通货，只有芬兰马克，他遇到了很大的麻烦——挽袖子抽血，抽得还不少，有半针管之多，这对于爱惜血液的中国人是个双倍的打击。对于某些人来说，回国就跟铅笔芯大小的针头和充满血的针管联系在一起，搞得噩梦连连。一分钟后，我们都得到了阴性的检验结果，我们都没有艾滋病！据说，坐马桶都能得艾滋病，如果认真检查一下，查出那不幸的疾病来，免得传染给家人，也是 80 元人民币所值的。然而化验都没有做就出了结果，就显得所谓的艾滋病检查是一场赤裸裸的敲诈了。

一个人脚踏国门的感觉是怎样的？在中国，由于出国的人不在多数，因此有这种体验的人当在少数。许多人在这方面的想象力，恐怕不能超出文学作品之描述的范围。在这样的描述中，归国者一下飞机或船舶就大喊一声：祖国啊！我回来了。我日夜思念你，现在我终于回到了你的怀抱。或者是这样的：一位须发皆白的老人回到了思念几十年的祖国，一下飞机或船，就跪倒在地，亲吻祖国的土地。我并不怀疑曾发生过这样的场面。我只想说，现在这样的场面恐怕越来越难以发生了。

也许是由于上述公开的敲诈太无耻，太损害国家的形象了，因此遭到了取缔。我最后一次回国时，没有再遇到这种交买路钱抽血的做法。

1994 年 12 月 18 日，我乘坐的中国民航班机降落在罗马的列奥纳多·达芬奇机场，我终于处在异国的土地上了，正要走过异国的国门。这时，我的面前出现了两条通道，一条是欧共体成员国公民走的通道；另一条是非欧共体成员国公民走的通道。当然我走的是后者。在这条通道上，我接受了意大利的各项边境检查。在卫生检疫区，我知道了在国内准备的黄皮书完全无用。在海关，我的行李被打开检查，乘坐中国民航飞机的中国人被检查得尤其严格，因为圣诞节即将到来，有许多中国人带货品到境外贩卖。在边防检查区，我的护照、签证和邀请信被反复核对，确认无误后才被放行，因为有许多的中国非法移民通过这条通道进入了意大利。办完这些手续后，我就在意大利的国门之内了。如果走的是欧共体成员国公民通道，这些手续是全免的。

海关使我感到了对外国人的差别对待，早在100多年前，普鲁东在他的《什么是所有权》第342~343页中就写道："……还有什么比那些海关——或者像您正确地称之为由垄断机构树立在国与国之间的栅栏——更加反社会的呢？关税壁垒制度强迫我们在法国要付40个苏的代价才能买到在英国或比国只要用15个苏就可买到的东西，还有什么比这种制度更加可恼、更加不公正或者更加荒谬的呢？您曾经说过，阻碍工业的专门化从而阻止文明的发展的，就是海关；使成百万的公民贫穷而使一百垄断者发财致富的，就是海关；在丰产的年景中造成饥荒的，由于禁止互易而使劳动不能从事生产的，以及把生产窒息在死亡的拥抱中的，就是海关，使各国相互嫉妒、互相敌对的，就是海关；历代的五分之四的战争根本上都是海关造成的。"正因如此，通过马斯特里赫特条约，欧共体以及后来的欧盟的成员国之间已经取消了海关，甚至通过深根条约取消了来往于其成员国之间外国人的签证必要——我第二次到意大利时去法国旅游，享受到了这一优惠——而海关现在仍然对我或我们存在，这是对"穷国"公民赤裸裸的歧视，它提醒我注意：我是作为一个"穷国"的公民到意大利来当外国人的。

“意大利！意大利！……”我刚刚到你的怀抱，就感到了你对我另眼相待。将来我会爱上你，但你给我的第一印象，却不是美好的。

博士与教授

我到达罗马的第二天，就去罗马二大上班了，从此就开始与意大利的博士和教授打交道……

在我之前来意大利的同项目者，回国后都成了“博士”，弄得我这个正儿八经得过博士学位的人很奇怪。是不是拉丁语族国家的大学生毕业后都是博士呢？我看过一本20世纪50年代苏联人所写的书的中译本，作者引用了一个罗马尼亚的“博士”写的文章后，恶狠狠地加了一个注，说明该国的博士同大学毕业是一回事。国内有我这种疑惑的人肯定很多，不然在意大利读博士学位的中国人何以这样苦恼？最近在意大利的留学生中产生了一份通过国际互联网发行的电子刊物——《意外》，主事者进行这一行动的动机之一是“很多人连意大利有博士学位都不知道”。刊物嘛，可以为意大利的博士正名。

来到意大利后，通过观察“博士”一词的日常用法，慢慢地品出了该词的意味。是的，按“博士”一词的第一种用法，我的“同项目者”都是博士。这里的“博士”是受过教育的年轻人的意思。用意大利谚语中的话来说就是：一个人到了18岁，你就可以称他为“博士”。在学术场合，面对一个吃不准其头衔的年轻人，你大胆地称他为“博士”好了，肯定没错。在这个用法上，意大利的“博士”的确成了灾，大学之内，“博士”之声不绝于耳，人人都是博士。第二种用法上的博士叫“研究博士”，是只有“一小撮”人拥有的头衔。入学考试淘汰率80%以上（但外国学生百发百中，只是不给奖学金，1/3的“招生指标”留给外国人。我听过学了半年意大利语的人通过了意大利的博士入学考试的风雅故事），其难度从如下的故事中可见一斑：在罗马一大罗马法进修班，有一同学阿杜伊诺（Aduino）消失了几天，重新出现时神色激动，逢人就说有一个Novità或News，即他通过了研究博士入学考试，得了全国第二名、罗马第一名。此后第二次见到他，他的激动并未稍减，又对我发布了一遍他的News。不过，同中国一样，研究博士也有预支的，还在攻读，八字才有了一撇，就自称或被称为博士了。

看来我这个博士相当于意语中用法的第二种，但我又是教授——教授这个词也易使人误解，来意前，老斯先生给我的信中称我为“教授”，我高兴不已，以为他的情报灵而快，及时改正了我的个人简历（上面写的是讲师），捕捉住了我在学术阶梯上迈上了新台阶的信息。来意后才知道，他对所有在大学里教书的人都慷慨地用这个称呼，实际上他用的是“Professore”一词的本来含义，即教师。在意大利令人肃然起敬或望而生畏的，不是 Professore，而是 Ordinario（译为正教授正合适）。在国内报名参加第 17 届世界法哲学大会，我用的头衔是博士。到意大利后与会议组织者联系，说明我现在罗马二大当访问学者，他们马上称我为教授，看来用的是“教师”的意思。我坚持我是“博士”，作反面解释是我并非“教授”。我是来自缺乏硬通货国家的与会者，称“博士”，说不定可减免一些“会务费”什么的；称“教授”，就没有这种希望了。

在中国，我愿意人称我为“博士”而不是“教授”，因为中国的教授犹如下了酵的面团，有“发”起来的大趋势，教授是一个年资的概念，而博士是一个有一本专著垫底的含金量较高的概念。博士相对稀少，由于基数不大，尽管近年来不断有人拼命往博士这块面团中下酵，像当年“大炼钢铁”一样“大炼博士”，即使如此也发不了那么快。而且中国多年与外界不通往来，头一个来中国的政治家基辛格是博士，导致老百姓对该头衔有神秘感和敬畏感。但在意大利，如果我有自由意志的话，我愿人称我为“教授”而不是“博士”，因为在这里，博士，哪怕是研究博士，都是教授的助手——说得难听一点，是为教授提包的——在教授身边侍候，教授的指头一勾，他们就过来；教授吩咐，他们执行。教授与博士，是上下两个等级，工资差三倍，地位上的差距大概也是这个数。我观察到博士们经常练习勾指头，以便熬成婆婆后使唤媳妇用。

邀请我来意大利的老斯先生是 Ordinario。他的头衔还有：罗马二大法史研究部主任，该校的泛美研究中心主任，罗马法研究中心成员，乌尔都大学教授。按中国的标准，他是一个教研室主任。但他有一个博士，两三个博士生当他的助手，用两个秘书。我来意大利不到 10 个月，亲眼见他主办了两次国际会议。一个教授或教研室主任能支配这么多人力物力，在中国是不可思议的。最让我感到神奇的是，1995 年 9 月 25~27 日，先生在罗马举办“拉美法系中解决民事争议的法律和替代补救的统一化”国际会议。9 月 5~6 日，他从乌尔都飞来罗马，布置一番，又飞回去了。他的助手们、秘书们通通运转起来，传真机日夜收送，电话铃不绝于耳。开会前的两个星期六，我亲眼见到三个秘书在加班。但 9 月 24 日，先生还未露面，我大感惊奇，第二天我才在会上见到他，28 日他又飞回乌尔都去了。在中国办过会的人读到这里会说：“这怎么可能呢？”这是可能的，如果社会有分工，有层次（我避免用“等级”这个词），有先进的通信工具的话；如果与会者都比较富裕，开会都是为了纯粹的交流的需要，而不是为了改善生活、旅游一把，因而会议组织者能够做到不接不送、不搞旅游的话。有了社会分工，教授就是司令，是首长，他只要下决心、作决定。至于执行，自有军长、师长、旅长……班长、列兵等一大串人去干。我想不需我说明中国的教授不是司令，在从军长到列兵的序列中，能当个营长、连长什么的，就算不错了。有了开会者的纯洁的开会动机，会议就不会那么难以组织了。我诚心诚意地认为，如果中国的学术会议的参加者的与会动机能够纯洁一些，中国学者间的相互交流本可增加许多。如果我参加一个会，被安排到食堂拿着一个饭盆买饭，我不会觉得有什么不正常。

教授、博士、秘书，是先生所在的研究部的三个等级，层次分明而森严。三个等级的人，彼此称呼用“您”，问好用“Buongiorno”，告别用“Arrividerci”。只有在同等级的人中，才用“你”，才用随便性的“Ciao”（问好与再见都是它）。我与博士这一层相处最多，大概属这一等级，正好是中间层次，对上下都用“您”；对内用“你”——按我对中文用法的理解，同辈中也用“您”表示尊敬，用“你”我觉得冒犯。同事对我所用的“你”是否有亲切感，我一直生疑（现在我已掌握了西方语言中人称代词的正确用法，因此，读到国内许多同行著作的后记，觉得很别扭。在这些鸣谢性的后记中，作者们差不多都把自己的妻子称为“女士”；把帮助过自己的非常亲密的朋友一一称为“先生”。这些很西化的先生们似乎不知道，按西方的习惯，直呼其名是最亲热的用法，现在的用法不过是表明自己与被谢者十分生分）——因此，“您”是兼用于比自己高的和比自己低的人的称呼。一旦等级确定，称呼就别嫌麻烦，教授称呼博士，必挂后者的头衔，必用“您”，以此类推。我瞧着怪累的，但教授们训练有素，在任何场合，规矩不乱。

不错，教授是“老板”——这是中国留学生对自己的教授最普遍的称呼——但老板也负有相应的义务。我认为第一个义务是具有相应的水平、有想法，像一台工作母机，能正确地把整个系统带动起来。在这一点上，据我观察，教授就是教授，博士就是博士，没说的。第二个义务是每天西装革履，穿得整整齐齐。在暑假前的那段热天，这是对教授阶级和候补教授阶级（博士）的残酷折磨，里面的衬衫整个汗透了，外面的西服照穿着，在这一点上，我庆幸自己是中国的教授。第三个义务是请手下人喝咖啡，教授必须与所有为他工作的人共进午餐，以营造一种一个工作小组的气氛。饭钱各付各的，饭后一小杯意大利苦咖啡则由教授掏腰包。有时共餐者达 10 人，教授照掏不误，其他人也是等着教授掏，没有像在中国人间那样，争先恐后的。

对如何称呼我这个既是博士又是教授的中国人，老斯先生肯定绞尽了脑汁。说我是教授吧，我拿的是研究博士的工资，在食堂以大学生的出价标准买饭，同大学生们一起听课，而且不能像先生一样地支配人力物力，还和博士们以“你”相称。说我是博士吧，我的确是中国的正教授，而且还是罗马二大的访问教授。我看到的先生的解决方法是：在我与他的学生共同听课时，称我为“同事”，这意味着我是与他同一等级的人；在他的手下人前，称我为“博士”，称我为“您”。这样比较符合我的实际状况，称我为“教授”只会使我难堪；在极小的范围内——在最近他送给我的一本书上——他对我用“你”，看到这个“你”，我心头一热。

1995 年 10 月 5 日于罗马

博士与教授(续篇)

随着我对意大利大学生活经验的增长,我对博士与教授的认识越发深刻……

曾经写过一篇《博士与教授》,鼓吹在大学中实行分工与等级体制,目的十分简单且无政治性:提高工作效率。此文经热心人译给文中的主人公之一——贝博士听,他说写得真实。该主人公于1994年10月做过在中国主办的"罗马法·中国法与民法法典化"国际研讨会的副秘书长,深为博士被当着秘书用所苦……时过一载,对博士与教授的观察又积累了一些,写出来作为去年文的补充。

1. 什么是教授

斯教授每年讲课不多,却一年到头忙个不停,飞来飞去,典型的工作狂，“花钱能手”——我问过他一年可支配多少钱？他说对意大利人这是个秘密。你是外国人，可以优惠一把告诉你，“我一年用 2 亿里拉左右”（14 万美元以上）。用这些钱干什么？一年两次召开有关拉丁美洲问题的国际研讨会，会后出论文集；资助 6~7 个拉美学生在罗马学习；资助 2~3 个中国人翻译《学说汇纂》并出版；等等。简言之，是为拉美伸张正义，促进其统一——我与斯教授谈过中国的联邦制前景，他坚决反对。他问我，拉美若是一个统一的国家，怎么会是现在的这个样子？他所做的有关拉美的工作，都是为了直接地或间接地推动其统一。顺便说一句，斯教授没有自己的孩子，但收养了几个拉美的孤儿。他虽有钱（600 万里拉一个月），但自己生活俭朴——另外就是在中国传播罗马法。按中国的标准，这些都不是教授的分内工作。斯教授的活动，使我苦思什么是教授之问题。忽然来了灵感，“教授就是文化创造者”，冲口而出，斯教授听到了，点头同意。

2. 教授与黑手党首领

罗马法中有家父制度，现代意大利有黑手党，两者的共同点是“头”的极度权威。家父制度与黑手党，都是意大利文化的产物。两者既然是文化的，必然是普遍的。我不得不说，在斯教授与他的手下人的关系中，我看到了家父制度与黑手党的痕迹。在秘书办公室,秘书安东内娜戏称新中举的我的巴西朋友塔沃斯为“博士”;后者反唇相讥,说前者是Filias familias(家女)。作为意大利人,安东内娜听不懂这个拉丁词,我作为不熟练的意大利语使用者听懂了并及时微笑,好不得意!

斯教授所有的手下都是他的“家子”或“家女”,或曰……他的党徒——当然干的是“白手”的事业。贝博士是他的“家子”中我最熟悉的。明摆着,他想早一点坐上斯教授的交椅,因此对斯教授不大服气。斯教授只有两本专著啦,斯教授那个时代没有研究博士制度,所以当上教授很容易啦,等等。都出自他的口,但他确实不敢讲一句对抗斯教授的话,否则他就完了,因为他要成为罗马法教授,必须得到意大利罗马法教授集团(200多人)的点头。斯教授14时许吃午饭,据说这是地中海地区人民的习惯,偏偏贝博士不像是地中海人——他身材高大,基本守时,英语讲得好——每当履行“家子”的义务与“家父”共同进餐时,他都饿得要死,由于饿就吃得多;吃得多,按西方的理论,就必然瞌睡,以致下午不能工作,但他都是等教授吃饭。偶有犯规,教授就会对他说,昨天我找过你啦,怎么不在啊?令贝博士心惊肉跳。有一次,贝博士已回到了离罗马二大不近的家,18时许专程回大学,就是为了同教授道个别,幸好我没有这个义务!贝博士负责中国事务的财务管理,他对我说自己是个

Actor（管财务的奴隶）。我说，你若进行欺诈，有欺诈的抗辩时候，他说用不着，主人将他鞭打一顿或干脆杀死就得。当然，我们是在设想现代案件按罗马法处理的结果。

看到斯教授有若干来者求见，由他的博士生安东尼把门，一个接一个地放入的场面，不知怎的我想起了黑手党题材的电影。当然，斯教授干的是“白手”的事业，形式相同而已。

这一套，我是不喜欢的。据说，博士及类似博士者的作品，教授说发就发，而且有办法给你发。说不发，你就在抽屉里搁着。若偷偷发了，你就完了——你失去了我们的信任，以正义的名义，你将受到惩罚。

按意大利人的说法，教授的权威建立在对金钱的支配力之上。当然，经济是基础，根据我的观察，教授对手下人学术前途的影响力以及人格的感召力，仍是很重要的。中国的教授成了穷的象征（“穷得像教授”，无论公款私款，都是如此），只能以人格和学术前途影响力（这点可以忽略不计）来建立自己的权威了。根据马克思主义理论，这种权威是没有经济基础的。

3. 教授与“小脚”

藤野先生对中国女人的小脚有浓厚的科研兴趣。在马切纳答大学，我也遇到过有同样兴趣的意大利人，可惜他不懂中文，不然可以去看《三寸金莲》。小脚是中国独有的吗？从某种意义上说不是。古时女人裹脚为求美，因为公共舆论认为小脚是美的，而美的代价是痛苦，“梅花香自苦寒来”。要美还是要舒服，遂成为自五代以降至清的中国妇女面临的严峻问题。美乃为他人，“女为悦己者容”；舒服乃为自己。于是“个人利益”与“社会利益”发生了矛盾。当然是个人服从社会，除了个别例外，最后妇女大众还是龇牙咧嘴地裹了脚，造成如今诸多洋鬼子的研究兴趣。

如果把小脚问题理解为个人与社会的关系问题、自然与公认美感之矛盾问题，则可以说“小脚”非中国独有（这个“有”，用过去时）之物，而乃普世之物。人可以裹脚，植物为什么不可以裹它一把痛快？因此有盆景文化，对此龚自珍先生已作《病梅馆记》抨击之，不赘言。大快朵颐（放开肚皮大吃），不亦乐乎？这种选择是“自然的”“个人利益的”，但胖得过分，在社会交往上会遇到障碍，因此有过多的节食者，每天只吃水果和少量谷物，这种选择是“美的”“社会的”。可以说，只要有“自然”与“美”的矛盾，有“个人”与“社会”的矛盾，则“小脚”问题在世界的每一个角落都存在，何必到中国去研究？人生的大部分问题，都是“裹”与“不裹”的问题。当然，大部分人，不分男女，不管情愿与否，都选择了“罢了，裹”。少数拒绝裹脚者，或被杀被关。中间幸运的，被称为“如闲云野鹤”“不随波逐流”，死在床上。

但应该看到，个人与社会间，始终存在紧张的冲突，“社会”代表多少年留下来的明智的经验，也可能代表世代相传的偏见与愚昧！有正有负，没有“社会”中正的方面，社会将不成为一个社会，而是一个斗兽场。但“社会”中负的方面，又扼杀了多少“个人”所代表的创意和解放意识！此时的“社会”，简直是邪恶的化身。但必须承认，“社会”又阻遏不少“个人”的盲目冲动，使社会成为一个有基本共同价值的整体。

让我们回到意大利。我已经写过，意大利的教授在大学出现时必须西装革履，哪怕是在炎热的夏天。当然，在大学以外的场合，可以自由定夺穿戴。这里我们看到了教授活动的两个舞台：社会的和私人的舞台。从后者跨入前者，是角色的转换。在社会的舞台，社会利益占据主导地位，因为这里的社会认为，教授就是西装革履的，否则，你是否是教授，颇值研究。换言之，你“自由主义”一下的代价是得不到人们的尊敬，被误当作清洁工。在私人的舞台，个人利益冒头，因此，“随便宽衣”。由于自然欲与社会约束的矛盾、“个人”与“社会”的矛盾，教授在大学是否西装革履，是冬天社会利益至上，夏天让个人利益活跃一下，遂成为两种观念的战场。当然，意大利的教授们都战胜了自我、个人主义、个人利益，让自己忍受一时的痛苦，使自己像个教授。这的确是社会利益的需要，一身打扮可提醒自己到了另一个舞台，一个不能那么随意的舞台，注意自己与周围人的区别，自己的崇高性。就像英美的法官入庭时穿法衣、戴假发；中国的官兵系风纪扣；意大利的教士系白领结。但这些都是形式，若没有这些形式，人们照样当个好教授、好官、好兵、好教士，那多么好！但不行，因为“社会”在多数情况下都是盲眼的，在它能深入地了解你之前，只能根据你的外貌来判断你，这个社会，是多么得“恶”呀！因此，人们尽管很理解形式的可笑，仍屈从于形式。所以，意大利的教授，都裹上了“小脚”。

西装革履，自称教授者都是教授吗？恐怕不见得。不然，何以现在意大利所有的真教授都握有内藏自己全部身份资料的磁卡，一入电脑，真假见分晓。这东西的出现，恐怕是大量假冒教授出现的结果。因此，才有真教授的“防伪商标”“条码”。尽管如此，我在意大利自称教授而未出示任何公证书和认证书，人家都信、都认，叫我很感动，这可能是因为中国的假冒教授更多。在中国，接过一张名片，上写“总经理”或“教授”，谁敢信呀？至少拦腰一扁担打个对折，再“拷问”一番（何时、何地、经何人介绍当上教授的），然后半信不信，看“现实表现”。

这些是说明形式的局限。

我已经写道，意大利的教授都忍痛裹上了“小脚”，当然，脚裹惯了，也就不痛了，不裹还不舒服。就德高望重的教授而言，“裹脚”已成了生活习惯，不再是负担。但那些打算成为教授的“家子”们功夫不够，一旦斯教授不在，都纷纷“放脚”，大搞自由化，弄得个堂堂的法史研究部，活像个泥水匠俱乐部，甚至有连胡子都不刮的，还大叫舒服。在这股逆流中，只有贝博士挺立中流，傲然穿西装戴革履而立，不要教授监督，自觉狠斗私心杂念。遥想清末民初中国行放脚运动的时候，对少数裹脚上瘾的女同志实行强制放脚，她们哭着喊着要继续裹，白天不能裹就夜里裹。在她们的号啕大哭中，我想到了贝博士。

有一次，贝博士史无前例地把脚翘到了椅背上，颇像个美国人——在博洛尼亚参加第 17 届世界法哲学大会时，正值炎夏。第一天不分欧美，所有的教授们都“裹脚”。第二天，就分为两大阵营，美国人不裹了，并把脚翘到了前排的椅背上——我问他，是愿意生活在美国还是意大利？他说：愿意生活在这里，在欧洲！

4.“徐教授”与“徐博士”

我是教授，又是博士。我感谢意大利人的纯真，相信我是教授的自报。在中国，如果我的私见正确的话，博士比教授还高些，理由已述于《博士与教授》一文。但在意大利，情形反过来，博士不过是教授的助手，或曰“提包的”。这种文化差别造成了我的尴尬：我一会儿是中国意义上的教授；一会儿是意大利意义上的博士。当我做活儿——演讲、写“老板”交代的材料等——的时候，我是教授；当我领钱、签单的时候，我无一例外地是博士。我讲课的酬金被美其名曰“La sua borsa”(您的奖学金)，这是一个“贫穷”的教授的悲哀。

不久前遭遇一场紧张的翻译任务，我都按斯教授的计划完成了，但斯教授仍说我们落后了，并且通过贝博士对我说，如果翻译滞后，8月去利马开会就免了。由于我在自我意识中不认为自己是斯教授的“家子”，不该受到“家父”对“家子”的对待。按我对中国文化的理解，这样说话是把我当作孩子，是冒犯性的，因为我差不多是个工作狂性质的成年人。尽管贝博士经常说把我当作意大利人对待，我却坚持自己是中国人，按中国文化的尺度行事。逼得他不再对我说Capito？(懂吗)；逼得他叫我“老徐”——我认为该斗争一次了，找到斯教授，问他根据什么标准说我慢了？因为我是一个接一个地完成他的elenco(待译文献目录)的，并未窝工。听到这一问题，我在他的眼神里看到了惊讶——大概在大学里从未有人敢如此对他说话，但很克制，解释说是根据我的同项目者的标准，他们在逗留意大利一年半的时候，都全部完成了翻译。我提醒他我学了半年意大利语，在一年工作时间内为他干了不少其他的事。他说我们不谈细节，反正我们都想把书译快、译好。我告诉他，我不喜欢任何威胁！如果利马是个诱饵，如果我被当孩子对待，我就不去了。我看到了更大的惊讶以及一丝恼怒，尽管我极敬重斯教授，仍让他尝了一次我的风格，这恐怕是难忘的经历。无欲则刚，我在有限的空间内按自己的意志行事，力争在博士与教授的频繁更换中，让教授的成分频率更高。

当我证明自己的速度时，斯教授称我是教授，因此我应具有比其他人更强的工作能力。当我“初露峥嵘”时，斯教授称我为博士，提醒我注意自己的身份；提醒我注意谁开工资，谁领工资；提醒我这个研究部内只有一个罗马法教授。在整个“革命”过程中，我像一只勇敢的海燕，在教授与博士两地飞来飞去。顺便说一句，斯教授的博士之一何嘉图最近送我一书，他按德国方式上书“送给教授及博士徐国栋”，表明了对交往不多的我的深入了解和尊重，我十分得意，这次就不必飞来飞去了。

很痛快的感觉，我终于代表中国教授造了我敬爱的斯教授一反，同时又担心利马真的去不成，果如此，我同斯教授的合作就画句号了，而斯教授对我寄托不少计划呢！我心中有底。

刚来意大利时，我有文化环境转换带来的不确定感，同时又不了解意大利语人称代词的正确用法，遂称贝博士为“您”。他像甩掉火炭一样连连摆手，要我用“你”。这段故事，可能是贝博士后来到中国去散布我有自卑感的谣言的主要原因。国内反馈回来贝博士的谣言，叫我很难受。这是一幅越涂越黑的画，我未作解释。我按中文的用法称“您”以示尊敬，在意大利语中，以“您”称人的人，要么比被称者低一等，要么高一等，当时我还未宣布自己是教授，把我算作前者了。但后来贝博士知道了我是教授，便大力培养我的教授意识，开门时让我先进；我要做什么琐事时，他抢着去做，并提醒我“你是教授”。随着我对意大利文化了解的增进以及贝博士的着力培养，我的教授架子支了起来，越支越高，尽管从不“裹脚”——在这一问题上我也坚持中国文化标准，作为一个“贫穷”的教授，在西方国家生活，恐怕只有坚持自己的文化标准，才能保持自己的尊严。最近国内有老同志来意大利开会，贝博士私下与他谈到与我不好相处，因为我总摆教授的架子。国内带来一份材料嘱我复印，贝博士惊讶地说，徐国栋是教授，他怎么可能干复印的事呢？我事先得到这一情报，果然拒绝复印，扎扎实实地抖了一回中国教授的架子，心中窃笑贝博士“以意大利的框架看中国问题”。

由于文化的误解，贝博士说我“自卑”或“摆教授的架子”，都是错误的，但我愿后一错误继续存在下去。

5. 教授与宗教

斯教授的研究部，最近诞生了一位新的研究博士芬奇(请注意，列奥纳多·达芬奇一名中的芬奇，不是人名的一部分，而是地名，表示列奥纳多的籍贯。达 = da，“来自”之意，著名画家名字的意思是来自芬奇的列奥纳多），他刚刚通过激烈的竞争成为博士生。在此之前，他在先生的研究部白干，换言之，基本上不拿报酬地为教授工作，教授财力有余，象征性地给 10 万 ~20 万里拉。从现在起，他可以享受奖学金了。我不知道芬奇白干了多久？但我知道贝博士在成为研究博士之前，在罗马一大白干了 8 年！在“物欲横流”的资本主义社会，这种现象颇值得玩味。这种白干者不是偶然的现象，而是一种制度上的存在，换言之，在意大利的每所大学都有这样的白干者。他们的这种选择是为了渡过白干——研究博士——研究师的苦苦煎熬，最终成为教授。这是多么艰辛的征程啊！意大利的教授名额是固定的，退休一个，亡故一个，补一个。漫长的等待后，还要再经过激烈的考试或竞争，到一个出现空缺的大学去当教授。贝博士已经熬到研究师级别了，正在等待杰诺瓦大学的空缺。他已经 40 岁了，无怪乎他说在斯教授的时代，教授好当，罗马一大的知名罗马法专家卡斯提诺教授 28 岁即具有此头衔，被传为佳话。贝博士认为，在新体制下，这是不可能的。而芬奇，这位被误认为是著名画家亲戚的胖小伙，刚走到第二步，可怜的芬奇！

诚然，教授是一种职业，丑言之，是一个饭碗，一个铁饭碗，不论政权更替，教授仍是教授；一个好饭碗，Si guadagna bene（收入不错），尽管不如餐馆老板、工业家、银行家收入高，但多的每月600万里拉(4200美元以上)，而且旱涝保收，另可支配不少的人力物力，如斯教授。不排除许多追求教授职位者是为了得到金饭碗的可能。贝博士就说过，他的一些同龄人现在连工作都没有，而我作为研究师已经端上银饭碗了。只要我不犯大的错误，即使不谋求教授，我永远是中产阶级。但是，贝博士的妻子蕾蒂齐娅在银行工作，工资远多于他的。他只知道蕾蒂齐娅的工资远远多于他，由于实行分别财产制，并不知道蕾蒂齐娅的收入数目——至少他自己这样讲。

但是，为什么不能把教授理解为一种宗教，一种出于非经济目的对学术倾注一生的选择？我的确在斯教授的职业行为中，在他的工作狂热中——提前3个月把每天的日程事先排满，不停地、按部就班地工作，一天十几小时，我确认他是日程表的奴隶；我们是他的奴隶，我经常纳闷，他病了怎么办？——我看到了宗教色彩，是出于对光荣的追求而工作的，当然必须以金钱来维持生计，并且要钱多得能把全部心思用来思考高尚的事情。既然教授是一种具有宗教色彩的职业——说它的宗教色彩，是因为它的献身性质；说它是职业，是因为它是一个不错的饭碗。因此，教授职业同时具有超越性与世俗性——当然，它不应是一个凡人可入的菜园，而是一座但丁式的“地狱”。在这地狱的门上写着：“三心二意者止步。”在从白干到教授的漫长征程中，“白干”的阶段就是这样的“地狱之门”，它摒退大部分具有非为学术献身，满足于吃得不错而不是最好之目的的人，颇似天主教中的“坚信礼”。至少从制度设计上，可以这样理解通往教授之路的白干阶段。说实话，我喜欢这样的“地狱之门”，但愿中国的大学教师前面有它！

贝博士的妻子收入不错，但为什么他不去银行工作？他说我喜欢读书、研究。我的巴西朋友塔沃斯也是大学教师，他妻子是国家税收检察官，赚得比他多 3 倍，但塔沃斯由于喜欢，宁愿当大学教师，并且自信不会因收入少影响其在家庭的地位。贝博士并不羡慕他妻子，因为她经常对自己的工作厌烦，贝博士则没有这种苦恼，他永远有新的事情要经历、要发现，经常充满喜悦。看来，在世界各国，都没有靠在大学教书发财的，这种格局的普遍性证明身为大学教师，就或多或少地选择了精神之路。但选择这条路的人被更严格地选择——“地狱之门”的选择——肯定更好。

不过，在学术这座“地狱”里，也有超验的、灵性的欢乐之园，不在碱水里泡 30 次、盐水里煮 30 次、苦水里熬 30 次，达不到这一境地。经过了这 90 次之后，人们会说，至少我要说，我喜欢这座“地狱”，我愿再经历 90 次。

1996 年 7 月 2 日大醉之中于罗马三十亩地园

法学与语言学

不久，我进入罗马一大罗马法进修班学习半年……

“欲治法学，必先治语言学。欲当罗马学学者(Romanista)，必先当语言学家。”这是我第一次进罗马一大罗马法学院图书馆(用中国的概念，应该叫“资料室”)时涌上心头的句子。这个有300多年历史的“资料室”很齐全地收集了各种西方语言的罗马学文献，如德文、法文、英文、西班牙文、葡萄牙文，意大利文就不用说了，这是活的语言；死的语言有拉丁语和古希腊语——现代希腊语与它的关系，类似于意大利语与拉丁语的关系，掌握了前者的人要掌握后者，“要付出艰辛的劳动”——这个丰盛的“资料室”对我这个来自罗马学研究很薄弱的国度的人来说，是一个强烈的视觉冲击。我一眼就找到了国内所见过的所有西文文献；国内只有《赫尔摩格尼法典》《狄奥多西法典》等，这里是现实地存在的，不过采用了古希腊文的形式。我被老斯先生向人介绍为中国的 Romanista，可我到了意大利后，才第一次见到拉丁文的《民法大全》，这本大书的许多部分掺杂古希腊文，而其中的《新律》，完全是拉丁—希腊文对照。最叫我兴奋的是在这里发现了艾伦·沃森主持翻译的《学说汇纂》的拉英对照本，不久前由宾夕法尼亚大学出版的。此前我只见过霸克兰与另一位先生合译的节译本。沃森的是全译本，是他还在英国时所做的工作。他突然想到，为什么英文中不该有一个 Digesta 的全译本呢？于是 50 卷的书，由几十个教授各分一卷去译，由一个基金会资助出版，于是事情成了……还有一个冲击指向我对未来时间的安排：我是否应考虑把自己变成一个语言学家？尤其是学一点古希腊语，此为文献翻译中的迫切问题。

我跟的老斯先生是语言学家意义上的 Romanista。我联系来意时，他允许我用意大利文、法文、德文给他写信。他在中国讲学时，由于一时找不到意大利文翻译，他就用法文讲。来意后，我见过他用西班牙文写的文章，而且还发现他实际上懂英文。看到他阅读来自中国的英文信和中文书的英文目录，我突然想起，在中国我用英文问他“可不可以考虑休息一下”时，他马上用中文对我作了“这是不可能的”之回答。因此，当年我大可不必点灯熬油、费尽心机炮制意大利文信；或请客送礼，求人写德文信。也许英文被他谢绝，乃因为讲这种语言的人民“很迟才有文化知识”（伏尔泰语）。我的同事贝博士能讲法文、英文，当然还有意大利文，能看拉丁文、古希腊文、西班牙文、葡萄牙文、德文以及一点点中文。他的英语讲得很好，在“很迟才有文化知识”的人民的冲击下，意大利的知识分子争相表白自己会讲英语，但讲出来多是一团杂音，我宁愿不要他们的英语“照顾”或“炫耀”而听他们讲缓慢的意大利语，但贝博士的英语，像山泉一样清澈。

即使作为罗马法的学生，也有成为语言学家的紧迫需要。在罗马法进修班，教授引用古代文献，一律使用原文，并不稍加解释，经常发下来《民法大全》某个片段的复印件作为今天的讲题。在有关著作上，凡引用死语言的和外国同行的文献，一律使用原文。举例来说，《在公民权与普世性之间的罗马人的概念》这本书，题记是古希腊文，《圣经·使徒行传》中的一段话（百夫长走向保罗，问他：“告诉我，你是不是罗马人？”他回答：“是。”百夫长回说：“我为获得这一公民权，花了好多的钱。”保罗说：“我生来就是，与你不同。”），中间的几十篇文章，法文和意大利文各占一半，而它们又大量地引用拉丁文和希腊文文献。我参加过斯教授主办的两个国际会议，工作语言是意大利文、法文、西班牙文、葡萄牙文四种。后两者是会议讨论问题所属的拉丁美洲的语言，这些国家的与会者就不必把自己的文章翻来翻去了。这种语言体制对操法、意文者的便利，自不待言。非洲的与会者，都能用法文写自己的文章；欧洲其他语言区的作者，都能用西班牙文或意大利文写自己的文章——他们是最受委屈的。在一个会上，用四种语言发言，大家彼此能听懂，并且能互相提问题，进行讨论，煞是有趣。又见第 17 届世界法哲学大会论文，发现意大利作者的文章引用外国文献，一律用原文，这点与英语世界的作者很不同。也许可把这种作法称为意大利的"贵族气"，在这个国家，学者以行动旗帜鲜明地宣布学术是一小撮人的事情。

我与自己的同胞一样，对外语，对能讲外语的人，尤其是对能讲多种外语的人——如钱钟书先生、陈寅恪先生，满怀敬畏之心。而且我对自己的语言能力充满自信。尽管我连普通话也不能讲得标准，但在巩固与发展的矛盾前，我选择了发展。我比较正式地学过英文、德文和意大利文，比较随便地学过日文、世界语，现在应该说还包括西班牙语。每学一种语言，都显得比同学的人轻松，这是我的自信之由来。但我已 34 岁，人到中年，舌头发硬，事务缠身，不是学语言的最佳年龄了。来到意大利后，语言问题是一个伤心的题目。我的情况是：阅读能力远远超过说的能力；听的能力又远在说的能力之上。意译汉，汉译意，我是不怕的，最近分别有两种形式的译品问世。说的能力之所以差，乃因为太缺乏练习的机会。别看住在意大利，你若不很费心去找，照样没有讲意大利语的机会。而对一个西方语言区的人来说，不会讲驻在国的语言，是不可原谅的……愚蠢。好吧，你不会讲意大利语，我放你一马。Let’s speak English。但是祖国多年不对外开放，我的英语能看，听要经过“慢镜头”处理……于是那种自我感觉不错、对东方毫不了解的人脸上有了这样的话：“下地狱去吧！”在罗马法进修班，当我欲提问题又表达不出来时，我看到了拉美同学的不怀好意的窃笑，心里颇不是滋味。等我为写拉美外债的文章硬着头皮看了一点西班牙、葡萄牙文以及个别的法文文献后，我忍不住抱怨。可以这样有点夸张地形容意大利语与西班牙语、葡萄牙语和法语的关系：讲意大利语时，把舌头放低一公分，就变成了西班牙语；抬高一公分，就变成了葡萄牙语。法语不同些，舌头左转三公分吧，法语就出来了。在我自己成为“语言学家”后，我对语言学家的敬意减少了85%以上。对我在语言上遇到的不快，我发过这样的牢骚：我能熟练地阅读古汉语，正如你们能阅读拉丁文；我能讲中国的官话和好几种中国方言（如湖南话、四川话、东北话等，当然还有湖北话），正如你们能讲西班牙语和葡萄牙语。中国大概比欧洲略大些，远古时先民们可能讲一种共同的方言，后来分化为几大方言区，如同拉丁文分化为法、意、西、葡、罗马尼亚语等分支，只是欧洲有过“我手写我口”的运动，口语上的区别也成了书面语上的区别。中国几千年来始终未能十足地做到“我手写我口”（尽管有《哈儿师长》等方言影视），因此口语不一而书面语一，方言没有转化为语种。如果把中国人中能讲几种方言的人都叫作语言学家，则这样的人会有几千万之多，“语言学家”达千万之多，你还会崇拜他们吗？

尽管有这些民族主义的遁辞，但不能不承认西方语言在法学上的霸权地位，因为我们的法律大部分来自讲这些语言的人民。许多我们刚刚面对的问题，他们可能已于几十年前、几百年前面对过并处理过了。对西方的学习，必须借助语言的工具。要想中断这种学习，要么我们创造一种比西方更好的学术，从全局来看，这种前景十分遥远；要么我们在西方创立的学术上，达到或超过他们现有的水平——青出于蓝而胜于蓝，这种前景同样十分遥远。也许有第三条道路——创立有中国“特色”的学术。“中国特色”多次受人讥诮，我也参与过。但到了西方，我感到并不存在一种纯粹“共同的”学术，在人类共同问题的背景下，每个民族都有自己特殊的问题，对这些问题的回答就构成该民族自己的学术。如果我们承认世界的多元性和各种文化的独特价值，我们就看到了互相学习的可能。问题又回到了语言学上，如果世界对中国有兴趣，何以让这种兴趣得到满足？当然，鬼子可以学习中文和中国事务，但更重要的是，我们中国人自己把自己的问题带到世界上去。尽管中文是联合国的工作语言，但在学术场合，中文并不具有这样的地位。在这里我们感到了一种令人难堪的语言上的不平等：中国的问题，却要采取西方语言，尤其是英语的表达形式。我需要 10 天写一篇文章，但我需要两个月把这篇文章译成英文，西方学者就不必浪费这两个月了。“作为一个中国人是不幸的”，我说，贝博士兴致盎然地等待下文，“因为要把一生中的许多宝贵时间用来学外语。”我接着说，贝博士对这一下文有点意外。于是，在对外场合，学术水平成了外语水平。但在国外发表的许多东西，也许在国内根本达不到发表水平。可能我们不能不承认如下事实：中国法学要走向世界，需要产生能熟练地用西方语言写作的作者。但这一事情的难度可从如下的故事中反映出来：在罗马法进修班，拉美同学无不为自己的意大利语水平自豪，但他们的结业论文和演说，都用的是自己的母语。他们不能用意大利语谈学术，我感到满足，又感到悲哀。

不仅中国人遇到了语言问题，而且操英语以外的西方语言的人也遇到了同样的问题。许多作者，如汉斯·凯尔逊、尤根·哈贝马斯等，都是放弃母语改用英语写作才闻名世界的。当然，他们完成这一过程比一个东方人完成同样的过程容易得多，但他们作出这一“改宗”决定时，有几分自愿，又有几分无奈？他们是否感到了用新语言表达细腻事务上的自由？他们是否快活？都是值得探讨的问题。

看到罗纳德·德沃金在第 17 届世界法哲学大会上的风光场面，我在想：他若是一个中国学者，用中文写作，情况当如何？我是要分析他的学术地位的英语因素和美国因素。当然，他是西方文明之价值的伟大阐释者和宣扬者。一个时代的新价值是有限的，问题总是古老的永恒价值之弘扬，并不排除一个东方人很好地领会与发挥这些永恒价值的可能，于是问题反过来变成了这样：若这个东方人出生在美国，讲英语，他具有与德沃金同样的智慧，情况又当如何？

1995 年 10 月 8 日于罗马

研究与教学及迟到

在学习过程中，罗马一大的教授们给我留下了深刻印象……

20 世纪 50 年代，随着中国科学院的建立，产生了大学的功能的争论。一种观点认为，研究是科学院的事，大学的功能是教学；另一种观点认为，大学兼具教学与研究的功能。最后郭沫若出面，肯定大学的功能以教学为主，以研究为辅；科学院的功能则反过来。毫无疑问，郭沫若的主张是当前大学的实践，我们可以给它起一个兼具法学味和日本味的名字——教学前置主义；对于相反的主张，我们可称为研究前置主义。

事实上，哪一个中国的大学教师不是从教书开始自己的职业生涯，然后过渡到研究或压根当一辈子教书匠呢？例外是少数。在未开始自己的研究之前，他们教的是别人的东西，这种“教”的效果如何，可想而知。教学前置主义把教学理解得十分简单，我听到过朋友对在教书上不成功的同事作这样的议论：“这小伙漂漂亮亮的，怎么连教书都不会呢？”中国的大学教师职称系列具有浓厚的“教学前置主义”色彩：助“教”（为什么不是助“研”）、“讲师”（为什么不是“研究师”）、“教”授（为什么不是“研究员”），总之，所有的职称都离不开“教”字、“讲”字。

意大利的大学制度似乎与中国恰恰相反。大学教师必须获得研究博士学位，这意味着要带着一本专著（博士论文，必定出版）开始自己的大学教师生涯。这些博士们并不能上课——这是教授的权利，他们只能作教授的助手，为后者准备讲课的材料，辅导学生，组织考试，同时干大量的行政事务，然后取得“研究员”（Ricercatore）职称——这是一个很难翻译的名词，因为中国的研究员就是教授，而意大利的“研究员”相当于中国的讲师，事实上把它译成“研究师”最合适。从名称上可见，成为“教”授之前，大学教师一律进行研究，“关门下蛋”，写专著，写论文，没有这些“蛋”，也当不成教授，因为同中国不一样，意大利不允许有“教”无“研”的教授——一旦熬成教授，重心似乎就倒过来，以“教”为主，以“研”为辅。这样的“教”的内容也可想而知，通常情况下都是“教”者自己的研究成果。因此，尽管罗马一大同时有 10 个教授开同样的“罗马法”课程，但教的内容大不一样，学生可根据每个教授提供的“菜单”选择跟不同的教授。按这种体制，“教”似乎是比“研”更为困难的事情，因为它关系人的塑造哇，而且“教”是“研”的逻辑结果。

中国的教育体制以课时多著称。我上大学时，民法是120学时。随着民法科学的发展，它分化成了总则、合同法、物权法、继承法、婚姻法、知识产权法等好几门课，把这些课的学时加起来，怕有二百多吧。这种安排是没有重点地把一门课从头讲到尾，很符合中国叙事文学创作中的“有头有尾”的审美趣味。由于先“教”后“研”的制度，教材很重要，最好编统编教材，使教材成为“研”的结晶，补某些有困难的同志在“研”上的不足，同时力求消灭“发达地区”与“落后地区”的差距。通常情况下，这种体制把教师看作教材的……仆人（或曰奴隶）。我有幸参加编民法的统编教材，叫我大吃一惊的是，主事者要求按该门课的总学时数设计该书的篇幅，假定每节课讲3000字，总学时为200课时，两数相乘，便得该书的总字数，不能多，不能少。这不是把教师当作读稿机又是什么呢？

意大利的教育以课时少著称。据我对老斯教授的“罗马法”课程的观察，从12月开课，到次年5月结束，中间插有假期（除寒假外，意大利的假日多得不得了，使习惯了勤奋工作的中国人很不适应）和非假期的大量中断，每周讲两次，一次一小时（一小时讲什么呢，在北京有位绰号“铁嘴”

的老师，他的开场白——作为民法教师，不带一个“民”字，也不带一个“法”字，从他的小女儿讲到昨天晚上奇怪的感冒——通常需要 45 分钟，这是我看表统计过的)，而且时有迟到——这是意大利教授闻名世界的最丑陋之处，迟到的教授并不道歉，学生们也毫无怨言地等待。当然，迟到比不事先通知地临时取消该课时，是一种小得多的恶。在这里，我们看到了中国大学教师的美德：“课比天大。”我来自具有这种美德的国度，对罗马一大教授们的迟到、临时取消极感愤怒。因为为了听这一小时，我来回在路上要花两小时，并牺牲午饭时间——但不能否认，这一小时是干货，教授都是没有讲稿的(据我所见)，信手拈来一个题目，侃侃而谈，引经据典，欢迎提问且问不倒。说实话，若非就讲题写过书或专论，这样的一小时是打熬不过的。我在痛恨迟到教授之余，又不能不对其佩服。

中国的大学体制也在向“研究前置主义”转化，为数不少的教师得过硕士学位，越来越多的教师得过博士学位，这些人都是“研究前置”的。当然，不少优秀的本科生出身的教师，也是这样。我希望这一转化尽快完成，抛弃掉“教学前置主义”——这种“教”的质量如何，太值得怀疑了。就我个人的经验，能讲得神采飞扬的，只能是自己写过论文、反复爬梳过的问题。但根本的问题在于，如何从教育哲学的高度认识“教”与“研”的作用与地位以及两者的关系，我认为，大学应以研究为主，教学为辅，研究是教学的基础。作为大学教师，必须讲一定比例的自己的研究成果。认真地执行现有的职称体制，应该是助教无权上课，专门做研究工作与教学辅助工作，当教授的助手。讲师以研究为主，以教学为辅。教授则是以教学为主，以研究为辅。对确有困难不能写出科研成果的同志，不妨尽快将其淘汰出教师队伍。如果承认大学的课与中学的课的区别，这样的同志肯定是连课也讲不好的。

在博洛尼亚参加第17届世界法哲学大会时，住在青年旅馆。由于会讲一点意大利语，成了在讲英语的人面前不自在的意大利同住者的谈伴，与一个小个子的那波里小伙子谈到了我对意大利教授迟到、旷教的痛恨。他说，在灵感没有降临前，机械地讲一小时有什么意义呢？我感到这是一个聪明的辩解。看来，意大利的教授迟到或旷教，除了有特别紧急的事务外，就是因为在等待灵感了。如果等不来灵感，此课就干脆取消。的确，凡开讲了的课，似乎都是带着灵感讲的。

1995年10月10日于罗马

我的巴西朋友塔沃斯

在罗马一大，我交上了一位巴西朋友……

我认识塔沃斯，是在罗马法进修班，当时我只能用结结巴巴的英语介绍自己。知我跟老斯教授，他说自己也是，从此我们就有了共同点。他对人非常有礼，当我在语言上有难题时，他总是以不让我难堪的方式帮助我。显然由于有这种品质，他是同班的5个拉美同学的头儿。大家常在他家吃饭，而他又性喜烹调，我常常嘲笑他，他从不以此为耻。

塔沃斯是个德语名字，他的确是德裔的巴西人，在巴西已有三代了。具有讽刺意味的是，尽管他懂拉丁文、英文、法文，当然还有他的母语葡萄牙文以及现在使用的意大利文，而德语对他恰恰是一种困难的语言。

当我去一家法律专业书店购书的时候，我除了了解到塔沃斯饭量大，总是觉得饿之外，还了解到他是个慷慨的购书者。老板告诉我塔沃斯定购了 60 多本书，书的数目和价款都不是小数，由此我对他产生敬意。后来我一直称他为“书虫”，并告诉他在中文中这是个亲切的表达，他马上说我也是“书虫”。罗马法进修班结束后，拉美同学纷纷打点行装回国，只有他另外得到了一年的奖学金。我认为原因在于他是“书虫”。斯教授的眼光厉害，交道不多，却能把“书虫”挑出来给以另外的机会。但是，塔沃斯还是回国了，为了结婚，为了度假。当我在暑假中留在被遗弃的罗马城——人们纷纷逃往山上或海边避暑，留在城里的都是“可怜的人”，教皇曾为我们祈祷——与意大利语苦战的时候，他正在凉爽的南半球享受他的假期。临行之前，他已知道我对拉丁美洲有强烈的兴趣，允诺要为我带一本《巴西民法典》以及一本英文的《巴西史》回来。我们商定，由他写一篇介绍《巴西民法典》之父弗雷塔斯的文章，我译成中文发表，我想借此学一点葡萄牙文并了解正谋求大国地位、成为安理会常任理事国的巴西。

1995 年 9 月在一次关于拉美问题的国际会议上，我见到了刚回意大利、带着漂亮的新婚妻子的塔沃斯，我真的很高兴。现在他在斯教授的研究部工作和学习，我们有更多的接触机会了。他兴奋地告诉我，允诺的书，他给我带来了，不日将交给我。很久前，他就邀请我到他家吃饭，我都因忙谢绝。现在更是频频邀请，但我还是忙。塔沃斯好学，作为教师，也好谈论所学，于是每天我们共同去食堂吃饭，饭后去花园散步、谈话半小时。我成了他的忠实听众，这对我了解有什么好书，尤其对提高意大利语水平帮助不小，我深为感激。有一回，他以陶醉的神情讲了他昨夜做的茄子巴斯塔（一种地中海地区人们吃的主食），于是，当他下一次邀请我时，我接受了，并点名要吃茄子巴斯塔。

我修饰一番，按西方的礼节拎了一瓶酒去赴约。这是个星期天，所有的商店都关门。由于我不识路，塔沃斯在地铁站接我并告知：家里没有茄子。于是我们寻找开门的食品店，寻找茄子。可惜我们没有成功，只得买了一种点心作替代，售货员告诉他要烤 20 分钟，但他烤了 40 分钟。他说，对意大利人的话，你都得乘以二或除以二，此语给我强烈印象。但在做饭时，我发现调料包装袋旁边发票上的日期是昨天，换言之，他昨天买了菜，却没有买茄子。因为我的赴会声明被除了二？我有些生气，以后的吃饭邀请，我就不来了。尽管如此，这是个美好的聚会，饭后喝咖啡，然后他对我讲授巴西史。我奇怪，弹丸之地的葡萄牙怎么能征服偌大的巴西？他也说不清楚，不过他援引了他认为正确的一史家的评论：葡萄牙人与当地妇女生了许多许多的孩子，靠这些混血儿巴西臣服于葡萄牙。我有些茫然地点头。他还说葡萄牙人的近邻西班牙人就没有与当地妇女生孩子的癖好，这对历史有很大影响。这次我问到了他允诺的书，他说，由于是托运，现在它们还没有来，这是一个可信的解释。

塔沃斯的爱国主义给了我强烈的印象。罗马城曾出现一种连裤袜的广告，广告词是“巴西效应”。他对此极为愤慨，照了相，寄回国内，敦促国人注意巴西的形象。广告画面是一只穿这种袜子的女性屁股，他说，巴西妇女的屁股很高、很美。这个广告暗示，若穿这种袜子，可得到巴西妇女屁股般的效果。这可能使人认为巴西除漂亮屁股外，别无他物。我很为他的爱国热情感动，因为也许有些人，因为自己是德裔而非正宗的巴西人，以自己为例外，一举摆脱与这幅广告的干系了事。但他不，他真诚地相信，葡萄牙语是最美的语言，巴西是最美的国家；他为一只巴西口音的鸟动情；为意大利新的移民法案专门排斥巴西人而愤慨。尽管他承认，巴西人来意大利，许多人从事卖淫，尤其是作为变性人卖淫。

显然，我已成为塔沃斯的朋友，他又把我介绍给他的其他朋友。因此，我同他去住在弗拉斯卡蒂的米里翁家里做客。她是巴西人和犹太人，来意大利十多年，结了婚又离了婚。除了一个叫弗拉维娅的女孩，她与一个德国青年同居。我受到了真诚的欢迎，拉丁民族的接吻礼，拍肩膀，谈政治和其他一切问题，鉴赏一只完全被欧化了的所谓的中国锅，尤其满足他们对东方的兴趣。然后，我们同饮一种巴西的很烈的甜酒；同吃一种瑞士食品——用面包片沾上溶化的奶酪。于是，该轮到我回请了，每一个出国的中国人都被推定为烹调高手，请你的目的就是下次吃你的，赖也赖不掉，我只得在手艺有限的条件下筹备回请。老外请客，吃一样东西足矣；中国人不行，一桌方可。我请了人帮我买菜，帮我做成半成品，花了钱和两天时间——主要花在把我的房间收拾得可以接待“外宾”。尽管是“死”约会，但米里翁要为她的老板准备出差，她和她的男友不能来——我很生气，不愿这么再弄一次——塔沃斯找了两个古巴人替补。我们有了一次欢乐的聚会。我准备的东西 5 倍于客人的食量，酒敞开喝，另外还管香烟，这些都跟洋人不同，颇有“中国特色”。

在欢乐的气氛中，塔沃斯告诉我，你要的书，就要来了。屈指一算，此语离他上次讲同样的话，已有一个半月之久。

以后，塔沃斯和米里翁两次邀请我吃比萨饼或做其他事，我都谢绝了。

我回中国休假，想的是如何回报塔沃斯让我饱听意大利语之情。他一好读书；二好口腹之欲。对于前者，我无法送他中文书。对于后者，我可为他尽力一二。我为他准备了湖南的腊肉和他最喜欢的中国竹笋。回到罗马我就交给他，不过是让他带回去自己做并告之以正确的炮制方法，以免我自己动手。他很感动，郑重地告诉我：你要的民法典已经来了。经过漫长的旅程，飞越大西洋，从南半球到北半球，它终于来了。不过它的伴侣英文的巴西史没有来，我也没问。

之后，我们又有好几次在办公楼走廊上的碰面，每次他都主动对我说昨天带了书，你没来；今天没带书，你又来了。但是，别着急。

最近见到他，又是这句话，尽管我未提起此事。他说，让我们明天在食堂前见面好吗？第二天上午，他进了我的办公室，递给我用红纸包着的一本书。厚厚的，不要钱，是礼物。气氛欢乐起来，我恢复了对拉丁民族的信心，打算不再到处宣传拉丁民族的性格是“两不主义”—— 一不守时；二不守信——了。这是一次愉快的午餐，饭后由我请客喝咖啡。我们又散步在花园里，沐浴着早春的灿烂阳光。得知我正在组织民商法典研究所，他主动提出要送我手头的《秘鲁民法典》和《乌拉圭民法典》，并要帮我把一个墨西哥人的《墨西哥民法典》弄到手。《阿根廷民法典》也可以想想办法。我差不多改变了对拉丁民族诺言的看法，把建立民商法典研究所的计划，寄托在塔沃斯同志身上。

当我忙完手头的事，打开包装着的民法典时，发现它是一本民诉法典。我如坠冰窖，想得很多很多。第一，民法典之所以迟迟不来，是因为它根本未来。但塔沃斯脸不变色心不跳，偏偏说它要来或已经来了，而在同一天的饭桌上，他还在大谈天主教士如何坏得不讲良心。第二，民法典已经来了，但已给了别人，我被排在第二顺位。记得塔沃斯刚回意大利，说赠我民法典事时，贝博士也在场，他马上要求也受赠一本。考虑到塔沃斯是待在意大利而不是中国，贝博士列在第一顺位可以理解。第三，塔沃斯送我民诉法典，却称是民法典，是欺我不懂起码的葡萄牙文？第四，塔沃斯知我懂一点葡萄牙文，故以红纸包装之（我曾把它理解为礼品的标志），以避免当即的询问。第五，塔沃斯是要捉弄我一下，狸猫换太子，自己捉摸去吧！

回家的路上，心中翻作五味瓶，想的是若自己受恶，乃是因为自己曾做过的恶反弹在自己身上。塔沃斯如何看待我呢？我一再谢绝邀请，难道不是不够意思吗？我作过翻译他的文章的诺言，不是未兑现吗？我可以解释，这是因为不可抗力。回意大利之后，斯教授和贝博士用拉丁语把我变成了工作的奴隶，再无闲暇，但塔沃斯未必认为这是真的。无论如何，我该检讨自己，我做的事，在中国人看来是正常的；而在洋人看来，就是不正常的了。塔沃斯的行为对我也是这样。我自己也在犯理论错误。在我看来，塔沃斯是不守信，但怎么能得出拉丁民族都不守信的结论呢？人说意大利人一不守时，二不守信，贝博士不是既守时又守信吗？（当然，他也有不守信的记录，我相信是因为不可抗力，因为他还不是教授）。民族间的误解，可能是因为行为方式不同（我不可能像南美人一样喜欢过节，尽管塔沃斯说他在这方面是个例外，但我相信他是个地道的南美人）；也可能是因为大家都惯于从个人品质得出一个民族的品质如何如何的结论。无论如何，我应该相信人都是善意的，然后提醒塔沃斯，他送错了书，不过这本也是我需要的，请他在他父母下个月来意大利时，给我带一本《巴西民法典》来，由我付钱。一付钱，事情就变得简单多了，这是生活的经验。

但是，我要对塔沃斯关于秘鲁、乌拉圭、阿根廷、墨西哥等国民法典的诺言，除以二或除以十。

1996 年 2 月 28 日于罗马三十亩地园

陌生人漫谈

从与房东小女儿的接触开始，我思考了陌生人问题；也可以说，这种思考是在观察那些坐在空调车内，隔着茶色玻璃看罗马的外国旅游者的过程中产生的……

1. 东西文化比较的危机

出国前搞过东西文化比较研究（国内有许多这方面的专家），对东西文化，尤其是法律文化之不同，心中有一个对照表。内容之一为西方人重灵，东方人重欲。例如，东方人过节大吃大喝；西方人过节唱歌弹琴。岂料几天前与一德裔巴西人谈论这一问题，他的结论恰恰与我相反，他认为东方人重灵，西方人重欲，一切以赚钱为中心。对东方，他举了印度和西藏的例子。的确，人们也这么说过：以“欲”的问题为尺度考察东西方文化，印度文化认为，欲海无边，岂能一一得到满足？与其徒劳挣扎，不如使欲望主体“无欲”或“寡欲”来得干净。而西方文化认为，欲海无涯，不错，但人的力量也无涯，因此，不妨“发现欲望并满足之”，甚至“创造欲望并满足之”。对希腊文化与印度文化的这种对比，叔本华也曾精彩地指出：“希腊人的伦理和印度人的伦理之间，存在一个显眼的差别。在希腊人看来（必须承认，柏拉图是例外），伦理的目的是让人生活得幸福；在印度人看来，伦理的目的则是超脱生命，从生命中拯救自己。”〔1〕中国文化似乎执西方文化与印度文化之中。因此，“进则孔孟，退则老庄”；“知足常乐，能忍自安”。本人性喜旅游，印度无缘去得，西藏却是去过了，对当地人的宗教生活有一番切实的观察。一个真正的藏族人，每过一段时间，要把自己积累的财富带在身上，千里万里，磕长头去拉萨，把这些财富献给神庙，将之转化为天堂里的存款，然后乞讨归来，一切重新开始。谁能说西藏人不是为来生活着呢？此生不过是手段，是工具，服务于来生的目的。这就是“灵”啊！巴西朋友还谈到，西方人过节也是寻找一个适当的借口大吃大喝，例如，圣星期五，是耶稣殉难的日子，按教规不能吃肉，只能吃鱼，但许多人在这一天吃精美无比的鱼。当然，还有一些共产主义者在这一天专门吃肉，别的什么也不吃——人很虚伪，表面上是纪念我们的主，

〔1〕 参见［德］叔本华：《世人的苦难》，载梅特林克等：《沙漏——外国哲理散文选》，田智等译，三联书店 1992 年版，第 92~93 页。

心里想的却是亲爱的鸡鸭鱼肉——另外，众所周知，中国文化讲究“君子敏于行而讷于言”，而西方文化讲究口才。但翻一本意大利谚语集——谚语是对一个民族之心理的最真实的记载，中有“说话是银，沉默是金”“妇女最好的装饰是沉默”“沉默的美德是大明智”“明智的头与紧闭的嘴同在”“看了、听了并沉默的人，活得平安”“沉默的树结宁静的果”等大不利于口才好者的话，与中国的“逢人只说三分话，未可全抛一片心”有何异哉？我感到中（东）西文化比较的危险，因为面对两个如此巨大的比较对象，必然要概括化，而一般结论的例外太多太多……真为中西文化比较专家们的饭碗担忧，幸亏我过去只是业余弄弄，并不以此为常业。

2. 称呼与人际关系定位

但中西文化真的比较不下去了吗？大门为界，两种生活，时间长了，自然做起“门内”与“门外”的比较研究。房东的小女儿，9 岁，5 岁来意大利，她不懂我的普通话，我不懂她的温州话，我们只能用意大利语交谈。令我恼火的是，她从不对我用任何称呼，劈头就说要对我说的话。按中国的规矩，开谈之前，有必要以某种称呼定相谈者双方的“位”，例如，“小徐”“老徐”（年龄关系定位，由于有重老的“农业社会传统”，因此，“老”并不是对方年龄真的比自己大，而是表示尊重的方式。我初次与温州人打交道，他们都称我为“老徐”，但时间稍长，“老徐”就变成了“小徐”——若生理上有这一转变，该是何等的好啊！）；“徐老师”（师生关系定位，但“师”并不必事实上教过“生”）；“徐叔叔”（准亲属关系定位，这是年龄小的人与年龄稍大的人间最通常而自然的定位法，当然，叔叔不必是叫“叔叔”的人的爸爸的兄弟）；当然，还可以称我为“徐同志”（事业或理想关系定位）；“徐师傅”（流行一时，“师傅”等于“先生”，从词源上讲，可归入“徐老师”一类）；“徐先生”（一种方兴未艾的定位法，但在中国人中还不普及，不能自然而然地使用，对这个大有前途的定位法，下文将详论之）。除上述者外，我想不出还有何种相谈者间关系的定位法（当然，还有夫妻之间的“哎”，和某些地区的老朋友间的“狗 × 的”，那是关系极亲密的象征）。显然，在我与房东小女儿的场合，按中国的文化传统，我认为她该叫我“徐叔叔”或简称为“叔叔”。按我的文化观念，其他的任何称谓都是不可接受的。令人难堪的是，“叔叔”二字，她就是说不出口，面对她的“无礼”，我以不理惩罚之。有一次她被逼急了，称我为“教授”（这是事实）；还有一次，我带她去看中国杂技，她完整地表现了中国独生子女的一切毛病，我以沉默惩罚她，她觉得有愧，称我为“先生”［Signore，宗教中的“主”和封建史上的“领主”，都是这词，使被称呼者觉得沉重。在汉语中，“先生”初为“先我而生”之意，属“老徐”

定位法一类；后引申为“先我为生徒（学生，日语）”之意，属“徐老师”定位法一类；再引申为：“你我都生此世，但你是可敬的”之意，表示的是一种横向的存在关系，类似于“徐同志”，但无后者的政治色彩。在中国一些地方，是一种新的定位法，因此不好与其他类型比附。总而言之，汉语中的“先生”，没有意大利语的 Signore 的那种沉重感]，但在今日之前，我认为她对我的恰当称呼应该是“叔叔”，相信许多同胞与我持相同意见。

3. 说“叔叔”

但叔叔的确切含义是什么？众所周知，叔叔是父亲的弟弟，这是中文中的日常用法。父亲的哥哥都包括不进去，另有“伯伯”的范畴指称之。因此，严格讲来，叔叔是称叔叔者的第二亲等的旁系血亲。叔叔对称叔叔者——侄子侄女——的关系也是这样。如果我没有记错的话，根据中国关于亲属的法律，叔叔在某些情况下对侄儿、侄女负扶养义务。显然，我不是这种意义上的叔叔。我之所以觉得房东的小女儿该称我为“叔叔”，乃是因为“叔叔”一词的含义不止于此。我们咂摸“叔叔”一词，会发现它还有“父亲的同辈人”的意思。但父亲的同辈人多以亿计，不可能都叫他们为叔叔，应将“叔叔”特定化为“父亲的同辈人，但与父亲的联系较多，关系友好”，这样的叔叔的范围就大大缩小了。李铁梅所唱的“我家的表叔数不清”中的“表叔”，就在这一范围之内。他们通常是父亲单位的同事或邻居，经常可以看到这样的叔叔带着称他们为叔叔的人去看电影、游泳，但两者间并无严格的法律义务。第二种叔叔是第一种叔叔之含义的扩张，前者是一种自然的、以血缘为根据发生的亲属关系；后者是一种拟制的亲属关系。

4. 中国的人际关系类型

我们中国人把纷繁复杂的社会关系首先分为亲属关系与非亲属关系，对前者，以“伦”（君臣关系，即准父子关系除外）调整之。对后者，再分为朋友关系、同学关系、同事关系——这些是横向关系，纵向关系有上下级关系和师生关系。还有纵横交错的同乡关系。凡此种种可概括为熟人间的关系，换言之，这些关系中的主体是彼此认识的。通常说到的关系网，无非说的就是这些，它们是一个人生活的支柱和各种好处的源泉。当一个人无助的时候，他就建立和发展这种关系，把一个陌生人变成自己关系网上的一个“纽结”。一个人在全是陌生人的火车上，会以烟“交朋友”，以烟点着为起点，谈话开始了“你是78级”的，“我也是”，我们是同年。你是北大的，我是清华的，我们只隔一条街嘛，我们是同学。你是1982年入伍的，我也是，我们是同年兵。同学已超出了一个30人或50人的班的范围，而扩及于同一时期入学的人或同一专业的人，或在同一所大学受过教育的人（校友）。总之，寻求关系者总是能找到与被寻求者间的联结点，作为扩张关系的支撑，以此加速把陌生人熟人化的过程。在熟人中，也是有规则调整的，对朋友要“信”。对同学、同事、同乡，要“帮忙”“关照”。对上级和老师要“尊敬”。尽管如此，由于在以“我”为中心的同心圆中，非亲属关系在第二层（第一层是亲属，第三层是陌生人），人们往往把陌生人“化”进第二层了，仍觉得不过瘾，再把他们“化”进第一层，以示亲密。自然，由于第一层中的关系只能以血缘或婚姻为基础，由第二层向第一层的跨越，只能是象征性的。于是，朋友、同学、同事、同乡关系好到了一定的地步，有结拜成兄弟的自发趋势。如果没有结拜的话，他们的孩子也有了许多的“叔叔”。就纵向关系而言，也有“父母官”“一日为师，终生为父”之说。对于上述过程，可以概括为：第一，中国文化在人际关系的处理上，首先是把陌生人熟人化；第二，对熟人再亲属化。这两个过程，可再概括为中国人际关系的内聚化趋势。

5. 陌生人问题

我国台湾地区伦理学界有过这样的意见：中国文化有

一个缺陷——没有调整与陌生人的关系的规范，在“五伦”之外，没有第六伦——与陌生人的关系的“伦”。这种观点乍一看很有道理，但仔细一咂摸，觉得过激。似乎应该说中国文化中也有调整与陌生人关系的规范——例如，“童叟无欺”“与人为善”，这里的“童”和“叟”，当然是陌生人；此处的“人”，也包括陌生人——只是欠发达而已。而且对陌生人，我们也可作一具体分析，陌生人首先可分为同胞和外国人。后者又可分为西方人和其他外国人。我观察，在通常情况下，中国人并不恶待西方人，甚至有相反的表现。在同胞中又可分为同乡和非同乡。同乡是一个介乎熟人（含亲属和朋友，同事、同学关系）与陌生人之间的一个边缘范畴。同乡是否变成熟人，换言之，是否卷入内聚化趋势，取决于需要。而且同乡是一个可大可小，富于弹性的概念。大而言之，所有的中国人都是同乡；小而言之，只有一个村的人才是同乡。“大”或“小”，同样取决于需要，取决于被认作同乡者的“效用”和认同乡者对亲密人际关系的需求强度。如果没有需要，真正的同乡（例如，一个村的）也可能被摒于陌生人的界限之内。明明同事五年，人可以盯着你的眼睛说：“对不起，我不认识你。”据说人到了深圳，往往变成这样！这是不得已而为之，以解脱过多的熟人之包袱，我深为理解。如果先到深圳者要为所有的后来者提供免费食宿以及导游就业服务，他就没法做其他正经事了。

同乡一经“承认”，就成了熟人，适用对熟人的规范，自不待言。未获承认的，“按陌生人处理”。最好的情况是“公事公办”。糟一点的，“就是要整你这个老乡”。就非同乡，我想得出来的有顾客（相对于商人而言，也可以扩及于公用事业及行政机关的所有“服务对象”）；香客（朝拜圣地者）；乞丐；路人。我们知道，中国的顾客想当而未当成“上帝”，原因很多，其中之一是他们属于陌生人。在这里我们可以借机分析一下熟人与陌生人的含义。不论何种熟人，他们间都有比较直接的“投桃报李”关系，而且物质性较强。而陌生人间基本上不存在回报关系，即使回报，也是精神上的（一声“谢谢”，一个微笑）。在这里我们可以发现中国的陌生人不好当。但是，“行商生贾”“铁打的商店流水的顾客”，营业员闯了祸，“跑了和尚跑不了庙”，顾客有告状的权利。这多少是对虐待陌生人者的一点制约。但未听说过这种人因顾客行使告状权丢掉饭碗的事例，坑害顾客的事例不绝于书。顾客不光是同销售者发生关系，而且同生产者也是这种关系。而现代生产的特点就是为见不着面的不特定的陌生人生产，若要坑害后者，可以说是太容易了。已经有农民把自己吃的粮菜与给他人吃的用不同的灌溉施药方法的报道，为何要区别对待，不言自明。总体可以说：中国的顾客命运是不好的。就香客而言，由于宗教活动长期未得大规模进行，这方面的实证资料很缺，但香客在中国是存在的，在杭州的灵隐寺、峨嵋山都可看到。就寺院而言，负责接待云游僧是其义务，僧人可以化缘，类似特殊的乞丐，由于他们是“神的近臣”，我想他们的遭遇不会差。当然，僧人不是香客，类似香客而已，故一并分析。就乞丐而言，如果说僧人有“说项权”，则乞丐有“诅咒权”。由于惧怕他的恶言恶语破了今年、今天的彩头，尽管不喜欢，人们亦些许善待之。我想路人是陌生人中地位最差的一类。路人就是在大街上随便遇到的人，你对他作了构不成犯罪的恶，而他又不是一条大汉，你不会受到惩罚。你对他行了什么善，通常情况下，除了一个感激的微笑，一声谢，你也得不到什么。因此，如何对待路人，最能考验一个人的品德。对路人的态度的典型表现场合是问路。在北京，我遇到过许多善待问路者的市民。在南昌，也听说过被问者把问者支到了火葬场的故事。我认为，如何对待路人，是衡量一个民族的精神文明程度的最好标志。在中国，人们不时可瞧到挤公共汽车者的那股“逐鹿中原”劲头，瞧到那些不给老弱残孕者让座的闭目养神者，似乎可以这么说：中国的“路人”地位不怎么样！

6. 中国人际关系类型的图示

上面分析了中国的人际关系类型，笔者对下面将要进行的对意大利的情形进行分析的参照系，可以图 1 总结一下上述内容：

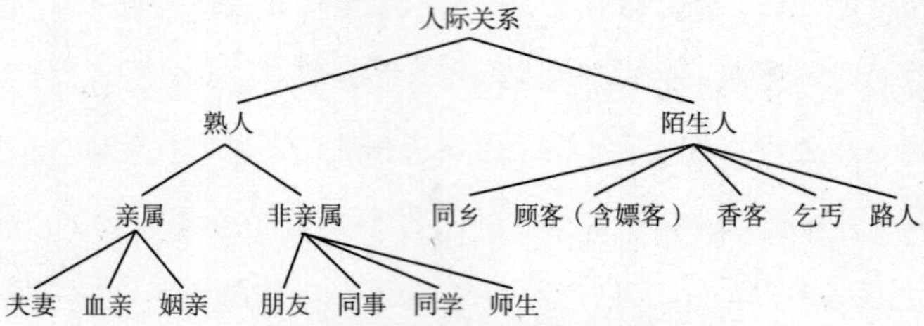

图 1　意大利人际关系参照系

7. 论同学关系与师生关系

如果图 1 中有什么东西需要补充说明的话，那就是同学关系与师生关系。按现代人的观念，同学关系之所以重要，乃因为互称同学者是一起长大的，有同样的“心路历程”，由毛孩子而“胸怀天下”、“挥斥方遒”，彼此同走由幼稚到成熟的路。同学关系的纯真，就在于它的非功利倾向。当然，不同学历段的同学，这一倾向的浓淡不同，我觉得最珍贵的是大学的同学。这一时期大家都不那么稚气，又都不那么世故，爱或恨，都未经功利的匡正，多出于本心。往前的学历段过于毛孩子，往后的学历段过于世故。有人直言不讳地说，认同学是为了“办事”。据说，现在的大学同学关系有向博士生的同学关系靠拢的趋势，但愿不是这样。就我个人而言，大学的同学关系是最重要的，此前此后的同学，我多忘记了名字。我的同学，多数是政法单位的处级干部了，也有干到司局级正部级的，若打官司，这些同学都有“效用”。据常利用这种关系的同学说，同学法官与陌生人法官的不同，在于前者能耐着性子听完你的故事。至于怎么办，或者依据法律，或者依据你与你的对手的力量对比。本人在这一方面尝试甚少，姑言他人之言。

至于师生，我认为中学的师生关系是最重要的，也是最纯真的。可以说，中学老师基本上不能指望自己的学生将来帮自己什么。而且中学阶段是人生中最可塑的阶段，有魅力的中学老师能影响自己的学生的一生。我现在的状况，就是由我的一两个中学老师决定的。至于以后的学历段的师生关系，如果说真话的话，过于危险，但我可以这么说，我根本不属于现在的从大学开始的教育体制的正常产品，除江一山师、梁昭师之外，我向老师学得很少，基本上是自学，同时向同学学习，向环境学习，向书本学习。但从大学开始的学历段的老师很可能是学术泰斗，而他们的学生又可能成为自己的衣钵继承者或吹鼓手，两者的关系，已经很功利化了。

我想，对古时的读书人而言，同学关系与师生关系远比现代人重要。科举是他们的进身之界。所谓的科举，同现在的公派访问学者一样（写这句话不知要得罪几万人？），是最没有办法的人走的路。属皇族、贵族的人为仕，有“恩荫”的捷径可走，根本用不着“十年寒窗苦”。就富商而言，可以走

“捐官”之路，花银子买个官做就是了，也用不着吃那份苦。就我看，通常只有所谓的“寒士”，科举才是他们的敲门砖。他们没有“好爸爸”，也没有钱，只好苦读于寒窗。平心而论，他们利用的是一条极为公平的途径，像体育比赛一样公平（但现在也有打假球的！）。在上层社会与下层社会间，科举是社会流动性的畅通渠道。如此，皇帝们力求做到“野无遗贤”，使陌生的有才能者为我所用，不至于有“怀才不遇”者揭竿而起或投靠外国（像范文程——清朝的第一任宰相或相当于宰相的汉族官员——之流），这是科举制度的优点，它是西方之文官制度的前身。

寄希望于科举的寒士，多居于穷乡僻壤，“十年寒窗无人问”，如范进之流。他们要从牙缝里省钱买书，自然无钱旅游，且常恨自己有胃这一器官。参加乡试或会试，很可能是他们第一次离开家乡见世面。“行万里路”，对于他们中的多数人，如曾国藩，不过是一个梦而已。可以想象他们在参加考试时以及考试成功后，多么地需要温暖——急切地建立起可资利用的人际关系。此时，同学关系和师生关系是最可资利用的资源。而且他们还有特殊的地方，一旦考试成功，不需经过办事员—股级—副科级—科级—副处级—处级的苦苦煎熬，而是一步到位，直接做“正处级”干部，即七品县官［有海瑞之例。运气好的，可以直接为相（“总理级”）、为皇帝的女婿（驸马）］，因此，同学关系的利用价值远比其现代的对应物为大、为直接。一旦“金榜题名”，同学就可以“办事”，不需像现代人等待如此长的时间（10年左右）。正因为同学关系如此重要，“寒士”们的同学关系，是全国范围内某年科举考试的全部成功者，我想有几千人吧。这种同学，谓之“同年”，彼此间称“年兄”或“年弟”（哦，阁下是道光三十一年进士？在下也是！）。他们成了圈子里的孩子的“年伯”“年叔”，同学关系泽及第二代。本来陌生的人，以同年的名义迅速地熟人化了，并且准亲属关系化了（兄、弟、叔、伯的称呼证此）。当然，他们彼此间互负维护义务。多少灾祸，消弭于同学关系之中！多少机会，产生于同一关系中！

正因为“考生”们一步到位为正处级以上的干部，并且前途不可限量（一日看尽长安花哦！），而考官——谓之“玉尺量才”之官——又多是“总理级干部”（宰相），彼此互为奥援，是极为便利的。当然，从近期看，“考生”求之于“考官”的多些，但从长期看，真说不准谁帮谁。这些功利因素使古人的师生关系比现代人的同类关系更重要。就前者而言，这种关系从积极方面讲，意味着“提携”甚至飞黄腾达；从消极方面讲，意味着“保脑袋”“免抄家”。对现代人来说，“师”顶多是学术泰斗，关系弄砸了，顶多是副高升正高时他不投你的票，发文章时不给方便，报硕士点、博士点时他不表态等，不论如何吃他的亏，总不会有性命之忧。

以上从功利角度分析了古代的师生关系，但感情因素是存在的。古代的科举不考数理化等学科要么是“是”，要么是“否”的科目，而是考八股文，换言之，是主观化考试。都是写文章，凭什么我是状元你当孙山——大家公认你比我有才——考官的趣味太重要了。因此，“考生”若成功，说“考官”对他有“知遇之恩”，是毫不过分的。这是古代的师生关系特别于现代的师生关系的地方。现代的高考是划勾，力争客观化，换言之，不论考官为谁结论一样。因此难以说考官对考生有什么知遇之恩。在文科领域，我一直怀疑这样做能否成功。

8. 再论陌生人

若不考虑仇恨陌生人或曰把陌生人当作敌人的自然状态情形（在西方历史上，有把劫掠陌生人当作正常生计的时代，荷马时代即如此。那时候，民族际关系采用“自然敌对论”，换言之，凡没有与我邦订立盟约的民族，就是我族的天然敌人。罗马的奠基者罗慕鲁斯，不过是一个带领当时的罗马人民向四邻打劫的好手。在干这种营生时，他往往使矛——一种磨尖了的木棍，因此被人唤作“持矛手”），那么，陌生人与熟人的区分，在于前者被“公事公办”；后者被“看×××的面子”，因此似乎可以这么说，对陌生人关系的处理，是逻辑的、一刀切的、格式化的——重复一遍！这一结论只适用于一个民族内部的人际关系。在族际关系的范围内谈论这一问题，结论就不同了。这时，陌生人环境意味着不要任何规则。还是用新疆的例子说明问题。在汉维混居的喀什，马车像公共汽车一样，是人们普遍利用的市内交通工具，而公共马车都是由维吾尔族人经营的。汉族人坐这样的车到了自己的地界，不付钱；与此相应，汉族人坐车到了维吾尔族人的地界，维吾尔族的马车夫不找零头，无论给他的钞票的面额是多大！当然，也有一些人把族际关系的自然状态扩展到了族内关系中——对熟人关系的处理，是经验的，依个案而异的、审美的（用鄙俗的话来说是“看菩萨填颜料”）。正因为两者有这些区别，可以认为在通常情况下，一个人被当作熟人对待比被当作陌生人对待舒服。正因如此，在我大学毕业时，我惊讶地发现：我的湖南同学千方百计、创造出各种理由要分回湖南（其理由包括已身为独子；家里姑嫂不和，经常打架，若我不回湖南进行干预，全家将被打得稀烂等）——当时该省拒绝全盘接受从本省考出去的毕业生，我现在也很难理解这种“肥水引入外人田”的疯狂做法——我想原因在于接受一个父母留下的熟人圈子比自己创造一个来得轻松。也许中国人自郑和之后没有大规模的航海活动之原因，同上述现象的原因是一样的。因此，中国探险队远航南极并设立基地的事，特别使我兴奋。

看我们南方大学吧！所有的员工都生活在一个院子中，

大家基本上能互相叫得出名字。一家吃鸡，全院知道，更不要说吃“熊掌”了！办事极为方便，也节约精力。这是一个100%的熟人环境。但是，是否存在我关门吃鸡或“熊掌”，不想让人知道的可能？是否存在在非工作时间，我不希望我的同事来找我谈工作的可能？是否存在有人想会见妻子之外的“女朋友”又不让人知道的可能？若这些可能都存在，我们可以这样说，从积极的方面讲，上述100%的熟人环境给我们带来了许多便利；但从消极方面讲，它也使我们丧失了某种自由。

意大利的情形是这样的：没有中国式的工作生活双兼顾的大院，同事们居住在城市的某个角落，上班时聚集在一起，下班后各奔东西，非要好的朋友，不知同事的住址、电话。如果说他们在上班时是不自由的，那么，在下班后，他们是极为自由的。这种体制是没有校园（Campus）的拉丁民族的大学体制；而我们现在的大学体制是从美国式学来的，有一个功能齐全的校园。这已经离题太远了，免谈。

至此我们可以说，当熟人，有它的好也有它的不好。好是被个别化地对待；不好是要为这种对待付出不能精确计算的代价。常常发生这样的情况，熟人之间互相馈赠礼物，双方都有一本账，最后两本账上记载的都是亏损。礼物往往是提出要求的前奏，要求的数额远远大于礼物的数额。不小心接受了一份礼物，你要付出不能精确计算的代价。而当陌生人，也有它的好——陌生人的环境意味着自由。不想得别人额外好处的人自然愿意生活于陌生人中——这是最重要的结论。

9. 向陌生人的逃避以及从熟人的剥离

我们终于看到了当陌生人的好处！熟人与陌生人问题，从某种意义上讲是不同的规则适用方法问题。因此，作为规则适用者与被适用者，对陌生人与熟人的感受不同。似乎可以这么说，当我们处在被适用者的地位时，我们希望自己是规则适用者的熟人，能得到灵活的规则适用，甚至适用另外的规则。当我们处在适用规则者的地位时，我们希望自己是被适用者的陌生人，以便定式化地操作，减少规则适用过程的复杂性。当一个人处在规则适用者的地位和熟人的环境，他很难按照规则适用者的逻辑适用规则时，他可能逃到陌生人那里去，以便能按正确的方式适用规则。

1991 年我在新疆旅行时，在长途汽车上遇到一个上海人。比如说，他在库尔勒住家，却跑到阿克苏去开饭馆，两地相距几百公里，原因何在？因为他若在库尔勒开店，熟人太多，有人赊账，有人白吃白喝，他又奈何不得这些熟人，如此下去赚不到钱，他只好逃之夭夭，逃到一个陌生人的、能按规则的逻辑适用规则的地方。此外，现在的单元房居住环境中，有毗邻而居却互为路人的现象，两家都有发展为熟人的极大可能，却不愿进行这种发展，这也是一种向陌生人的逃避。

这似乎是对一种流行的理论的一个反证。这种理论认为，亚洲“四小龙”的成功在于在经营中引进了儒家伦理，使企业的人际关系家庭关系化。我们知道，在家庭成员间，规则是极为软化的，规则的软化意味着赏罚不明，如此何以增进效率？我想，这种理论的弱点是明显的。顶多可以说，在企业的人际关系的某些方面，可以有家庭的气氛，但绝不能是家庭关系。试想开除一个工人是容易的，但该被开除的是老板的弟弟呢？明智的经营者，会尽量招募陌生人为自己的员工，以便于统一地适用规则——信赏必罚。

正因为规则适用者面对熟人“举刀不决”、“难以下手”或“上下其手”，因此明智的统治者都创造条件尽可能地使规则适用者处在陌生人的环境中，使规则的适用尽量逻辑化。古代有官吏不得在家乡为官的制度（该制度还有其他考虑，例如，避免一个刚刚上任的县官被家乡的长者直呼小名——“二狗子”）。现政府也在尝试“异地为官”的体制。此外，诉讼法上的回避制度，也是为了使规则适用者与被适用者互为陌生人。我把这些现象称为“从熟人的剥离”，它是陌生人环境之好处的例证。

在镇压革命的过程中，统治者也往往利用陌生人规则。

在俄国革命中，久驻彼得堡的军队对示威的彼得堡工人下不了手，于是沙皇从遥远的地方调来哥萨克接替他们。哥萨克对彼得堡工人可没有熟人的感情，于是大屠杀开始了。如果我没有记错的话，在法国革命中，路易十六对巴黎人民采取过类似的动作。由这些先例推论，法国的外籍军团，很可能以"对内"为其主要使命。很难说这样利用陌生人规则的好坏。在这里，这些事例的意义在于：陌生人被理解为一个群体与另一个群体的关系，而不是个人际的关系，这就为我在将来把陌生人上升为族际关系的范畴提供了出发点。

10. 说"先生"

至此我们可以看到，中国的人际关系尽管有强大的内聚化趋势，但同时有一股"逆流"，即拒斥把陌生人发展为熟人的极大可能，摒相对人于圈子之外，借此获得与陌生人相处的好处——宁静与自由，统一地适用规则。文化衫上的"别理我，正烦着呢！"这句话，似乎就是它存在的表征。这股"逆流"，我把它称作人际关系的疏离化趋势。在数量上，它与内聚化趋势不成比例，但它是存在的，从成熟的都市文化中获得自己的滋养。在将来，有可能获得与内聚化趋势旗鼓相当的地位，甚至有可能超过后者。

我们可以设想一下，两个毗邻而居又不愿将其关系发展为熟人关系的人，他们在电梯中相遇，而且有不得不互相称呼时，适当的称呼是什么？我们可以在各种称呼的一览表中检索一番，恐怕很多人会把“先生”挑选出来。哦，“先生”原来多用于称呼陌生人啊！如果一种语言中像“先生”一样的称呼不存在或虽存在但使用频率不高，表明使用这种语言的人民不善处理与陌生人的关系，这恐怕是一个不算过分的结论。

既然“先生”的用法同陌生人相关联，它涉及规则适用方法问题，即对被称作“先生”的人，按对陌生人的方法适用规则。因此，若一个一贯称我为“老徐”“小徐”的人突然改称我为“先生”，我会意识到他要更换对我适用规则的方法，“温情脉脉”将被“执法如山”取代，这一称呼变动会对我造成强烈的心理冲击。从实质上看，我与称呼者仍是熟人，但在形式上，我被“视为”陌生人，按“陌生人处理”，难免有“朝为座上客，夕为阶下囚”的感慨。这是一种在熟人中清理门户的方式，被称为“先生”的人，是熟人中的“陌生人”，活生生地被剥离出来，好难受哦！这是“先生”称呼的第二种用法。

有人说，中国人通常力求人际关系亲密化；而西方人通常愿意在人际关系中保持一定距离。根据我对意大利人的观察，此语不失为正确。意大利人在经常接触又不打算将其发展为朋友的人中保持距离的方法就是称对方为“先生”，这一称呼是一个信号:“保持车距,注意刹车。”“先生”,何等冷峻的称呼!叫“先生”多冷峻,正犹如叫父亲多沉重。父亲的担子重啊!

叔本华对先生的称呼有一种更冷峻的解释。在他看来,生存就是赎罪,因此,我们能取得的更好的称呼形式,不是先生,而是我的“难友”。在这里,先生被解释成“难友”了,人人相互都是地球这个炼狱的“难友”。

在中国,“先生”的用法恐怕不同于上述,被“同志”熏坏了的人简单地用它来取代“同志”。因此,很难从这样的用法中考察“先生”的文化意义。

写到这里,似乎可以对“熟人”和“陌生人”的含义作些补充。我们可按两个标准理解这两个范畴。按第一个标准,它们表征的是两个主体间的是否认识的关系,这是自然意义上的用法;按第二个标准,它们表征的是两个主体间彼此适用规则的方法,这是拟制意义上的用法。在通常情况下,这两个标准是相互重合的,对相互认识的人,自然按对“熟人”的方法适用规则。但这两个标准也时有分离,正因如此,才有“熟人”中的“陌生人”之存在。这里的“陌生人”是拟制的陌生人,按第二种标准理解的陌生人。它之所以存在,也许因为由这种人际关系决定的人觉得特定情况下的熟人关系对他是个负担,或因他与被决定者的关系恶化。所以,尽管夫妻是“熟人”中最相熟的人,在某种情况下也可能在他们间存在“同床异梦”的关系，即使不离婚，对家中的事情，也“公事公办”。与拟制的“陌生人”相对应，也存在拟制的“熟人”。一个人称一个他在自然意义上并不认识的人为“熟人”（嗨！他是我的老朋友！），或单方面地对相对人适用对熟人的规则（例如，甜蜜的笑脸、热情的话语和手里拎的礼物，主动说起家乡的“乡音”和某个中学的故事，总而言之，“套近乎”），往往因被决定者为决定者所强烈需要，这种“熟人”，就是拟制意义上的熟人。它是否转化为自然意义上的熟人，取决于对方的响应或曰“认账”。当然，这又取决于谋求者的努力程度以及他与相对人地位的悬殊程度了。若悬殊太大，常常有“热脸贴冷屁股”的场面，谋求者以失败告终。

11. 论“您”与“你”

普希金的诗句：“在谈话中，不知不觉地，‘您’换成了‘你’”，形象地描绘了一次人际关系上的成功跨越！一个“陌生人”——第二种意义上的——被内聚成了一个“熟人”，而且是核心圈的熟人——候补夫妻。这行诗不知博得过多少人会心的微笑，但它是以西方文化为背景的。在这种文化中，“您”是一种被疏离的关系的象征（为了避免犯过分概括的错误，我必须提到“您”在这种文化背景中的第二种用法。“您”还表示对被如此称呼者的尊敬。因此，列宁在坐牢时对狱卒称他为“你”大为不满，提出了抗议，要求被称呼为“您”并获得了成功。若按列宁的“同乡”普希金诗句中的用法，则要得出列宁拒绝狱卒对他作出的友好表示的错误结论了)。在西方语言中(例外的有拉丁语和英语，它们一律用“你”，无“您”之设。我和贝博士都认为它们是平等的语言，但我文章中提到的那波里人因此断定英语是一种“丑”的语言)，“您”就是“他”，以“您”为主语的句子，动词按单数第三人称变位。在有几何学传统的西方文化中，“他”与“你”表示的是一种空间上的远近关系(或曰透视关系)。“你”是与说话者较近的人；“他”是与说话者较远的人。可以设想一下，一个明明就在你眼前的人，却称你为“他”(您)，你是何种感觉？在这种场合，只能把这个“您”(他)理解为“离我远一点”“切勿靠近”。恐怕难以避免的是冷森森的感觉！“您”一出口，亲疏立见！这可能是在全部自然意义上的熟人中疏离其一部为拟制意义上的陌生人的方法，借此在机会平等的前提下，维持等级体制，使一群互相熟识的人中，“有大有小”“尊卑有序”。你若想对我称“你”，上升到我的地位就是了。我一直认为，没有等级是极为可怕的，假若儿子可与老子勾肩搭背，成何体统？但中文中缺乏一种微妙的、提醒人注意等级关系存在的方法，等级无论如何都是存在的，如老子与儿子，处长科长与科员，中文中提醒等级存在的方法过于直露，以官衔提醒之：如“徐处长”“孙科长”，“印把子”气味太浓。

但如上所述，只是“市场之地”或曰“名利场”的用法。在“教堂之地”，适用不同的规则。上帝是何等尊荣！我惊讶人们吁求他时，一律大喇喇地用“你”。细想一下又觉自然，因为谁都不愿上帝离自己远啊！而是越近越好！对神父，也一律称“你”，理由同前。在市场之地你必须称她为“夫人”的女士，进了教堂，她却要求你称她为“你”，因为我们不分尊卑老少，都是上帝的儿女啊。另外在父母子女间，都互称“你”；在中文中，恐怕儿子要称老子为“您”，才合乎正确用法。这种现象，的确是非常有趣的。

中文中也存在把近在眼前的人疏离化的用法。也许说“疏离”并不确切，习惯的说法是“尊敬”。但尊敬与疏离常常连在一起，难以剥离。《红楼梦》中的王夫人是贾政的正妻，却称后者为“老爷”，令人惊诧莫名。如果王夫人是妾如平儿、赵姨娘，这样称呼还好说，因为妾们多是由婢女、丫头发展而来，但王夫人可是大家闺秀，好人家的女儿！按中国古典文化的审美情趣，理想的夫妻关系是“相敬如宾，举案齐眉”，我想夫妻必须女的穿晚礼服，男的穿燕尾服才能相互见面，共同吃饭。这样的“礼”尽失于当代，多少人为它唱过挽歌！但“礼失求诸野”，在我的家乡湖南的农村，我见过有大娘级的农妇称自己的“先生”（一乐也！现代妇女称呼自己丈夫的现代方法，由港台引进，取“先生”一语的“先我而生”之意。因为中国的夫妻通常男比女大，“女大三，抱金砖”虽好，但极少人实践之。严格说来，妻子称丈夫为“先生”，也有疏离的意味，丈夫称妻子为“太太”，不知何所本？大字加一点为太，可能是比大还大的意思，这也有疏离的意味，而且虚伪。西方夫妻间的正常称呼是直呼其名，用代词时称“你”）为“你人家的”。“你人家的”是湖南土语，相当于普通话中的“您”。这是一个治理得井井有条的人家，古风犹存，可能才在这里发现了古礼的化石。中文中还创造了“您”的复数“您们”。本来，“您”就是“你们”的合音，用第二人称复数指单个的人，以示尊敬，类似于法语中的 vous。用“您们”，似乎有复数的复数之难题，尽管有这些技术上的障碍，人们照用它不误，多用来称呼自己的父母。我想，中文爱在本来亲密无间的家庭关系中设置敬语，典型地反映出“夫为妻纲，父为子纲”的格局，因此尽管“古礼尽失”，但人心仍不古不今。由于有“举案齐眉”，穿礼服牛郎会织女的传统故事，中国的夫妻仍很难在客人面前有亲密表示。而夫妻互称“你”的意大利夫妻（我尽量避免使用“西方人”一语），却以在客人面前示爱为乐事，使我这个有中国心的中国人怀疑他们是否在有意展览西方文化？

家庭成员中的敬语，至少有部分疏离家庭中各种关系的意味。社会的格局以家庭的格局为蓝本，于是又有了“君为臣纲”，君臣之间，除“皇上”“臣”（有清一代，“臣”变成了“奴才”）之外，似乎敬语并不特别发达，相应的填充物是大量的磕头、跪拜。

如果说中文中的敬语是以家庭为根据地发展而来的，意大利文的敬语似乎发源于——或至少是高频率地使用于同事中的场合——被当作在熟人中划圈子的工具。这些似乎与中文颇不相同。

我惊出一身冷汗。说意大利的夫妻力求亲密化，因而不在彼此间使用敬语，可乎？有一个反证，夫妻互相为对方做了一点点的事，他们一口一个“谢谢”，两口子一天相互间说几十个“谢谢”。而按中文的用法，“谢谢”只用于陌生人或拟制的陌生人，朋友间不必言谢，极端情况下被谢者会生气，因为“谢谢”被理解为是有疏离意味的敬语，这点连贝博士都知道。中西文化比较，真是太难了，因此，我只作现象罗列，不作结论。

12. 论“老徐”与“小徐”间的摆动

前面已经写到我初与温州人打交道，他们多称我为“老徐”；以后“老徐”又“返老还童”，变成了“小徐”，这是从“老徐”到“小徐”的第一次摆动。我体味，初次见面时听到的“老徐”，只有对乍熟还生的人表示尊敬的意味，与被称者的年龄无关。因此，此处的“老”并不是事实上的“老”，而是拟制的“老”。由于我年龄并不比他们大，时间长了，觉得吃亏，于是露出“庐山真面目”，叫我“小徐”。当然，“老徐”的“老”字，在这一场合，多少带些人际关系中的“生”气；而“小徐”的“小”，“熟”气增加了许多。因此可以说，由“老”到“小”的变换，是由“半生不熟”到“熟”的一个跨越。于是，我渐渐地习惯了当“小徐”。

猛然，叫惯了我“小徐”的人又有叫我“老徐”的，而且紧随“老徐”的复活，往往有“办事”的要求。“小徐”还原为“老徐”，完成第二次摆动。其间的功利动机，如天日之昭昭！被称呼者的被利用感，如泰山之亘亘！若干求者一贯称我“小徐”，我的感受就好多了。尽管心里不甚舒服，我仍“办事”如所请。事情办完，在惯性的作用下，“老徐”仍存在了几天，此后又恢复为“小徐”。被称呼者如同在中国餐馆的厨房里周游了一圈，一会儿冰箱，一会儿火炉，犹如唐僧西行取经之历险！又犹如秋千架上之娃娃，三经摆动，而且不知将来要摆动多少次？为了避免这样的复杂过程，我觉得与人相处，还是直呼其名为好，尽管中国文化传统以此为恶，有“讳”的传统，但传统是可以改的！

不久前，国内有人来留学，帮他们找房子。第一次见面，“省略”了称呼，他们可能觉得不美。第二次见面，他们经反复考虑，毅然决然地称我为“徐老师”！由于有过去的经验，我当场谢绝当“徐老师”，请他们直呼我名，以免将来的吃亏感和更改的麻烦，他们怡然接受。

中文中对亲属关系的称呼是极为复杂的。同一亲等的亲属，父系的与母系的分得很清楚，父亲的兄弟是叔伯，母亲的兄弟是舅舅，以此类推。而且，同一亲等的亲属，还以年龄大小分别之。父亲的哥哥是“伯”，父亲的弟弟是“叔”。亲属关系如同叠起的积木，是立体的，而在西方语言中，这些区别并不存在，叔、伯、舅都是 Uncle 或 Zio。因此，切莫因为他们“叔叔”多而推断他们的祖母是“英雄母亲”，事实上，这些“叔叔”是好几个母亲的“产品”，用“叔叔”一言以蔽之了。因此，把他们的亲属法著作译成中文时特别麻烦，必须把亲属称谓中文化，不然中国读者看不懂。但我们这些译者都生活在提倡核心家庭的时代，缺乏大家庭的生活经验，于是只好请教“小脚老太太”。可以说，西方语言中反映的亲属关系是平面化的、粗线条的，比中文的对应物简单得多。

尽管中文中有极为丰富的亲属称谓体系，但用于称呼陌生人的用语却极为缺乏。因此，在与陌生人相处时，要么是省略称呼——据我观察在罗马的三个中国孩子，他们都是如此，而且对他们父母的熟人，他们自己的陌生人爱理不理——要么是称呼不当，只能借用用于熟人间的称呼称谓陌生人（老师、“老 ×”、“小 ×”、“叔叔”），很少使用纯粹为陌生人准备的称呼——先生。如果说孩子们常犯的是第一种错误（省略称呼），则他们的父母常犯的是第二种错误（错用称呼）。未为陌生人准备适当的称呼以及不存在使用这方面称呼的成熟的、叫称呼者和被称呼者都感觉自然的实践，表明我们中国人在处理与陌生人的关系上不成熟、不老练。

13. 论“爱你的邻人”

前面写到过，中文中也有善待陌生人的口号，如“童叟无欺”“与人为善”；而且还有“老吾老以及人之老，幼吾幼以及人之幼”。最后这段名言，很有分析价值。之所以要老“人之老”，乃因为他如同“吾之老”；之所以要幼“人之幼”，乃因为他如同“吾之幼”，这似乎是在可能文义范围内的解释。原来“人之老”“人之幼”受到善待，乃是因为他们进入了准亲属关系的范围，“虽非亲属，按亲属处理”。“老徐”与“小徐”，无非是“徐兄”与“徐弟”的现代版。如此发挥开去，“童叟无欺”中的“童”与“叟”，是否已被赋予“准儿子”“准父亲（亚父）”的地位；“与人为善”中的“人”，是否落入了“四海之内皆兄弟”的范围，就不是不可以讨论的了。为什么陌生人要有准亲属关系的依据才能受到善待呢？这可能是中国文化的一个重大问题。难道陌生人因其是陌生人受到善待不可以吗？

“爱你的邻人”这句话给我带来这样的想象：两个农舍，相距50~100米，鸡犬之声相闻，且两家时有往来，我家的醋用完了，暂时到你家舀一勺，也不说什么还不还的。他家的苹果熟了，有大风暴降临，而他家的人都外出了，我就顺便帮他收了苹果……邻人，是一种地缘上的、固定的接近关系。“远亲不如近邻”，接近的日子长了，感情比亲戚还深，相爱十分自然。但邻人接触机会多，摩擦的机会也多，也有交恶的极大可能，因此，中国也有“远香近臭”的俗语，意大利人也总结出“近邻和熟人间要比远亲和陌生人更容易相互憎恨”[1]的规律。确实，在意大利统一前的“战国”时期，诸小国的彼此交战都遵守仁慈的规则，而城市内部的政治斗争却极为残酷无情。也许，“爱你的邻人”的戒条，就是为了消弭上述不良倾向的。读了意大利文和拉丁文《圣经》中的“爱你的邻人”后（Ama il tuo prossimo，英文应该是Love your next one），才发现上述理解错矣。这一戒条的正确译法是“爱你旁边的下一个人”。译法修改后，想象中的画面变成了这样：在公共汽车上，上来一个绅士，站在你的旁边，你要爱他；他下车了，上来一个黑人，站在你的旁边，你也要爱他；再上来一个浑身发臭的乞丐，你也要爱他。区别在于：“邻人”不是一种固定的、持久的关系，而是一种随时变换的、流

---

〔1〕　参见［意］路易吉·萨尔瓦托雷利：《意大利简史——从起源到当代》，沈珩、祝本雄译，商务印书馆1998年版，第176页。

动的关系，以施爱者为轴心，有人流环绕，他要对不特定的人施爱，被施爱的当然是陌生人。“爱你旁边的下一个人”比“爱你的邻人”，在道德要求上要高得多！后者讲的是熟人间的关系，在这一范围内“笑口常开”，似乎不是很难；前者讲的是与陌生人的关系，这种关系常常对一个人的道德水准提出考验。后者更可能是农业社会的画面；前者更可能是工业社会的画面。而且爱的根据除了被爱者是陌生人外，别无其他。当然，如果仔细分析这一基督教戒条，会发现陌生人与施爱者有一种理论上的兄弟姐妹关系——所有的人类，都是上帝的儿女。

14. 怎样才算爱你的邻人？

《圣经》提供了何为“爱你旁边的下一个人”的实例。一个精通摩西律法的人前来问耶稣：“夫子！我该做什么才可以承受永生？”耶稣反问他：“律法上写的是什么？你念的是怎样呢？”这个律法师根据旧约回答说：“你要尽心、尽性、尽力、尽意爱主——你的上帝；又要爱你旁边的下一个人如同爱自己”。耶稣回答说：“你这样行，就必得永生”。但律法师又进一步问耶稣道：“谁是我旁边的下一个人呢？”耶稣举了如下的例子回答他的问题。

有一个人从耶路撒冷到耶利哥去，落在强盗手中。他们剥去他的衣裳，把他打个半死，就丢下他走了。偶然有一个祭司从这条路下来，看见他就从那边过去了。我们知道，祭司在道德上的注意义务比平常人要高得多，这个祭司显然违背人们对他的期望了。又有一个利未人来到这地方，看见他，也照样从那边过去了。我们又知道，犹太人的祭司都出自利末族一支，他们离上帝比犹太的其他族支近，这个利末人此处的行为是令人失望的。唯有一个撒马利亚人行路来到那里，看见他就动了慈心。他上前用油和酒倒在他的伤处，包裹好了，扶他骑上自己的牲口，带到店里去照应他。第二天他拿出二钱银子来，交给店主，说，你且照应他，此所需要的费用，我回来必还你。必须说明的是，撒马利亚人在犹太人中的地位低下，为其他犹太人所鄙视，他在这个案例中却有出色表现。耶稣讲完这个故事后，就问律法师，这三个人哪一个是落在强盗手中的人的下一个人呢？律法师回答道，是怜悯他的。耶稣的最终结论是，像这个撒马利亚人那样行事，就做到了爱你旁边的下一个人。

这个要求是很高的，在我国，只有英雄模范级的人物可以做到。然而，我们在谈论“爱你的邻人”的戒条时所要求或期望的人的行为标准，恐怕没有这么高，不过是要求人们不要互相仇恨，彼此有礼，不因熟悉程度的高低而歧视任何人，在不要付出很大牺牲的情况下尽可能地帮助他人，使人际关系有一种兄弟姐妹般的友爱气氛。可以说，这样的对

“爱你的邻人”的解说是对同一命题的宗教性解说的缩减，由此，“爱你的邻人”被缩减成了“毋害他人”。这是一个法律的行为标准，一个任何人都可以做到的行为标准。

15. 陌生人何以成为可爱的?

好！我们已把“爱你的邻人”匡正为“爱你旁边的下一个人”。我想，新的译法较之于旧的，对人的道德建设的影响是大为不同的。接下来的问题在于，从被爱的对象来讲，“下一个人”(更方便的说法是“陌生人”)在何种情况下显得可爱？从爱的主体来讲，是为什么要爱陌生人？

出国前在旅馆里看杂志，一篇文章博得我击节赞赏。一个中国船长，在一些欧洲城市看到人们以橘子树为路树，行人对黄橙橙的橘子秋毫无犯。对他来说，这是一件奇怪的事情，他要得到一种解释。被问的第一个人告诉他，为了防盗，这些橘子属于好看不好吃的品种；第二个人告诉他，人们因经历了橘子的整个生长期，产生了感情而不伤害它们。最后被问的是个孩子，他不假思索地说：“咳，一美元可以买好多好多的橘子，谁会去偷它们呢？”船长只认为这个解释是合理的。我也为自己的所有权理论——该理论认为，所有权不过是人与资源的紧张关系以及由此而来的人与人之间的紧张关系的表现——找到了一个极有力的论据。几天后我就到了意大利，亲眼看到罗马最繁华的街道之一的国家的道路果然以橘子树为路树，黄澄澄的橘子生存得十分安全。这一现象立即怂恿我作出这个国家的人际关系相对宽松的判断。后来的经验为这一判断提供了不少例证。如果说可以把中国的陌生人际的关系约略地描绘为仇恨的传送带——你把仇恨倾泻于我，我倾泄于他，他再还给你，由此完成一个循环——那么，这里的人际关系宽松得多，至少从表面看，人们能彼此彬彬有礼，彼此容忍，基本上未见过在交通工具上吵架的。我想，如果一节车厢只坐了 2~3 人或 9~10 人，乘客们想吵也吵不起来，而上面对意大利的交通工具的利用率的描述，正是这个国家的日常情况。我坚定地认为，中国人在许多场合之所以互相仇恨，实在是因为相对于如此庞大的人口，可供分配的资源太少了。我们是不是可以作这样的假设，假设被考察者的道德状况为零，对他来讲，若资源供应丰裕，陌生人会显得可爱一些；若情况相反，则陌生人会显得不那么可爱，因为他会与被考察者“争食”。

在罗马二大食堂外的院子里，正好有两棵橘子树。自挂果以来，我一直在观察它们，现在正是橙黄橘绿时，唾手可得的橘子似乎尚未受到过侵害。一天午饭后，我与前面提到的德裔巴西人讨论这两树橘子。他说，这两棵树若挪到巴西，5 分钟后，“它们……会毁灭”。我说，在中国，也许要等够一个晚上，才会为这两棵树举行葬礼——我必须说明，意大利的橘子通常是1000里拉1公斤，我作为穷学生，拿贫困线工资，每月可得1200个1000里拉，30天当一回百万富翁，是我的自嘲。中国的南丰橘子，这里是750里拉1公斤——我接着说，如果这里的橘子无人理睬——确实，它们掉在地上都无人捡，意大利人在自家庭院中种的橘子树，尤其是这样，它们似乎是作为大盆景种植的，仅为观赏而不是为了吃果子——那么，对它们感兴趣的巴西人、中国人，就会漂洋过海地赶来吃它，由此发生了在意大利正甚嚣尘上的非法移民问题——这是陌生人问题的另一表现形式，陌生人不再是个体，在这里，陌生人采用了种族群体的形式，这是一种集体形态的陌生人。它对许多发达国家的心理积存提出了挑战：如果把一个个的民族想象成一个个的个人，那么，一个民族应不应该爱他的“下一个人”，这个人的皮肤是黑的，荷包里无钱，拖儿带女，不卫生，浑身是力气但不见得喜欢工作，有时小偷小摸，对白皮肤的妇女想入非非，等等。

16. 论爱陌生人的理由

作为爱的主体，为什么要爱陌生人？对于这一问题，可就作为个人的陌生人和作为种族群体的陌生人分别作出回答，尽管这两种情况是互相交织的。前面已经说过，从宗教理论来看，所有的人都是上帝的儿女，这就是要爱作为个人的陌生人的理由，当然它也是要作为种族群体的陌生人的理由，此可称为“同父说”。从世俗的观点看，陌生人与自己一样，都是人类的一员，何必自伤其类？据说除了狼，所有的动物都不吃同类的尸体，人类只在极为例外的情况下才干这种勾当。这种对同类的爱，有时扩展到更大的同类。因此，奔跑中的马连自己蹄下的鸡都不愿踩死！人当具有比马更高的情感，自不得戕害自己的同类。这种爱的理由，可称为“同类说”。一个戕害陌生人的人，就连马都不如了。关于爱作为种族群体的陌生人的理由，极为复杂。先从宗教的观点看，有“共有家园说”，现任教皇就持此论：地球的任何部分，都是上帝为整个人类创造的家园，因此，人人皆可自由流动于地球之各部分，先来者不得排斥后来者，换言之，要善待种族意义上的陌生人。《圣经》主要由犹太的古典文献构成，上面记载的就是一部犹太人的流浪史。犹太人是所谓的“寄居”民族，自己是这样，何苦虐待其他寄居民族？针对意大利的排斥“非法移民”的浪潮，教皇这样说：意大利人啊！你们不过来得早一点，要容忍来得晚一点的人。如果了解意大利史，就会承认教皇所言合乎事实。意大利从来就是一个民族走廊，希腊人、迦太基人、高卢人、日耳曼人、阿拉伯人、瑞典人、奥地利人、西班牙人等，统统来过并留下了自己的因子。古代意大利人的皮肤、眼睛的颜色都较深，没有金发碧眼者。要想了解现代意大利人种族混杂的程度，只要在地铁车厢里数一下有多少金发碧眼者就够了。当然要注意，其中不少人的金发是染上去的。因此，上述形形色色的闯入者还为现代意大利人种的形成作过贡献呢！

意大利也曾为移民输出国，被输出的移民既有合法的，也有“非法”的。现在意大利只有5000万人口；而世界各地的意大利裔人口也有5000万人，因此有“两个意大利”之说。这些移民许多作为“奴隶”出国，受尽了艰辛。他们在英语国家曾饱受歧视，因为讲不好英语、因为自己信仰的是天主教、因为自己的名字Giuseppe要改成英语的相应形式Joseph，等等。但意大利人毕竟是优秀的，若要考察意大利裔移民的成就，只要看一下美国政客名单和艺术家名单中有多少意大利语姓名就够了。而且意大利自己也发达起来，由此成为移民输入国。由于拉丁民族的懒散和易于接受贿赂，欧洲各地的非法移民都把意大利作为一个良好的避风港。意大利报纸因此哀叹：“我们成了非法移民进入欧洲各国的桥头堡”。尽管如此，一些意大利人也基于自己有非法移民的历史和自己的移民受歧视的历史，主张善待外来移民。这是爱陌生人之理由的“同病相怜说”。

意大利工会是非法移民的保护人。我来意大利后第二年春季的一个雨天，罗马爆发了一次各国移民要求改善待遇的大游行。黑人是游行队伍的主体。令人惊异的是，从来自封闭的中国移民也规模不小地加入了游行队伍，许多还是从佛罗伦萨远道赶来的。他们打出了“无论白人、黄人、黑人，一律平等”的标语，并按中国的方式要求专门办理移民事务的警察局“提高办事效率，改善服务态度”。游行由意大利工会组织，它认为，移民——无论是合法的还是非法的——的到来，都为意大利文化的多元化作出了贡献。确实如此！罗马有 400 多家中餐馆，没有中国移民，意大利人哪能如此方便廉价地吃到中国美味呢？在罗马的跳蚤市场，我们可方便地买到非洲风格的木雕，埃及的纸莎草画，没有移民的流入，这些艺术品就与我们相隔万里了。显然，意大利工会所持的爱陌生人的理由为“贡献说”，它具有相当的功利色彩。没有移民把脏活累活都包了，意大利工人要辛苦得多。当然，从理论上讲，移民也减少了意大利工人的就业机会。然而，意大利人愿不愿意将就这些机会，就难说了。

还有“互惠说”“报复恐惧说”等爱陌生人的理由，不能详论。但似乎从来无人提出“人权说”。陌生人之所以应受善待，仅仅因为他或他们是人，因而应享有人的权利和人的尊严，不尊重这种人的权利，也难以指望自己的权利受到他人尊重。这样解释爱陌生人的理由，难道不更好吗？

17. 作为集体形态陌生人的非法移民

前面写到过，整整一个民族，可能对另一个民族是陌生人。有意思的是，在意大利语中，“外国人”（Straniero）一语兼有“陌生人”“古怪的”“入侵者”的意思。哥伦布“发现”美洲，所有的印第安人对于所有的欧洲人来讲，是一个庞大的陌生人。尽管当时的欧洲人已接受基督教，对陌生人却像荷马时代一样，将其作为掠夺对象，杀人如砍瓜切菜。血腥的历史，由殖民者写就。如果说，在基督教的影响下，现代的欧洲人已变得基本上不加害于单个的陌生人，在这一问题上取得了道德上的巨大进步。那么，他们对于集体的陌生人的健全道德，还远远没有建立起来。从逻辑上看，谈论集合概念（如中国人）的属性时，极易犯错误。例如，讲中国人“勤快”，或反之，讲中国人“懒惰”，都是错的，因为反证太多太多。既然在认识上如此容易发生错误，那么在行动上发生错误，似乎就是必然的了。另外，当某一个国家的人生活于国外时，他很少作为他自己被判断，而是作为他所从属的人民的一分子乃至全部被判断。要是徐某人在意大利做了什么坏事，人家不说徐某人坏，而是说中国人坏；如果我做了什么好事，会出现类似情况。我的个别性被抹杀，我成了“中国人”这个抽象名词的填充物。在这种认识背景下，一个民族不对另一个民族产生极大的误解，那才叫见鬼了。正因为一个外国人常常被作为集体的成员而不是作为个人被判断，这种盲人摸象的认知方式使我们说，移民是集体形态的陌生人。

殖民时代结束了吗？如果说结束了，那么，“倒殖民时代”开始了。殖民者用剑与火打开了一个个的国门，狠捞了一票。他们中很多人定居殖民地，与自己的太太生孩子，也制造了不少的混血儿。他们在闯进一个个国家的同时，也使自己被认识。若干年后，似乎是历史的报复，他们向自己的宗主国殖民了：因为那里富，妇女的肚皮又不争气，人口在减少，劳动力不足，而工资又高。而自己的国家，人与资源的关系紧张，由此充满了问题。于是，人口高压地区的人口向低压地区——都是发达国家——流动，遂成为趋势。若有门，他们就走门（正常渠道）；若门关了，他们就走窗户进（非法渠道）。门窗俱进，水陆并用，把个发达国家弄得五彩缤纷——红的、黄的、黑的、棕的，一应俱全。这种“倒殖民现象”，引发了如何对待集体形态的陌生人之问题。

一个坐地户民族厌弃一个外来民族，通常有如下的原因：第一，该外来民族比自己聪明、幸运，对此有犹太人之例。犹太人的受难，尤其是在希特勒手下的受难，为后来的寄居民族争得了一点利益：种族主义臭遍了世界，再没有哪个政府敢提类似的口号了。第二，该外来民族不爱劳动，以乞讨为生，对此有吉卜赛人之例。他们的行乞方式是由几个妇女用一块纸板拦住你的出路，在你浑身上下乱摸一通，一不小心，冲出她们重围后钱包就不见了。他们像天上的鸟一样不种不收，却饿不死。我说他们耕耘着人们的良心，为宗教信徒提供实践舞台。因此，他们格外频繁地坐在教堂门口做营生，让人们学习后实践之。第三，该外来民族比坐地户民族穷。我想这一点是最重要的，也是一个民族成为某个坐地户民族的“邻人”的最主要原因。

18. 洋法亦法乎？

我在罗马遇到过许多中国人，他们在谈论自己的生活经历时，一点也不避忌他们对意大利法的违反，例如，他们讲自己如何违反这个国家的边境管理法偷渡而来；如何逃了这个国家的税；如何逃了这个国家的票，等等。在作这样的谈论时，他们一点也不为自己的行为感到难受，甚至有得意之色。典型的我族中心主义！以愚弄了它们来证明自己的“强智”。如果他们在中国有了类似的违法行为，他们绝对不会讲给自己的邻居听，因为他们是对熟人犯了法；而对意大利人犯了法，是对陌生人犯了法。在中国人的伦理观中，对熟人和对陌生人的规则是不一样的。我们可以看到，一个人在与熟人一起乘公共汽车时，他会规规矩矩，不插队，会让座；而与陌生人一起乘公共汽车，情况就不同了，许多人会像海盗一样粗暴。这种对比的原因在于该人的伦理规则之适用，以他认识的人为限，以“我族”为限。他在这个圈子里考虑犯规时，他对同族人有怜悯心；即使犯了规，他也会有负疚感。对“异类”犯了规，他的自由感强多了。若他对意大利人犯了规，是对“异类”犯了规，因此，面对意大利法，他获得了超越的自由。这当然不是什么好现象，尽管如此，我们看到：一方面，中国人在意大利被作为陌生人对待；另一方面，意大利人在意大利，也被中国人作为陌生人对待。因此，“洋法非法”，可以被违反无犯罪感，这是两个民族的悲哀！如果一个内国人到了外国，把该外国当作自己的国家，遵纪守法，那该多么好！这是理想，而现实的情况却是，两个民族往往总是把对方当作陌生人。

19. 越南——从陌生人到“熟人”

越南对于我来说，基本上是个“陌生人”。在中国的反映中越南战争的电影中，越南人的形象欠佳。在美国的越南战争电影中，平民拥挤、矮小，但面目清晰；而越南军人不过是一条条一闪而过的带来死亡之恐怖的绿色影子。我在意大利语学校学习时，有过一个越南籍的同学陶，她白净、勤奋，谨慎地回避中越战争的话题。上面说到的，几乎是我对越南的全部印象。1999 年，我获得了一次去中越边境考察的机会，得以扩充自己关于越南的认识。

就在河口的中越大桥上，我看到一些越南男子推着一种奇怪的自行车走来。这种车的后轮旁一边挂着一架可平放下来装载货物的短梯；在应该是座位的地方，绑上了一根粗大的木棒；在龙头的地方，也绑上了一根这样的木棒，驾车人就利用这两根木棒控制车，把梯子打开运载货物，这样的经改装的自行车的运载量大约相当于一辆马车的，但人没有马那样的力气啊。而我看到一些越南男人，就驾着这样的“马车”向我们走来，他们的整个身体都斜着俯伏在小山一样的货物上，以控制沉重的车体。看到这些，除了说越南人是一个极为勤劳、能吃苦的民族外，还能说什么呢？我们也看到有妇女驾着这样的自行车，只是运载量小些。在桥上，中国导游告诉我们，在越南，由于战争中死亡了大量的男人，现在的男人一人可娶三个妻子，她开玩笑地希望我们不要带越南妻子回来。过了这座桥，就是越南的老街市，我看到了真切的越南军人，他们的服装很漂亮，气质也很好。我还看到了穿越南国服——这是一种相当于我国的旗袍的服装，比较端庄——的越南妇女。过了海关，就有越南导游接着我们。我问他越南男人可娶几个妻子，他告诉我只能娶一个。事实上，越南民法典是坚持一夫一妻制的。我还问到了越南是否允许卖淫，得到的回答是禁止，这种回答后来由河口县的外办主任加以证实。他还告诉我，越南根本没有提过牺牲一代少女发展经济的口号。事实上，他在越南出差期间在旅馆居住时，并没有受到妓女们的骚扰。当越南领导人得知有越南妇女受拐骗在中国的河口卖淫时，还反复要求中国方面配合消除这种现象呢！

老街半日游，使越南从我的陌生人变成了“熟人”，尽管还熟得非常不透。但我已摆脱了越南的漫画看到了真实的越南。我知道了越南人长得不丑，有英武的男人，也有漂亮的女人；越南人勤劳，以自己的血汗争取着幸福；越南人大多讲诚信，一般不宰客，价格是实在的，不需要拦腰砍一扁担。尤其重要的是，我知道了越南没有提“牺牲一代少女发展经济”的口号，不许卖淫，越南男人在法律上只可娶一个妻子。越南的漫画，被这些事实戳穿了。

一个民族在另一个民族的眼中，往往是以不真实的漫画像的形式存在的。但哪一个民族逃脱得了这种不幸的命运！民族之间尽管彼此好奇，却是那样地彼此不了解，彼此把对方缩减，结果每一个民族都成了另一个民族的漫画。在意大利人眼里，中国人就是 Ristorante（餐馆）、功夫（李小龙即 Bruce Lee，在这方面作出了巨大贡献，到处可买到他的电影的录像带）。其实由于为了便于记忆和直接接触有限，所有的人都是这样概括化地看人的。中国人也不示弱，还意大利人一个三点式：嘴巴是黑手党；右手是巴斯塔，左手是足球。头脑稍复杂一点的人会想到城堡、帕瓦罗蒂。其实，我在意大利呆到 4 个月余的时候，还基本上未听说过黑手党。只是后来在餐桌上见到一份杂志，上面有一个法官在“净手运动”中不能过正常生活的照片，才使人感到黑手党遥远的存在。

我觉得国人的国际意识的培养、学会与任何其他民族和平相处地生活，不把他们当作怪物，是国人要解决的大问题。

总之，意大利的漫画像冤惨了意大利人，至少在黑手党问题上是这样。可以这样说，在意大利遇到黑手党的概率，与遇到日全食的概率差不多，而意大利的陌生人以为这个国家满街都是黑手党呢！前面已经说过，我在意大利后，我儿子最担心的就是我遇到黑手党，而我无幸得遇之。就足球而言，意大利的足球运动闻名世界，奇怪的是在这个国家看不到多少足球场，也看不到多少人练习足球。据说，除博洛尼亚外，其他意大利城市球队的最好球员多是从国外购买的。因此，足球是否能构成“三点式”的意大利漫画中的一点，颇值疑问。别幸灾乐祸！

上述情况无非说明，一个民族，永远是另一个民族的陌生人。尽管一个民族的成员可以居住于另一民族中很长时间，但他对当地社会的了解是有限的，他的心灵结构仍是他自己的，就像绝大多数出国者和我一样。据报道，一个嫁给洋人 50 年，在洋人家庭中作了祖母的中国人，仍然觉得自己是这个家庭的外人或陌生人，并劝其他中国少女千万不要与洋人缔结不可能幸福的婚姻。面对这样的倾诉，我们能说什么呢？

帕斯卡尔曾说，一道比利牛斯山把对同一件事的判断分割为两种，在山的这边为“是”的事情，在山的那边为“非”。

既然是陌生人，就适用荷马时期对陌生人的规则，即自然敌对论。在中越两国的边贸中，双方的商人互有欺骗的。中国商人被骗了，越南法院不管；越南商人被中国人骗了，中国的法院起初还管，后来就采用对等原则，也不管了。可以说，两国的边贸在相互提供司法保护的问题上，还处于自然状态中。

20. 陌生人与自然状态

如上所述，陌生人有个人际的和民族际的两种，无论哪种陌生人，都是确定一个社会是处在自然状态还是文明状态的标志。如果一个社会承认并尊重陌生人的权利，我们就说它是文明的，反之则说它仍处于自然状态或野蛮状态。自然状态难道不就是恶待陌生人的状态吗？这样的自然状态，是人们彼此隔绝，缺乏协作的结果。全社会的自然状态，有如荷马时代那样把抢劫陌生人当作正常的经营活动的，已经难以找到了；局部的自然状态却可经常找到。前面写到的某些持“洋法非法”论的中国人，就是宣称自己与意大利社会处于自然状态；还是前面写到的以海盗的姿态挤公共汽车的同胞，以及前面没有写到的在公共场合不排队的同胞，都是在宣布自己与周围的人处于自然状态，不对后者适用自己的道德伦理规则。我们中国人是个不会排队的民族，只要有了三个人，就要挤成一堆，在高等学校也不例外。这些插队者难道不知道自己这样做是在侵犯他人的权利？个人人际关系中的自然状态是一种应该加以消除的恶现象，民族际关系中的自然状态也是如此。如果一个民族把外国人视为陌生人，适用不同于对待自己同胞的规则，那就是在宣称自己与被恶待的外来民族处于自然状态中，这种自然状态相较于个人际的自然状态，更普遍与邪恶，我族中心主义或民族利己主义是其根源。正因如此，人们不断寻求消除国际或族际的自然状态的途径。20 世纪 30 年代的国联的不成功的实践是一个这样的尝试。“二战”以后的联合国则成功得多。联合国提供了世界政府的可能，正如个人际的自然状态要以社会契约结束，以进入文明社会或市民社会一样，国家之间的自然状态要以同样的方式结束，以进入以国家为成员的文明社会。联合国就是这种思想的产物。作为一个超越于各主权国家的权威，它可以制止一个国家对另一个国家实施的不法行为，我们在经安理会授权的海湾战争中看到了这一观念的实现。而且这个权威提供的讲坛有可能促进全人类共同的价值观念的形成，超越国家之间的比利牛斯山。海湾战争使我对结束国家之间的自然状态充满信心，但以美国为首的北约在未经安理会授权的情况下对南联盟的野蛮轰炸使我的这一信心动摇，因为形式上平等的世界各国，实质上是不平等的，国家的大小、强弱不一、联合国会费的负担额不一，凡此等等，带来了不平等的因素。在这种情况下，联合国在必要时被撇开；即使联合国被作为解决国际争端的工具，它往往也被操纵在大国手里作为执行其意志的手段，在这种情况下，联合国在某些重要的场合，不过是几个或一个大国的联合国，安理会投票程序上的大国一致原则，不就是说明了上述现实吗？在联合国格局下的各国的联合，只不过是一群小羊跟着一头大羊走，这种格局下的和平，与所谓的“罗马和平”有何异哉？！国家的关系，仍然是自然状态。世界政府的美梦，被美国的导弹打碎了！我曾经写道：“冷战结束了，世界变得比过去安全，人们可以把更多的财富用于经济建设而不是相互屠杀”。现在恐怕不能这样看，均势是必要的，两强的对立使任何一方都不敢胡作非为，形成一种制衡关系。诸小国所要做的，是正确地选定一个“跟”的对象，世界曾因此还享有了一段时期的和平。现在是美国为所欲为；俄罗斯无能为力；小国之间的地区冲突反而增加，世界又重新进入自然状态中。国际间建立文明状态的路，还很漫长。

21. 陌生人与市民社会与市民法

让我回到个人人际的关系。我们所处的现代社会，主要由陌生人际的关系组成，因此，现代社会的基本特点是陌生性。在原始的社会结构中，个人从属于家庭，这些家庭后来发展为由家庭群组成的村庄。在家庭和村庄的范围内，人际关系没有陌生性，每个人彼此都是或近或远的亲属。在亲属的范围内，自然适用排斥契约的以亲情为基础的规则，在彼此信任的人中，契约是多余的。后来，个人和家族的活动范围扩大，此家族的成员进入了彼家族的地盘，成了彼家族的陌生人。开始他受到排斥甚至被杀害，但随着陌生人现象的增多和此家族对报复原则的适用，排斥和杀害为有条件地容纳陌生人的规则所取代。因此，陌生人的出现，是一个导致了整个社会结构之变化的重大历史事件，它不仅使人们的生活质量、后裔的生活质量得到提高，而且也使整个的社会规则发生变化。在新的社会结构中，陌生人起初得到了带有歧视的容纳，后来逐渐取得了与“坐地户”同样的地位。人际关系的结构发生了巨大的变化，过去排斥契约的亲情关系的结构不适用了，如何构筑陌生人之间的关系，成为新型社会的课题。人们找到了契约作为连接陌生人际关系的形式，在这样的形式中，基于陌生性产生的不信任，要求白纸黑字，签字画押。同时，基于陌生人的相互依赖性，又要求不得恶待陌生人。这样的超越家庭和村落的界限组成的陌生人间的广泛合作，就叫作市民社会，也可以叫作文明社会，它是个人际的自然状态终结的结果。如果我们这样看待市民社会，它远不是一个神秘的概念。

市民社会的法为市民法，它建立在陌生人际关系的基础上，因此，市民法的基本原则就是“善待陌生人”（这一原则在世界各国的民法典中采用了“诚信原则”的表达）。作为市民法之一的合同法，其灵魂是尤其善待陌生人。市民社会的基础关系是契约关系，人们利用它把范围广泛的陌生人联系起来为彼此服务。举例来说，我是被一个陌生的医生接生到这个世界上来的；我的父母把我交给他们陌生的教师训练我写作这篇文章的能力；我被陌生的司机们拉到全国各地就这个题目进行演讲；而我把自己的孩子留在武汉受陌生的老师的教育；陌生的邮政工人把本书的稿子运送到出版社；陌生的印刷工人将把这本书印成铅字让陌生的读者们阅读；如果我死去，会有陌生的火葬工人把我送入天堂……我何以能利用这些陌生人的服务？因为我与他们订立了契约，在契约关系中我付给他们报酬，在这个基础上我与他们合作。一旦失去这种契约关系的基础，整个现代社会将陷入崩溃。如果恶待陌生人，换言之，他们在服务中偷工减料或我在给付报酬时短斤少两，这种契约关系的基础就会失去。显然，如果我们要维持现代社会的存续，维持我们的生活质量，我们就要善待陌生人，善待契约！合同法正是为满足上述要求而存在的，它基于陌生性，又消除这种陌生性带来的不安和危险。如果说契约关系是现代社会的支柱，那么，契约法是支撑这一支柱的钢筋。

当然，在民族际关系的范围内，我们也要善待其他国家，善待一切外国人。如此才能在世界范围内，也建立起一个以国家为成员的市民社会。尽管这一梦想近来遭到了挫折，但我从来不放弃这一梦想，而在等待着、寻找着、思考着实现它的更佳途径。

1995 年 12 月完成大部于罗马

1999 年 8 月增补完成于武汉

斯奇巴尼：第四个来到中国的重要意大利人

中意两国皆为文明古国，后者为大国罗马的继承人。张骞通西域后，两国先是知晓彼此的存在，然后交往不绝。来华之意大利人不知凡几，但最有影响的不过如下4位，其中以斯奇巴尼教授来得最符合设计目的。

第一个来到中国的重要意大利人是马可波罗，他于1265年来到中国。他来的目的是经商，结果"被从政"当上了元朝的官员。他回去以后，写了著名的《马可波罗游记》，此书带给西方人关于中国的知识。在这个威尼斯人的笔下，中国成了量大、财富和贤德的象征。前者体现为"百万"的量词用得多，用于描述人是它，用于描述军队的数目、城市的数目等都是它，对于当时什么都"小"的欧洲的居民来说——伦敦当时的居民不足10万人——说起"百万"让人头晕，因此，马可波罗上述著作的原名是《百万》。中者体现为黄金遍地。后者体现为贤者如云。中者吸引了马可波罗的同胞哥伦布寻找到东方的航路，歪打正着发现了美洲。后者被伏尔泰等近代学者利用并放大，作为当时西方社会不合理现实的照妖镜使用，推动了对此等社会的改造。

第二个来到中国的重要意大利人是利玛窦，他于 1583 年以传教士的身份来到中国，其间历经坎坷，先是在印度果阿熟悉中国文化，然后再靠近一点到澳门呼吸中国空气，最后得入中国，由南向北接近权力中央，为此易服变身。去道袍着儒服，谓之“易服”；不称教士称儒生，谓之“变身”。好不容易到得北京，其本意是带给中国人基督教，但当时的明朝皇帝只对他带来的西方科技知识感兴趣，所以，他传播《几何原本》的名声大于他传播天主教的名声。

第三个来到中国的重要意大利人是郎世宁，他于 1715 年也以传教士的身份来到中国。尽管明朝换成了清朝，传教却仍是禁区。清朝皇帝也是不爱耶稣爱孔圣，深恐前者替后者，所以，“传教的不行，画画的可以”成为他与中国政府之间的界线。结果，本末倒置成为他在中国的大半辈子生活的写照，他留给我们许多描绘皇家生活的画幅，但未留给我们众多的教徒。

第四个来到中国的重要意大利人是桑德罗·斯奇巴尼，他于 1992 年第一次来到中国，讲学于中国政法大学、西北政法大学、中南财经政法大学并在后者与我相遇，让我的人生拐了一个弯。以后共来了 20 多次，讲学于更多的中国大学。在中国组织了 5 次罗马法大会外加一些小会，例如，2008 年与厦大合办的“第一届拉丁法律术语译名统一研讨会”。在中国组织出版罗马法译著 20 余种。选派数十名中国学者去意大利访学或攻读学位（我本人即为其中之一）。通过种种这些活动，他给中国带来了新的罗马法研究方法以及罗马法所蕴含的世界主义观念。所以，我认为 1992 年是中意两国的法律建交年，尽管两国已于 1970 年建交，但在 1992 年之前，两国间并无法律方面的实质接触。

上述四个重要的意大利人可分为两组：商人组和传教士组。马可波罗属于前者，那时的中国需要西方的程度不如西方需要中国的程度，所以他是一个输入者。其他三人属于传教士组。他们都处在中国需要西方甚于西方需要中国的时代，所以他们都是输出者。传教士的特点是奉献、牺牲、与当地人结成兄弟。与商人关注物资利益不同，他们关心精神的价值。斯奇巴尼教授是个俗人，为何我把他列为传教士？原因有三：其一，斯教授是虔诚的天主教徒，这种身份一方面取决于 95% 以上的意大利人都是天主教徒的现实，另一方面取决于罗马法精神与天主教义的契合：两者都关怀贫者弱者。其二，按乌尔比安的说法，罗马法学家本身就是正义的祭司，这就把正义当作神的事业了，因为祭司都是照料神事的。这样的解释符合希腊—罗马的法起源解释传统，按照这一传统,是宙斯在人类内斗得不可开交的时候,派了赫尔墨斯下来,给人类送来 Aido(相互尊重)和 Dike(正义),从此人类社会复归有序,所以,正义本是神的恩惠。凑巧的是,斯奇巴尼教授的夫人叫作 Aida,这不过是 Aido 的阴性形式。这样,斯奇巴尼教授成了两件神的礼物的守护者,确确实实成了祭司。其三,斯教授具备传教士的所有特质,除了奉献、牺牲、与当地人结成兄弟外,他还遵守从来不说我们中国人的任何坏话、坏事的原则,尽管吾侪并非无坏事可让人说。

把斯教授与其他两个传教士比较,他很特别:其他两人受中国人欢迎的并非他们想带给中国的,都郁郁终于中国,留下了让现代意大利共和国驻华使馆操心照料的坟墓。利玛窦魂归故国,在其家乡马切纳达城留下了儒服纶巾的胸像雕塑,让我在其下感慨唏嘘。只有斯教授相反,他带给中国的,正是中国人需要的。他像一只友谊之梭一样来往中意间 20 多次,幸福地在祖国退休,不似他的两位同胞一生只能长途旅行一次,目的地即为纳骨地。所以,斯教授在中意文化交流史上处在幸运者的地位。犹可念者,他处在中国对西方采取新态度的时代。此时达成了价值共识:西方人认为有价值的,也是中国人认为有价值的。

由于这种有利的处境,斯教授在中意文化交流史上占据了许多个第一。

他是第一个在中国获得致敬文集《从罗马法走来:桑德

罗·斯奇巴尼教授70寿辰贺文》的西方教授，这不是我的同胞的刻意安排，毋宁说这是斯奇巴尼教授自己的工作成果，也是他选择在中国举行“告别演出”（在意大利，教授满70岁就退休了）的结果，据我所知，他在意大利和拉丁美洲，都没有举行类似的活动，尽管前者是他的祖国，他的海外罗马文化推广活动是为其服务。而后者是他更早“传教”的地方，留下的足迹更多。他选择了中国以及中国人选择了他，两个力的相向运动造就了一场中外文化交流史上的盛事。我还未听说过其他外国教授有这样的选择并享有了这样的尊荣。斯教授始终崇仰中国文化，看好中国人民，在中西意识形态的对比中超然其上，坚信罗马法的普世价值与和平缔造者功能，期待并培植罗马法研究的中国学派出现。这样，当我的同胞尚未完全获得为自己的教授由于其文化创造贡献搞致敬文集的习惯的时候，就把这样的尊荣给了一个外国教授。他是第一个在中国出版自己的个人文集《桑德罗·斯奇巴尼教授文集》的西方教授。他在中国发表了55篇论文，多数是序跋，即穿针引线之作，提携他人之作。所以，这些文章记载着他对中国的罗马法事业的照料，颇类似于神父在弥撒进行间的讲辞。少量的研究论文反映了老斯的两大研究领域：法典编纂和侵权行为法。斯教授是个法典迷，尽管其祖国已进入了解法典时代，但促成中国民法典的制定，仍然是斯教授的一个梦。斯教授的博士论文写的就是阿奎流斯法中的过错，他在繁忙的学术组织活动之余，经常回到这个领域，说起里面的事就眉飞色舞。其博士论文仍是其同胞研究同一主题时难以逾越的经典。

他是在自己的门下收纳最多的中国学生的西方教授。在作为法学马可波罗打开中国大门前，斯教授除了意大利，主要在拉丁美洲传播罗马法，在其所属的罗马二大创立了拉丁美洲跨学科研究中心，我刚入老斯门下的时光（1994~1997年），斯教授所在的法的历史与理论研究部是拉美人的天下，中国人像熊猫一样稀少，与国人占全球人口1/5的现实很不成比例。按照老斯的哲学，每个地方中国人的存在应该与国人在世界人口中的比例一致，他也这么努力着。所以，到了我2010年12月第三次复归老斯门下的时光，拉美人俨然成了少数民族，三间阅览室两间大的属于国人，一间小的属于拉美人，后者还时常受国人侵犯，招致西班牙语的抗议。中国学生最多时达30多人。人们说，欧洲大学法科中，过去在胜雅律的门下招纳过不少中国学生，但也未达30之数。美洲大学法科中，哥伦比亚大学有类似于胜雅律门的成绩，但总数也没有斯奇巴尼门大。更可道者，斯奇巴尼的中国门生都有奖学金。最初的奖学金都是意大利的，斯教授是个找奖学金的高手，后来的有中国教育部的奖学金。到现在的2013年，我还未看到一个自己掏钱投入斯奇巴尼门下的，这说明多数中国家庭尚无这样的经济能力或投入决心，所以，说老斯有点“卖国”，应该不太冒险，因为意大利并不比中国富多少，国内穷人多多，我的教父母一家就是，但他把意大利纳税人的钱搞过来不少在中国传播罗马法，祖国的穷人遭到了牺牲。

他是第一个或唯一的与中国同事保持 20 多年的合作的西方教授，而中国同事与其他国家学者的合作的寿命通常只有 1 年。合作长久的理由存在于斯奇巴尼教授的人品和智慧中。我经常纳闷，我的领导指挥我都不容易，但远在 8000 多公里外的老斯既不发我工资，又不分我房子，他一个指令过来，我基本上都是马上行动，其他意大利留学归国者也差不多，凭什么？凭的是精神的力量！老斯是个理想主义者，为此他成了工作狂，燃烧自己的生命成就人类大同理想。近朱者赤，我们也理想主义起来。

他是中国民法学界中的拉丁学派的开创者，在他来华之前，德国学派一统中国，这是中国自清末继受大陆法系以来的现实，导致法律术语、教科书体系和法典体系、法律思维，等等，全部德国式，法律人也以留德者为上。1949 年后，德国学派又以苏联学派的名目重入中国，一直到 1992 年；在斯奇巴尼来华之后，经过他长期的培养与推动，拉丁学派开始与德国学派并立，互相争鸣。尽管前者尚小，后者较大，但前者在增长中，斯奇巴尼的学生不断在北大、清华、人大、北师大等名校取得教职是此等增长的证明。大陆法系分为拉丁法族和德国法族两支，同时知道两者总比只知其一者视野宽阔。当下的意大利外交部似乎意识到这种格局，近期在其北京使馆设立了法律参赞。这是我第一次听到的官职名，也未曾闻其他国家的使馆设有此等职官。他的职责职能理解为在中国推广意大利法律文化。当然，此等文化从属于拉丁法律文化。

尽管斯奇巴尼是根据设计目的来华的意大利人，但其活动也有歪打正着的一面：他无意中推动了意大利语在中国的传播。过去，中国法学者多半只懂英语，对其他外语不屑一顾。现在，懂意大利语的法学者日渐变多，只懂英语者感到了被称为“独眼龙”的压力，因为懂意大利语的人当然也懂英语，这样他们就有了两只眼睛。一种语言是一种观察视角和文化传统的载体，意大利语把它内蕴的民法文化带给了学习它的人，此等内蕴不为英语具有。当然它具有其他的内蕴，不过不是大陆法系传统的。

贝特鲁奇其人其学

从我的1994年开始的第一次罗马居留开始，我就叫他贝特鲁奇老贝，他叫我老徐，这样一叫就叫了20余年！包括在信件中彼此如此称呼。他原是叫我小徐的，这体现了西方人对青春的向往，但违背了中国的尊老传统。我要求他叫我老徐，他允之。按照对等原则，他也成了老贝。老贝1957年出生，当时只有37岁，并不老。接受老贝的叫法，是他对中国文化的归顺，可能老贝的称号并不合他的意。无论如何，我们的20多年交往中，老贝和老徐从两个虚称变成了实称。我们两个都真的变老了。现在他已57岁。

我第一次发现虚称变实称是在2013年10月14日，其间，我正在米兰大学访学，与我的东家法略里教授一起去接来此讲座的贝特鲁奇，他刚从地铁站出来，我对他的第一眼感觉就是比2013年5月在比萨见到他老了。午餐中，我为他和法略里照了两张照片，晚上拷进电脑中，发现第一张中的老贝老态龙钟，像个俄国老头，赶紧删掉。第二张好些，保留之。

我一直想看到贝特鲁奇年轻时的照片，例如，读本科时的，老贝给我看过，但就是一眼，所以，我已记不清他头发多的模样了，现在他已是“鸡蛋脑壳”，他在我脑海中的镜像从1994年12月开始。那时他意气风发。他在罗马二大的食堂与我讲英语，解决我刚来时的困难。他带我第一次去罗马一大熟悉该校的罗马法研究所，末了还送我到公交车站——怕我找不到路。那时的他，就像我和我们的保姆。

老贝是我密切接触的第一个西方人。他带给我许许多多的第一。

他是我第一个见到的资本家的儿子。老贝的父亲是建筑师，家境殷实，在罗马新区有豪宅，由此我把老贝的家庭成分定位为“资本家”。但他毫无我想象中的资本家的儿子该有的骄横气，而是一个平和的人，唯一的一点资本家子弟气体现在他对温州人的偏见上，凡有活动，他送我们到我们的住处，从不上楼见我们的温州房东。建筑师的家族传统把老贝造就为我见到的最出色的导游。随便一段罗马、比萨、米兰市中心的街道或一所房子，他都能跟你说出一套又一套来，叫你终生难忘！

他是我第一个见到的笔记本电脑使用者，现在我已用坏好几台这样的电脑了，但当时见到老贝的笔记本电脑的新鲜感至今难忘，它在当时的意大利也是个稀罕物，故发生过老贝的儿子把这个宝贝摔落地面后被胖揍一顿的故事。这种新鲜感也是当时中意两国存在的差别的明证。首先是贫富差别，当时的笔记本电脑很贵，所以，我与老贝的初期交往，是贫者与富者的交往，那时的我们出国，要领取国家发的置装费做几套衣服来维持国家的体面呢！但我未从他那里感到富者对贫者的歧视。只是在中意间的贫富差别变得不大之后，偶尔感受到他内心的些许不平衡。其次是技术水平差别。在当时的中国，不要说笔记本电脑，就是普通的座机，也差不多是每个单位仅一台，用于财务处发工资。这台电脑处于特权地位：为它专门装修一间空调房，地上铺地毯。在我结束第一次意大利居留于 1997 年回到武汉时尚如此，而意大利的电脑虽说不上像现在一样的普及，也至少进入无特权状态了。在我与贝特鲁奇共用的办公室，就装备有一台专门供中国人使用的台式电脑。它来自我国台湾地区，配有中文软件（记得是“南极星”）。内存很小，不到 4 万字，超过一个字就打不进去了，一打，电脑当的一响，字依然进不去，必须删掉一个文件才能纳入新字。

他是我第一个见到的西方国家培养的法学博士，我由此得以从他着手比较中意两国的博士培养方式及其结果。博士是意大利大学教师阶级的底层，通过老贝，我观察到了意大利大学中绝对的等级制度以及阶级关系。

他是我见到的第一个把自己的工作空间安排得井井有条的人。公案上从无杂物，一切该扔的都扔掉，也不怎么藏书，习惯用图书馆的书。尽管想学他，如今我的办公桌上仍然是杂物满满，还是做不到“舍得”，导致我经常找不到要用的东西。直到近来，我才体悟到藏书到头都是为人忙，变得不怎么藏书了。

他是我见到的第一个在自己豪华的家里做到人走灯熄的人。我学到了他的这一绿色习惯，至今，我所在的厦大法学院五楼男厕的灯从不是长明的，我走灯熄。我的学生助理也学我如此。至于我从不扔掉任何一张纸片的习惯，则是在老贝邀请我访问比萨大学时学到的：经常可看到一个容器，上述“拯救纸”的字样。

他是我见到的第一个使用隐形眼镜的人，尽管他现在已改戴显形眼镜。

……

回过头来看，老贝的带给我的西方人的形象是非常正面的，他的职业精神（一丝不苟，上厕所都一溜小跑）、国际主义态度（他说自己对外国人比对意大利人好，为此他至少超拔了中国人张礼洪和薛军分别去罗马二大和比萨大学留学以及墨西哥人尤里·冈萨雷斯·罗尔丹去罗马二大留学，为他们安排生活和学习）、学术能力给我深刻印象，所以我们的友谊能维持得这么久，要强调的是这是一个贫者与富者之间的友谊，一个发展中国家的教授与一个属于西方七国集团成员的意大利的教授之间的友谊，中国的古话可是“穷在闹市无人问，富在山中有远亲”呢！尽管我们之间不乏矛盾和争吵，例如，就温州人的属性发生的争吵，我坚持我的房东老叶是一个真正的绅士，尽管他的职业身份是一家意大利餐馆的大厨。

贝老师是我给老贝的另一个称呼，尽管他从未理所当然地接受过，而是谦恭地谢绝。这一称呼有双重意义。第一层意义是传道授业之师。在这方面，这个称呼名副其实。他首先是我的意大利语老师，最初几天以破烂英语生存后，我转为意大利语生存，与我相谈意大利语最多的就是老贝，以至于我对他形成了语言依赖：他的意大利语我都懂，换个人，例如，斯奇巴尼的意大利语，我就不懂或懂得困难。这种状况继续维持。2013 年 5 月访问比萨，在老贝的课堂为学生讲“宪法”一词的沿革考。提问和回答阶段，学生的提问必须通过老贝的复述，我才能明白。我的意大利语回答，也要经过他的重复，学生才能明白。这种语言上的相知是我们朝夕相处的结果。为了改善我的意大利语，他建议我用意大利语写日记，他则为我纠正我此等日记中的错误。在罗马学习期间参加国际会议的意大利语论文，都经过他的修改。甚至在我回到中国后，我用意大利语写的论文还请他修改过。老贝的意大利语辅导是我的福分，我由此能融入意大利社会，进入这个国家的学术核心，而与我同期的公派访问学者没有人管他们的意大利语，得不到提高，非常可惜。

我们的朝夕相处的持续需要双方的涵养，尤其是老贝的涵养。我曾经是一个烟民，进入新千年时戒烟至今，目前对于烟味深恶痛绝，回想当年我曾在与贝特鲁奇共用的办公室墙上留下了多少苦苦的烟味，它们会让不吸烟的贝特鲁奇多么难受，我就感念贝特鲁奇对我的忍耐。他从未对我的这个嗜好表示过不满，更谈不上抗议。

其次，他也是我的拉丁语老师，出于翻译《民法大全》的需要，我们必须掌握拉丁语，当时找不到人教我这种语言，贝特鲁奇就亲自教我。在他家附近的书店，他为我买了两本教材。一本是课文，另一本是练习。练习做完，他批改之。当时以野猪为题材写成的短文的内容，我现在还记得。拉丁语达到一定程度后，开始了翻译，我翻译的《民法大全》选译的两个分册：查士丁尼《法学阶梯》、《十二表法》，西塞罗《地方论》，都经过了他一字一句的校对，当然这其间有我们的汉学家朋友纪蔚民的帮助。这么热心地帮助我以及不少的外国人，没有一点国际主义精神是做不到的。拿着这样的成果，我和一些留意同学在职称的阶梯上爬升，老贝和纪蔚民在梯下支撑着我们。长期以来，这些翻译成果上甚至没有老贝和纪蔚民的名字，只是在近期，我和薛军等人才坚持一定在版权页上要有校对者的名字。

上述只涉及老贝的奉献精神的一个方面，另一方面是他从事学术活动的无酬主义。他在中国搞过那么多的讲座，至少我组织的从未给过他报酬。他到中国来，也从不主动谈旅游，安排什么就是什么，尽管他在世界各地的旅游经验非常丰富，甚至有时对我夸耀性地提起他的这一方面（如果我说自己去过了伊斯坦布尔，他就要说他去过那里 4 次）。他就在这样的罗马法国内国际传播中消耗着自己的生命。我在想，在他的“鸡蛋脑壳”的白色发根中，中国占有多大的份额呢？我个人占有多大的份额呢？呵呵！

最后，他还是我的罗马史老师，他向我介绍这方面的最重要的著作并建议我购买，我买的这方面的书现在还用着。至于罗马法方面的书，他的基本原则是让我们免费得到，为此，他的导师塞劳的全套著作都带着作者的签名免费进了我的行囊，至今为我的研究活动提供助力。有一次，我买了一本卡塔兰诺编的厚厚的（因而也较贵）《从罗马到第三罗马》会议论文集，他知道后气急败坏，说此书可向卡塔兰诺免费讨得的。

贝老师称呼的第二层含义是生活上的帮助者。从一个发展中国家刚到一个工业化国家，每个人都面临这样那样的窘困。第一个窘困是找到合适的住处，根据学长们的口述，在中意法学交往的初期，老贝为多人解决过这方面的困难。

我初到意大利是靠同胞解决的这一问题，但老贝为我解决了另一重大问题。在我长达两年多的第一次意大利居留期间，我有一次回国探亲。为了弥补对家人的负欠，我也想让他们到意大利看看，但当时的国人要造访意大利困难重重，要经济担保、要意大利本国人邀请，等等，为此我批评意大利的出入境管理政策，我说这个国家有什么人权？不然我们留学者的配偶子女都不能入境探访？贝特鲁奇为了爱国，邀请了我的妻儿访问意大利，承担办理各种手续的烦劳。我妻儿在意期间的记名住处就是老贝的家，他们到达后当然住在了我的租住处，但警察打电话到他家查询我妻儿入住否，老贝做了肯定的回答。这实际上突破了老贝的底线：一是说了谎；二是违了法。在我与贝特鲁奇的 20 多年交往中，这是他最不愿做的两件事。如此一来，他成就了我的罗马家庭团聚计划，也让贝老师的称呼具有了另外层面的含义。

第二个窘困是两国间的物价差别大，因此，让到中国者往罗马带东西的做法很流行。老贝身为中国人的朋友也逃不掉这样的委托。他为一些学长从北京往罗马带过行李，运气不好的时候为此承受超重的罚款。

在上述活动中，老贝从虚老到实老了，但他达到了自己职业生活的高点，活动范围变得广泛。据我观察，他的活动范围大体有三：意大利和欧洲，这是他的老家，可以撇开不谈。拉丁美洲。中国。在这两者中，尽管他从未这么说过，但我认为中国在他的心中最重，这一判断从对老贝的两个处所的观察得出。第一个处所是他在罗马新区的书房，其中陈列他看重的纪念物，全部都是关于中国的：头几次来到中国时交下的朋友的照片、与中国人合作完成的翻译作品、中国人送给他的自己的著作等。第二个处所是他在比萨大学的新办公室，其中一面墙上张挂各个外国大学授予他的讲座证明和国际会议与会证明，由于中国没有发这种证明的习惯，所以大部分的证明来自拉美国家，但来自中国的两张——其中一张是老贝参加厦门大学举办的“第一届拉丁法律术语译名统一国际研讨会”的全体与会者的合照——被安排在最显眼的位置。当然，老贝还把一些报道中国重大事件的报纸剪切下来，例如，他就给我看过意大利报纸关于中国颁布《物权法》的报道，标题是《所有权不再是盗窃》。我们怎能不珍惜老贝这样的朋友？！

所以，我称他义人贝特鲁奇。

2014 年 6 月 20 日于胡里山炮台之侧

二、美国闲笔

引子

从飞行地图来看，我乘坐的飞机从北京南下上海，以摆脱从北京到洛杉矶的从上到下的斜切飞行路线到达与洛杉矶正对面的上海，走一条直的航线。然而，道路总是曲折的，我们的实际航迹向百慕大、阿拉斯加、阿留申等北方地方略为靠近，形成一条相对于赤道的弧线。通过它，我从空中渡过太平洋到达了彼岸，进一步横贯美洲大陆到了彼岸的纽约并在那里居留 10 个月。人是会思考的动物，从此岸到彼岸的空间移动并未改变我的这一属性，于是我手写我思，有了如下的“美国闲笔”。

白人的自由女神

在南码头地铁站下车上来就是炮台公园，在这里买 10 美元的票就可以过渡看世界闻名的自由女神像和移民博物馆了。自由女神所在的岛叫自由岛，由于“9·11”后遗症，我们必须经过严格的安全检查才能登上渡船，并且在到达自由岛后，我们不能像过去一样进这座世界上最高的雕像及其底座的任何部分，只能围着她转一圈。自由女神是白人的造型，原来她是微微掂起右脚高举火炬的，这种安排使雕像更生动。100 多年了，她全身已披满高贵的铜绿色，仍然对望着纽约的切线，其基座是观赏这种由高楼大厦组成的切线的最好的地方。1 年前，她经历了这一切线的变化，其后果是两座世界上最高的建筑的剪影从这一切线上消除了。因此，自由女神展览的内容之一就是从这个角度看到的“9·11”。应该说，这是一个自由的观念与相反的观念斗争的地方，世界各国的人都来朝拜这一世界有名的偶像。

接着同样坐轮渡到了旁边的爱丽斯(Ellis)岛。岛上唯一的建筑是1924年前的纽约移民站,通过这个小小的美国国门,有1200万人进入了期待的国度并成为其公民。但这种进入的过程并非全然愉快。那些落难的人经过漫长的航行后才来到这个岛。他们都是在南欧或东欧受到种族、宗教或重税的压迫才远走他乡的。作为移民来源的背景资料,关于这一主题的展厅播放着意大利歌剧和中国的粤剧,叫我觉得特别亲切。他们到达这个移民站后,向左可以看到吸引他们来的自由女神的雕像,向右可以看到纽约城的切线,但他们还不能确定自己能进入这个国家,因为需要过两关:一是体检关,美国人不要不健康的人进来,因此连眼皮都翻开检查。二是法律审查关。美国人不要有犯罪记录的人等。这一审查包括回答29个问题,最重要的两个是你有多少钱和在美国有无工作。有工作不是个好回答,因为当局怕移民当白奴而拒绝已事先找好工作的移民,拒绝率是2%。所有来的人都是没有签证的,1924年以后才有签证制度,因此,这里进行的审查相当于现在的发放签证的程序,有了签证制度后,这个移民站也就关闭了。由于它的这种"关口"的性质,它被称为"希望之岛"和"眼泪之岛"。对于那98%的人是希望之岛,因此,他们在过关前留下的照片中都是愁眉苦脸的表情,过关后就笑逐颜开了。而对于那2%的人就是眼泪之岛了。办完上面的甄别程序需要一天，前一种来客就可进入美国，他们大致有两个去向：一是纽约，有 1/3 的来者到了最近的这里；二是美国腹地，做这种选择的人要坐轮渡到对面的新泽西州上火车。他们连看一下眼前的名城的机会都没有。而到纽约的来客，门外已经等着他们的亲友，多年未见，一见未免亲吻，因此，移民站门口的地方又被称为接吻处。

在这里还可以查到自己移民祖先的名字，经这些移民的后代请求，还可以把他们从这里进来的祖先的名字刻在一堵墙上，但是要收费。想来没有几个中国人可以在这里找到自己的祖先的名字，因此这里主要是欧洲人的入境口，中国人的入境口在加利福尼亚的旧金山。根据现代人的研究，在加利福尼亚发现黄金之后吸引了大规模的中国移民到来，在 1850~1870 年，大约 6 万中国人（其中多数为男性）定居在加利福尼亚及其邻近地区，他们通常组成唐人街。他们大部分是穷人，在妇女不足的情况下，他们多从事妇女的工作，例如，洗衣和做饭。19 世纪 60 年代，中央太平洋铁路公司雇佣了数千中国人修造横跨大陆铁路的西边部分。该公司用以修造穿过落基山脉的铁路的工人 90% 是中国人。只有数目非常有限的中国人被输入新英格兰的工厂和南方的种植园做工[1]。因此，爱丽斯岛上的移民站没有多少可能接收来自

〔1〕 David L.Bender et al., *Opposing Viewpoints*, Greenhaven Press, 1981, p.24.

中国的移民，尽管这里展览的移民的启程港口的图片包括了香港，事实上，来自香港的移民不是在这里登岸，而是在旧金山的天使岛登岸，那里没有自由女神，没有欢迎，只有深深的歧视。

这里有华裔作家康妮·永·于(Connie Young Yu)留下的她的外祖母的天使岛故事：她嫁给一个华裔美国商人的儿子，1875 年来到旧金山的唐人街，深居简出，一是因为裹了脚，行走不便且出门受人嘲笑；二是因为那时在美国仅有很少的中国妇女，还都被当作妓女，从而受到侮辱[1]。在 1906 年的旧金山大地震之后，外祖母全家迁回中国，因为大人们认为只有这样才能让孩子受到好的教育(当时旧金山的中国小孩只能在被隔离的学校受教育)。外祖父在中国去世后，1924 年，外祖母决定带着她的 7 个孩子回到美国。是年，国会修改了移民法，缩小了开放的门户，因此，在旧金山的天使岛移民站，她在健康检查中被查出有丝虫或肝吸虫后被命令驱逐回国。在被驱逐前，她在天使岛上被扣留了 15 个月治疗其疾病。她悲伤的孩子们不得不在旧金山自谋生路。于的母亲当时只有 14 岁，与她的姐姐一起在衣厂里找到了工作。她们请了一名律师来为把外祖母从拘留中解脱出来而奋斗。外祖母在这个拘留营里听到了许多等待被驱逐的妇女们的故

---

〔1〕 David L.Bender et al., *Opposing Viewpoints*, Greenhaven Press, 1981, p.14.

事。有几个人在淋浴龙头上上吊自杀。在房间的墙上，留有许多其他被驱逐的移民写下的文字，表达了她们的思乡、悲伤和蒙受不正义的感觉。15 个月后，她的肝吸虫被治好并被允许进入美国。1927 年，外祖母的案子被菲德里克·兰姆(Frederick Lam)医生用做先例说服联邦的卫生官员：肝吸虫病是不传染的，不能用做排斥或驱逐的理由。1943 年，国会通过法案规定在中国出生的中国人可以入籍后，这个外祖母要在 70 岁的高龄为了取得公民身份而学习美国的法律，回答诸如“美国的民主对我意味着什么”这样的问题〔1〕。这真是一个辛酸的故事，证明了美国历史中曾经存在的不光彩的一页。

排华者所持的主要理由如下：其一，劳动力低价竞争。中国工人可以接受很低的工资从而影响了本地人的就业机会，降低了当地人的生活水平，并且从不罢工，从而降低了作为整体的劳工阶级的集体行动能力。其二，难以同化。中国人不信仰基督教，往往集中居住，形成唐人街，与周围的美国人判若两国；而且中国实行血统主义，中国父母生的孩子，无论所在何处还是中国公民，由此发生他们对中国承担的义务问题。如果中美发生战争，他们会对交战双方都承担彼此矛盾的义务。其三，有些中国人抽鸦片。其四，中国人相信叶

〔1〕 David L.Bender et al., *Opposing Viewpoints*, Greenhaven Press, 1981, 14.

落归根，在美国赚钱就带回中国，因此给人始终是美洲之客而无意为主人的印象。其五，中国人在得不到美国的司法保护的情况下往往依靠私人的权威解决争端，由此产生了黑社会影响其名声。

基于上述问题，华人居住最集中的加利福尼亚州的一些权势人物，包括州长竭力主张排华。他们的努力获得了部分效果。1854 年，加利福尼亚最高法院作出裁决，拒绝承认中国证人的证言，中国人因此得不到法律保护。故在 1871 年的洛杉矶骚乱中，有 21 名中国人被杀。加利福尼亚州甚至修改税法对中国人征收特别的税。但加利福尼亚最高法院也做了一件好事，它裁决移民政策问题属于联邦的权限，因此，加利福尼亚不得制定州法规定这方面的事项。但联邦的法律也并未给中国人好的待遇。1790 年美国国会通过的联邦入籍法规定，只有自由的白人才能成为美国公民，该法不分青红皂白地排斥一切非白人成为美国公民，中国人是被排斥的对象之一。1880 年，中美两国订立条约，赋予美国“调整、限制或中止”中国移民的权利，这是满清政府对中国人权利的牺牲。更有甚者，1882 年，美国国会通过了排华法案，这是唯一的一个非战时制定的以国籍为依据排斥一个民族的联邦法。它不许在美华人入籍。如果中国人没有特别的工作许可，例如，作为商人、学生和外交官，不得入境。它最坏的做法是禁止在美的中国工作者的妻儿移民美国。由此在纽约的唐人街造成了男女比例的严重失调。在1900年，生活在曼哈顿的近7000中国人中只有150名妇女，形成了一个“光棍社会”。面对充满敌意的政府，中国人团结起来保护自己的利益，但这些保护非法移民和穷人的团体往往也互相开战[1]。作为男女性别比例失调的结果，华人人口锐减，整个美国的华人由1882年的125,000人减少到1920年的60,000人，减少了一半多[2]。1888年，美国的一个法律取消了在美华人回到中国后返回美国的权利[3]。但司法审查抵消了这一法律的不合理性。在美国出生的华人王金阿于1890年回中国后，美国拒绝其再入境，由此发生了王金阿诉美国（Wong Kim Ark v.United States）一案。审理此案的法官分为两大阵营，一派认为在美国出生的中国人就是美国公民，主张出生地主义；另一派持相反的主张。经过争论，1898年，美国最高法院作出了有利于王金阿的判决。这是一个小小的进步，直到1943年，在中美两国成为抗日的盟友后，美国国会才通过法律允许在中国出生的中国人通过入籍成为美国公民，但申请者要有合法进入美国的证据以及通过英语考试，由此发生了前文记述的70多岁的老太太学英语、学法律的故事。

---

〔1〕 See Alexander P.de Lucena (Edit), *Inside New York* 2002, Robert H.Polsky, p.43.

〔2〕 David L.Bender et al., *Opposing Viewpoints*, Greenhaven Press, 1981, 14.p.25.

〔3〕 Ibid.

东西两海岸，差别何其大！在美国取消排斥亚洲人的移民立法之前，自由女神在一个相当长的时期内只属于白人。

但作为美国的光荣，也有一些人出于博爱或功利的理由为中国人说话。前者如传教士、社会改革家；后者如某些铁路经理人员和其他雇主。美国人由此在华人问题上形成两大阵营，彼此论战。最后导致美国的移民政策向有利于华人的方向演变。

在对待华人移民的问题上，就发生了如下的立论和异议：加州州长约翰·必格勒（John Bigler）在 1825 年发表"必须限制中国移民"（Chinese Immigration Must be Restricted）一文，提出了上文提到的反对华人的论据，其大部分内容都被立法接受。1825 年 5 月 5 日，马上就有诺尔曼·阿辛（Norman Asing）在《上加利福尼亚日报》发表"为中国移民辩护"（A Defense of Chinese Immigrants），这是一封致州长的公开信，逐条批驳了州长大人的排华论据。

1852 年，加州议会发表了"中国移民正在损害加利福尼亚"（Chinese Immigrants is Harming California）的报告。此时，奥提斯·吉伯森（Otis Gibson）马上发表"反华运动正在损害加利福尼亚"（The Anti-Chinese Movement is Harming California）一文痛驳。此人是旧金山的传教士，在中国城传播卫理公会教派，成为中国移民的保护人和代言人。

美国的容忍异议的精神体现在判决书上是法律人所

共知的。在“王金阿诉美国”一案，贺拉斯·格雷（Horace Gray，1828~1902，最高法院1882~1902年的助理法官）就持有利于华人原告的意见，他在该案的判词中发表了“在美出生的中国移民的孩子是美国公民”（U.S.Born Children of Chinese Immigrants are American Citizens）一文，主张出生地主义，为王金阿赢得了胜诉判决。此时的反华派成了异议者，同堂法官梅尔维勒·福勒（Melville w.Fuller，1833~1910，1888~1910年的最高法院首席法官）和约翰·哈尔兰（John Harlan）法官在判决书的“异议”部分提出了“在美出生的中国移民的孩子并不必然是美国公民”（U.S.Born Children of Chineses Immigrants are Not Necessarily American Citizens）的针锋相对的文章。幸好最高法院的判决没有支持这样的异议者。

上述美国在对待中国移民问题上的曲折演变证明了美国历史学家亨利·斯迪尔·科马吉（Henry Steel Commager）的如下话极为正确：“美国在反叛中诞生，在异议中繁盛，通过试验变得伟大。”美国的“伟大”，不能以她不曾犯错误来证明，而应该从她在犯错误中始终允许批评错误，以至于最终可以改正自己的错误来证明。美国犯的错误可谓多矣：奴隶制、种族隔离、排华等，但它们都是美国人自己通过内战、民权运动、善待华人舆论等手段自己改正的。马丁·路德·金的生日竟然成为美国的全国性节日，真是异数！因此，允许异议，是美国民主的精妙之处，它是对任何政治行为的错误概率的最大承认。

由于洲际旅行的交通工具由轮船改为飞机，纽约成为一个不仅接纳大西洋彼岸的来客，而且接纳从太平洋彼岸的来客的港口。中国国际航空公司于 2002 年 9 月将北京－洛杉矶的中美航线改为北京－纽约的直飞航线的事实，昭示了作为美国最重门户的纽约与太平洋国家的更直接的联系。由此，纽约从一个原来差不多只面向大西洋的海港变成一个也面向太平洋的空港。由于种族歧视性的移民法的废除，自由女神开始对各种族裔的来客变得真实，我认为，她已经或正在变成各种肤色的人们的自由女神。

2002 年 10 月 6 日于纽约

英语这个东西

——来美3周月祭

今天是2002年12月4日，离我今年9月4日到美正好3周月。许多年以来，我一直发出“让我在英语国家待3个月，保证英语说得呱呱叫”的条件式大言，让我的听众恨得牙痒痒的，他们一恨自己的英语确实讲得不好，二恨条件式句法让我有太多的自由。星移斗转，我终于把条件式变成了直陈式，赢得了待在美国的机会，并且待足了3个月，今天正好是检验我的大言是否兑现的日子。

我讲上面的大言，是为了证明自己的语言能力并挤兑一下那些身在国外多年外语仍一团糟的人。关于我的语言能力，恐怕外间已经听熟了我的故事：从小对语言学感兴趣、曾萌动过考语言学博士生的念头，能用英文、意大利文、西班牙文、葡萄牙文、法文、拉丁文看书（其中的各种语言都有翻译经验，拉丁语阅读限于法律文献），一个学期以上地学习过德语、日语、世界语。许多人都承认，我是中国法学界懂外语最多的学者。这些说的是我的外语阅读能力。关于我说外语的能力，我只能用意大利语作证明，因为其他的语言对我都是一种文字，而意大利语才对我是一种语言。在我三十几岁的好时光，我下苦功学了这种语言，其成果是我在意大利生活两年，靠这种语言解决了衣食住行所需要的交际。我能用这种语言谈天说地，没有任何主题障碍，尽管可能说得“破破烂烂”，但我满足于“人懂我”和“我懂人”，没有打算成为语言学家。作为对我的努力的回报，我也被承认比一些在意大利待的时间更长的人讲得好。于是，我时不时挤兑一下那些需要过多的时间过语言关的人。

我的语言能力还从我仅凭自学就攻破了所有的学位要求的英语入学考试关的事实得到了证明。在英语上我是自学成材。客问：大学、研究生和博士生阶段都有英语课，汝为何自学起家？我答：说来得罪人，我认为一些中国的英语老师是最缺乏师德的，其教学是唬弄人的，一旦瞧破他们不以认真待我，我就不认真地陪着他们玩了——回宿舍自学。在我从大学到博士的所有英语老师中，有一个是待我很好的：那是在江西大学教书的时候，我上为青年教师举办的英语中级班，主讲老师是工农兵学员出身的刘，他把课讲得我们汗出如浆，感到有收获。我觉得他不错，他也认为我是班上最有希望高分通过 EPT 的两位学员之一。但后来我得罪了领导，这样的途径对我关闭了。说实话，我这一辈子学英语 24 年（从 1978 年入大学到现在，中学学的英语不算），这半年我是最像样地学的，收获也最大。此时的英语对我，既是一种文字也是一种语言。遗憾的是，在以后的学术生涯中，英语又对我还原为一种文字。靠着江大培训的老底子，在硕士和博士的入学考试中，我的英语都以高分（70 多分）通过。后来我也经常阅读英文著作，并且还翻译了一些这种语言的书和文章。

最后提到但实际上最重要的我的自信依据是我对英文的长期占有。我学习了 24 年这种文字，读书写字，只要是哑巴活，基本上都无问题。我还在德国发表过英文论文呢！我的 3 个月过关的核心理论依据也在于：你讲的东西我一时听不懂是不错，但写下来我看得懂。时间稍长，我的耳朵就会跟得上我的眼睛。

把“英文”转化为“英语”的第一个尝试发生在 2000 年的秋天，其时，我到俄罗斯参加第 8 届中东欧国家和意大利罗马法学者研讨会，那里的人不会讲意大利语，在会下的场合，我只能靠英语解决生活需要。临时抱佛脚，动身前我去了几次厦大的英语角，在那里听各种口音的英语——山东口音的、海南口音的、福建口音的，也在那里讲我的湖南口音的英语。佛不负我，到了那里，东道主安排一些学生志愿者陪同我们逛街、游览什么的，我与这些志愿者的交流以及与东道主的交流完全凭借英语，没有感到不便和不足。我不得不相信自己是个语言天才。于是，我开始寻求一次更大的超越：要把自己变成一个能在国际场合用流畅的英语谈学术的人。于是，我申请了2002~2003年的福布莱特项目，用我的流利英文写下了课题报告，得到了华盛顿的评委对内容和表达方式的好评，其结果是得到了到美国去实现我的3个月征服英语计划的机会。

机会搞定之日，也就是我开始收听美国之音的英语节目之时。每天1小时的特别英语，我开头听时云遮雾罩，不知所云。3个月后渐入佳境，我开始听懂新闻了，开始从收音机获取知识了。例如，拉丁语在美国的复兴、威尔逊总统与国联的关系等，都是我听来的。我的耳朵与我的眼睛并行成了获取知识的工具，真叫我高兴，而我过去是一直依赖后者的。就是靠7个月的这样的简单练习，我在2001年11月通过了美国驻华使馆的面试：其方式是让我自己把到美国拟做的科研项目介绍15分钟，然后回答提问15分钟。反正，前15分钟我成功地让大家了解了我，后15分钟我基本上成功地了解了大家，顺利闯将过去！我看不出其中有什么照顾因素，因为我一未送礼，二未走门子，因此，美国人的问题刀刀见血！这样的“低投入、高回报”进一步提高了我的自信。我初步决定修改过去的征服英语计划，3个月的期限可以考虑缩短。于是我全心全意搞起绿色民法典草案来，留着英语问题到美国去解决。

今天正好3个月到期，一客掐着日子来访，逼我做总结，客问我答，于是有以下对话：

问：哼哼！汝过关否？答：没有过关。问：汝努力否？答：努力了！第一，我有两个语言伙伴。其一是哥大中国法研究中心为我安排的加拿大小伙子伍子有（中文名），我们每周见面一次，每次1小时，其间一半讲英语；其二是河边教堂的“英语谈话项目”为我安排的犹太老人万佛来兮。每周日我受他训练2小时，他让我以演员的夸张方式大声朗读英语。第二，我基本坚持每天在电视里看一场2小时的电影锻炼自己的听力。第三，我每周听中国法研究中心的利伯曼教授用英语讲课两次，每次1.5小时。问：效果好否？答：不好！问：怎么个不好法？答：与地道美国人的谈话很难流畅进行，不断以Pardon的插话打断人家，结果进行不下去。听课只能抓住30%左右。

问：原因者何？答：原因很多，容我细说：

第一，基础不好，奈何？我的英语还是自学的底子，未受过正规的语音训练，一个单词设定一个自己认为正确的发音就完了，谁知这样的发音与美国人的发音并不统一，属于“徐氏英语”方言，非受我正式培训的人听不懂。别笑！这是语言使用过程中的自然现象。同志们听过新加坡英语否？我可听过。一回，听到两位新加坡同学在讲广东话，一打听才知道他们讲的是英语，当时我可受惊不小。因此，如果我要把自己的发音变得可以沟通于人，我需要重新学习每个单词的发音。我这个年纪不赶趟了。

第二，意大利语干扰。经过多年苦练，我已经养成了一副意大利语脑筋，开口讲外语时脑子里就浮现出意大利句子的句法结构，然后逐字译成英文，词汇也是套用意大利语的多，而这两种语言的句法极为不同，例如，意大利语的宾语就在谓语之前，英语的宾语总是在谓语之后；修饰语与中心词的关系也是如此。这真是极大的讽刺！我在 1994 年学意大利语时是英语思维，英语干扰意大利语，当时骂意大利语，现在反过来骂英语。

第三，美国人把英语讲得脱了型，责任可不轻。作为一个学过 24 年英文，也不乏讲英语的经验的人，我愤怒地发现，美国人竟然清浊不分，把“开希”(Cash)读成“嘎希”，把[i]读成[ie]，把[o]读成[a]，甚至违反起码的读音规则，把 Log in(“罗京”)读成“罗干”，把 Pin(“贫”)读成“潘”。这是赤裸裸地践踏国际音标！我们学习的英语发音与美国人实际的英语发音差距如此之大，以至于当我问“Central Park 何在”这样极为简单的问题时他们竟然要迟疑一会才能听懂。欧洲大陆人士和南美人士仇美的原因很多，我想其中之一是美国人把英语糟蹋成了一种他们难以听懂的形式！

第四，“人过 40 不学艺”。我到底过了 41 岁，到了这个年龄，心劲儿就不那么硬了，善于服输。尽管我初到纽约时，为了激活我的银行密码打电话给花旗银行，语言不通，对方竟然为我叫来了翻译，我深以为耻，但现实必须面对，因此，见到英语讲得比我好的同志，我总是这样安慰自己：在最适合学英语的年龄我学意大利语去了。你们学了一门，我可是两门呢！因此，看到一些受"英语"教育（而非我们这辈人受"英文"教育）的同胞刚来美国就英语听说皆好，我不再"吃醋"。而且，每当看到我一开口，美国人就如临大敌、两个耳朵像雷达一样乱转的样子，我甚至还非常得意！我在美国要看很多的书做我的项目（我可不想把它作为一个骗局），讲一口地道的美式英语，能在国际场合用它做学术交流诚然很好，但我现在实在没有时间实现这一高级理想啦！

客插话：够了！讲这么多，不就是一句话吗：汝不是什么"语言"天才，顶多是个"文字"人才，专门会玩哑巴活的主！瞧汝一口湖南腔！国语尚且如此，何况英语乎！话休烦絮！语言问题是一个酸甜苦辣的题目，我且问汝："酸苦辣"都说过了，有无"甜"的事？

答：有的！其一，我在与"外国人"讲英语时感觉很"甜"！这里的"外国人"并非中国人以外的人，而是美国以外的其他国家的人的意思。听东欧国家的人讲英语，我不仅能听懂，而且还可以下海当教练，让他们把"斯特龙格"（strong）改读成"斯强"呢！一次，我参加各国福布莱特学者的聚会，就与一个日本人谈得火热，天上地下都谈遍，生词不曾见，持续1个多小时，工作人员清场才把我们分开，这种时候我感到自己的英语学得很好，诚心诚意地怪罪美国人把英语破坏了。其二，我在听到标准英语时感觉很“甜”。凭良心讲，美国人并不都是英语的破坏者。我刚到哥伦比亚大学时，法学院外事办的阿拉曼尼女士的英语我就能全部听懂。最近我到康涅狄格州 Fairfield 县的一户美国人家过感恩节一天，母子俩的谈话也基本都听懂。因为他们讲的都是一口“美国之音”式的英语，听到这样熟悉的英语，我也快乐且自信。

客：呵呵，呵呵！原来汝是一个见了假美国人来劲，见了真美国人泄劲的主！见了真英语就怕，见了洋泾浜就爱的主！银样蜡枪头一个！

我：初闻言大怒，继而脸色煞白，继而心气平和，继而改变计划：3个月搞定英语是不成了，还是来持久战吧！但对战局的后果不要想得太多，因为好歹我已经把英文基本搞定了。自己都做不到的事怎能苛求他人？因此，对受过我的大言伤害的同志，我在这里有一句“对不起了”。

2002年12月4日于纽约晨边高地

12月7日改定

附记： 似乎本文意味着一个转折，写完本文的 12 天后的 12 月 16 日，一天就发生三大语言快事。第一是早晨运动后有一黑人向我问路，我完全听懂并给指了路，这在过去是做不到的；第二是我自己打电话把我的万事达卡激活了，没有像过去一样请求中文服务；第三是我找不到自己的 Lexis nexis 账户的密码，打电话向服务站询问，也不靠翻译解决了这一问题。

哥伦比亚大学与中国人

一、偶落哥伦比亚大学

到美国当访问学者，我最想去的学校是路易斯安那的图兰法学院（Tulane School of Law），因为它所在的是一个法典法的州，这个法学院是美国的民法研究的重镇，其教授肯定与我共同语言最多。但去过美国的同事都对我说，去那个落后的州吃亏，一定要去哈佛才不枉了自己在国内的学术地位，我承受不了可能只有一次的这样的学术机会的浪费，于是我就报了哈佛。但想去哈佛的人太多，以至于不能全部接受。我的材料被退回。我的第二个选择是哥伦比亚，我对它了解甚少，是随机选的。稀里糊涂地来了哥大后不到一个月，我比较了解这所大学了，遂产生对自己的选择一点都不后悔，认为自己到了一个正确的地方的感觉，并且以此自豪。

二、了解哥伦比亚大学

尽管按照欧洲的标准哥伦比亚大学是一所年轻的大学，但按照北美的标准它是可以凭自己的“白发”得到尊敬的了。1754 年 10 月 31 日，经英国国王乔治二世颁发特许状，在纽约成立了国王学院，以“推进文科教育，阻止已经在这个殖民地流行的共和原则的增长”。这就是哥伦比亚大学的肇始，与哈佛等美国最早为培养传教士建立的大学对学生有宗教方面的要求不同，它完全是一所世俗的学院，对学生没有任何宗教倾向方面的要求。这似乎预示着哥伦比亚大学的自由主义传统。令乔治二世失望的是：这所学院培养了不少美国革命的旗手，他们最终使美国摆脱了英国国王的统治。尽管如此，哥伦比亚大学仍念念不忘自己与国王的联系，一直把王冠作为自己的标志，其校旗上的图案就是这个王冠。

革命者陆续进入了国王学院。1764 年，约翰 · 杰伊(John Jay)从国王学院毕业，他后来成为美国最高法院的第一任大法官。1768 年，美国宪法最后一稿的作者古维纳 · 摩里斯从这个学院毕业。1774 年，亚历山大 · 汉密尔顿在这所学院入学，他后来成为美国的第一任财政部长。他大概像所有的革命者一样没有完成自己的学业，因为在他入学的那年就爆发了美国革命，学院停课（从 1776 年到 1783 年），改成美军的医院，直到革命结束后的 1783 年才复校。此时，江山已改主人，故原来的国王学院也改名为哥伦比亚学院。“哥伦比亚”四个字取史无前例的意思。确实，从某种意义上讲，哥伦布干过一件史无前例的事，因此，他的名字也就成了史无前例的代名词。为何从某种意义上才可以这样说，我还要写“谁发现了美洲”一文加以说明。

哥伦比亚终于成为美国人的一所大学了，由此开始了它的光荣史。像中国的学院升大学一样，1896 年，哥伦比亚学院改名为哥伦比亚大学。1897 年，哥大迁往晨边高地校园，此前它在纽约的下城的第 49 街与第 5 大道交叉的地方，即现在的洛克菲勒中心的地点。迁到晨边高地后，学校南邻哈莱姆黑人区，北接著名的中央公园，东西则各由晨边高地公园和河边公园护持。居高临下，左有东河，右有哈德逊河，拥有良好的发展地势，从此就更加势如破竹地发展。

来美国前，在哥伦比亚大学的网站上看到“Morningside”这个词，字典上查不到，不知何意。后来在导游性的书上看到该词被译为“晨边”，仍难解其意。到了哥伦比亚大学后，我住的巴特勒堂就在晨边高地，我每天早上都到它下边的公园跑步，天长日久，我自然悟出了该词的意思：最早看到日出的地方。确实，在雄视整个哈莱姆的这个高地，每天总是看到鲜红的朝日从楼群中跳出来。得了这样的风水，哥伦比亚大学自然中气十足。

哥伦比亚大学第一项骄傲是成为常春藤学校的成员。

第二项骄傲是有大量的教职员获诺贝尔奖。1931 年，长期担任哥伦比亚大学校长的巴特勒因为他为巴黎和约作出的贡献与杰恩·亚当斯(Jane Addams)共获诺贝尔和平奖。1934 年，哥伦比亚大学教授哈罗尔德·乌雷获诺贝尔化学奖。1956 年，医学院的安德烈·库尔南德(Andre Cournand)和迪金森·里查德(Dickinson Richard)共获诺贝尔医学奖。1996 年，维克雷(Vickrey)教授获诺贝尔经济学奖；1998 年，斯托尔姆(Stormer)教授获诺贝尔物理学奖……到目前，哥伦比亚大学出身的人已有 58 人获各种各样的诺贝尔奖，据说是单个机构的成员在世界范围内得奖最多的。还要提到的是，1941 年，已经在意大利获得诺贝尔奖的恩里科·费米由于妻子是犹太人而移居美国，作为敌国侨民在哥伦比亚大学研究原子弹成功。根据他的传记我得知，在哥伦比亚大学的校园里，在我经常经过的那个大草坪——它是年轻人玩乐的地方和举行重大仪式时开饭的地方——留下了费米重重叠叠的足迹。

哥伦比亚大学的第三项骄傲是出过总统和差不多就成为总统的人。且不说 1907 届的哥伦比亚大学法学院毕业生富兰克林·德诺拉·罗斯福后来成为美国总统，只说率领盟军在欧洲打败法西斯的总司令艾森豪威尔将军于 1948 年解甲归田，他的“田”就是哥伦比亚大学，担任其两任校长(1948~1953 年)。当然，武人治文人开头也闹了一些笑话，这点我留到《话说系人》一文中去说，但艾森豪威尔还是演好了他的角色。在他当上总统后还为哥伦比亚大学做过特别的贡献呢！在美国这样的资本主义国家，政府恐怕没有多少权力拨地皮给某个机构，尤其是私立的机构，因此，哥伦比亚大学现在占4个街区的校园曾经被马路一分两半，最早的娄(Low)图书馆和晚近的巴特勒图书馆隔着一条车河对望，人们深受噪音和车屁之苦。艾克掌权后关闭了这条路，使哥伦比亚大学有了一个统一的校园和校门，做到了内外有别。在纽约这样的老旧大城市，做到这一点是不容易的。因此，哥伦比亚大学人感念艾森豪威尔。

“差不多就成为总统的人”是上面说到过的诺贝尔和平奖得主，担任过30多年(1902~1945年)哥伦比亚大学校长的巴特勒先生。哥伦比亚大学汉学系就是在他手里建立的。他担任校长时，罗斯福已经是在任的美国总统，作为对母校的敬意表达，他于1902年出席了巴特勒校长的就职典礼。从老照片来看，当时不少骑警护卫左右，够风光的。1920年，巴特勒竞选共和党总统提名并获得了69%的支持，但最终不敌哈定未能成为总统候选人，成为哥伦比亚大学人的憾事。

从远到近，要说到哥伦比亚大学法学院了。哥伦比亚大学最初的历史就跟法律有密切关系，前面已经说到的杰伊和摩里斯就是法律人，但到1858年，哥伦比亚大学法学院才成立，它是美国建立最早、现在最有实力和名气的法学院之一，没有它，我也不能到哥伦比亚大学当访问学者了。因此对尚未考据到的创立者特别感念。它和其他美国法学院一起结束了美国法律从业者的学徒式培养方式时代。任何东西都有一个开始，《纽约民法典》的灵魂菲尔德先生就是一名按带学徒方式培养出来的律师呢！任何学院都是以自己培养出的杰出学生闻名于世的，哥伦比亚大学法学院也不例外。我从记录中看到，后来成为美国总统的富兰克林·德诺拉·罗斯福是哥伦比亚大学法学院出身。1959 年，露斯·巴德尔·金斯伯格（Ruth Bader Ginsberg）从哥伦比亚大学法学院毕业，她后来成为美国最高法院的第二位女法官。1955 年，加利在哥伦比亚大学法学院当福布莱特访问学者，他后来成为联合国秘书长。说起来，加利先生的地位跟我现在的地位是一样的，可能考虑到我有高升的可能性吧，哥伦比亚大学放弃了不为访问学者安排住处的陈规让我住进了条件良好的巴特勒堂。呵呵，我可感谢加利先生的杰出成绩。

三、哥伦比亚大学法学院学生人物志

由于哥伦比亚大学法学院的名牌地位，进入这个地方读书要经过残酷的竞争。据统计，2002 年秋天，申请读哥伦比亚大学法学院的共有 8072 人，获准的仅有 377 人，差不多是

20 人中取 1 人。进来的这些人是什么人呢？由于我在哥伦比亚大学中国法研究会的参与，我正好认识了这些人中的懂中文的志在中国法研究者。看看他们的经历，对于比较中美两国的教育制度乃至于法学教育制度都是有益的：

丹尼（Denny），中文名马德宁，犹太人，是每次中国法研究会活动的组织者，总是最后收拾东西当雷锋。他去过北京、长沙等地，也在上海的律师事务所实习过。中文讲得很棒。他从不戴犹太人的小帽，但他的头发的特殊长法总显得他戴了一顶这样的帽子。

阿列克斯·伍兹（Alex Woods），中文名伍子有。加拿大魁北克人，同时也是美国人，其父母住佛蒙特州，他总是把美国作为“我们”。后来他按中国的方式叫我“老徐”，我叫他“小伍”。他在中国生活了两年多，中文讲得很好，经常访问法思网看我和我们的文章。他在中央电视台的英语频道工作过，希望将来也去中国工作。我和他是语言伙伴。他本科是学人类学的，现在学法律。

杰佛里（Jeffrey），24 岁，凯里师范学院的留学生，喜欢吃辣，已经贵州化了。他在中国散淡了几年，想学什么就学什么，不想学就算了，回到美国后已经不适应这里的生活。我在听财产法课时与他同班，经常看到他不做笔记，听讲时打瞌睡。

余墨莉，瑞典来的加拿大移民，因此具有两国的国籍。

她弟妹的爷爷就是有名的瑞典探险家斯文·赫定。因此似乎从来就跟中国有点联系。她在中国台湾地区学的中文，她告诉我她曾与6个本地女孩住一间，因此口语很好。其他与同胞共住的美国人口语就上不去。我这才知道当地的学生宿舍也是这么惨。后来她在南京博物馆工作过4个月。她在哈佛跟张光直当博士生，学人类学，已经在加拿大当了教授，现在来哥伦比亚大学当一年级的法科学生，希望将来到中国教书，最好教国际税法，一直到在那里去世。她不像一般的西方人那样忌讳谈自己的年龄，明确告知我她1968年出生，属猴。她讲话的形体语言颇有猴态。她认为外国男人娶一个中国女人容易，而一个西洋女人找一个中国丈夫很难，因为怕她们不听话。她认为自己的中文儿化语多，但达不到学术语言的层次，这跟她当年学中文的环境有关。

我们看到，哥伦比亚大学法学院招收的学生其本科都不是学的法律，他们在本科毕业后都有一段“混社会”的经验，上面的人都到中国游历过，增加知识和语言的技能，培养出自己的专长，他们能被哥伦比亚大学法学院选中，恐怕跟他们的这段毕业后经历有关，没有上述经历，恐怕考试再好也无大学录取你。因此，被招收者入学时已经阅历丰富、年龄较大而成熟，有了一个自己选择的发展方向。由于哥伦比亚大学的中国学研究传统，这里很注意招收讲中文很好的美国学生。据说今年的新生中有28人精通中文，上述人只是其中的一部分。这样,哥伦比亚大学法学院通过教育制度设定和选拔的方式就得到了一批基础相当好的中国法人才,完全避免了自己去培养他们的语言能力的麻烦。不过,他们的存在影响了我们提高英语水平,危难之际见其好处,危难过后怨怪其不陪我们说英语。在纽约这样的大都会,懂中文的人太多了,弄得我们都没有必要讲英文。而在一个没有人懂中文的小地方,我们的英语会被“逼”出来。

四、中国人与哥伦比亚大学:其缘起

可以说,哥伦比亚大学是与中国有很深渊源的美国高校。不说其他的,在这里的图书馆可以上中文网,有中国籍的工作人员。公用电脑通常可以显示中文(也可以显示日文、韩文以及其他的亚洲语文),可以打印中文的文章,就可见这种联系,在意大利做不到这一点。当然,这种状况还跟哥伦比亚大学所处的纽约的“世界首都”的地位有关。世界上每5个人中有一个是中国人,这一比例在纽约也以某种形式表现出来,仅唐人街就有两个。因此,中文的广告所见多有。周末,经常可以看到中文查经班邀请大家共同学习《圣经》的广告。

由于中国人在哥伦比亚大学附近活动的多,以至于纽约市公共图书馆里都有中文藏书,其馆旗上有中文的“图书馆”三字。我在这里办借书证,馆方就要求我填写自己的阅读偏好：读中文的、意大利文的、西班牙文的、日文的、韩文的、阿拉伯文的，等等，都可以。这样的安排让你感到纽约真是个世界首都，也感到中文在联合国的官方语言地位被扩展到了联合国大厦之外。我就在这个图书馆借到了本文援引甚多的王海龙的《哥大与现代中国》一书，如获至宝，一口气翻阅完，极大地满足了我了解哥伦比亚大学的需求。出国前寻找过哥伦比亚大学的背景资料没有成功，在这里却找到了。

在这种样态的华人存在的大背景下，哥伦比亚大学对汉学研究十分重视，其强大的东亚研究系就是世界汉学研究的重镇，其来历是这样的，在 19 世纪 50 年代被贩卖到美国的“中国人”中，有一个叫丁龙的人，他受过起码的教育，在加利福尼亚为一个叫卡本尼埃的美国人当管家，服务良好，终身未娶，毕生积累了 12,000 多美元，当时这是一笔相当大的金额。他到达退休年龄时向其主人请辞。后者感于其忠诚和良好的服务，答应为他满足一个心愿。丁龙即提出，用他的毕生积蓄在美国的一所大学设立一个汉学系，以弘扬自己祖国的文化，增进世人对他的了解。而卡本尼埃就是哥伦比亚大学 1850 年的法学院毕业生，于是与哥伦比亚大学联系此事。得知要设立一个汉学系，12,000 多美元根本不够，于是，丁龙的倾其所有导致卡本尼埃也倾其所有，他一共为这一计划投资 275,000 美元。丁龙的兴学之心感动了慈禧太后，她捐献了 5000 册图书给该系。李鸿章和当时的驻美官员伍廷芳也各有捐赠。当时哥伦比亚大学的意见是以卡本尼埃的名字命名汉学讲席，卡本尼埃坚持以丁龙的名字命名。该讲席是1901年设立的，至今其讲席是以丁龙命名，在世界范围内，这都是异数。“二战”后，该系增加了日本研究等内容，改名为东亚系[1]。

东亚系的韦慕庭(C.Martin Wilbur)使哥伦比亚大学与中国的联系更加密切。他自小在日本和中国长大，回美国上的大学，研究生是在北京读的，因此汉学功力很深。他在自然史博物馆和国会图书馆工作过；“二战”时在美国国防部工作，也曾任美国驻华使馆的官员，后来还曾任国务院远东研究处中国部的负责人，因此，他对中国现代史非常了解。他是口述中国历史的发起人和中坚人物[2]。因此，在20世纪70年代张国焘在香港潦倒之时，哥伦比亚大学就资助了他的生活，条件是写一部回忆录。北大才子出身的张国焘果然不负委托，写出了《我的回忆》(3卷本)的回忆录，是研究中共党史的珍贵资料，在国内有内部发行版。张国焘的妻子杨子烈也写出了《往事如烟》的回忆录。在世纪老人张学良的最后几年，哥伦比亚大学也派人采集了他的口述历史，录音十多盘，在张先生去世后整理成文字，编出索引供读者阅读做研

〔1〕 参见王海龙:《哥大与现代中国》，上海文艺出版社2000年版，第1页及以次。

〔2〕 参见王海龙:《哥大与现代中国》，上海文艺出版社2000年版，第19页。

究中国现代史之用。但不许抄录、不许拍照，因此，张学良的口述历史对于大洋彼岸的国人很有吸引力，因此，来哥伦比亚大学不久，我就去浏览了这一手工记录中的 3 卷，发现它基本上是对张先生及太太的历史闲聊的记录，没有主题的先后，说到哪算哪，作为书印出来真是乏味，只能作为研究的史料用。但我还是发现了一些有意思的故事，例如，赵四小姐就坚持认为张大帅死于医疗技术不发达，如果被炸后当时能输血，他就不会死。还有张学良义释傅作义的故事，后者曾经被张大帅的军队俘虏，大帅命令执行死刑，但张学良顶着不办，把人放走了。可以看出，尽管我认为这些资料的意义不如想象得那么大，但哥伦比亚大学是花了相当的人力和物力收集和整理它们的，这证明了这所大学对中国的高度重视。

五、哥伦比亚大学中国留学生人物志

还可以说，哥伦比亚大学是与中国人的留学美国史渊源极深的大学。今年的一个 LLM 班就有 15 名中国学生。据说吸纳 140 多个国家留学生的哥伦比亚大学吸纳的中国留学生数仅次于纽约大学。这是由来已久的，从留学史来看，粗略统计一下，就发现著名的中国学者如唐绍仪、周寿臣、吴仰曾[1]、胡适、冯友兰、徐志摩、陈公博、宋子文、顾维均、梅光迪、任叔永、陈衡哲、潘光旦[2]、喻友信、闻一多(只有他写出了当时的哀痛)、吴健雄、李政道、谢希德、赵元任、李芳桂等都在哥伦比亚大学学习或工作过。这是1949年以前的,此后,罗豪才(他是CLEEC项目的中方主席)、江平、张晋藩、王锡锌、刘仁文、陈泽宪、殷爱逊、梁治平、沈四宝、焦津洪、陈光中、蔡定剑、方流芳、符启林、刘小楠、黄海、李林、易继明、郑戈、童之伟、徐国栋等法学者来过这里,另外《读书》的主编汪晖在这里教书。

在这里待过的中国人的感觉如何?清华留美预备学校出身的闻一多于1922年7月来哥伦比亚大学,住过校园附近的克莱蒙(Clearmont)大道114号,他说过实话。"留学若非过来人孰知之?作中国人之苦,若非留学孰知之?""一个有思想之中国青年留居美国之滋味,非笔墨所能形容,俟后年年底我归家度岁时,当与家人围炉絮谈,痛哭流涕,以泄余之积愤"[3]。他的《洗衣歌》还描述了华侨的哀痛,记得其中有"贪心的油腻和欲火的灰,你们家里一切的脏东西,交给我

[1] 这3人属于1872年8月11日赴美留学的120名中国学生。参见钱钢、胡劲草:《120名清朝幼童赴美留学的前前后后》,载《南方周末》2004年3月4日,D30版。

[2] 参见王海龙:《哥大与现代中国》,上海文艺出版社2000年版,第41页。

[3] 参见闻一多:《闻一多书信选辑》,载《新文学史料》1983年第4期。转引自王奇生:《留学与救国——抗战时期海外学人群像》,广西师范大学出版社1995年版,第28页。

洗，交给我洗”之句。[1]

为何哀痛？因为闻一多留学美国的时期，正处在美国排华的时期。从 1882 年 ~1943 年实行排华法案，美国以官方的态度歧视中国人。直到 1943 年中美两国建立起抗日联盟，美国国会以法律允许在中国出生的华人通过入籍成为美国公民后，中国人的日子才好过一些。以后就逐渐好起来，以至于到今天，杰出女科学家吴健雄（Vivian Chien Shiung Wu）的照片被挂在哥大书店作为激励学生的榜样，并不因为她不是美国人而否认她作为榜样的价值。她是吴佩孚的侄女，其丈夫袁家骝则是袁世凯的孙子。导致后来李政道、杨振宁得到诺贝尔奖的 β 衰变实验是她做的。李政道、杨振宁只不过因为他们两页纸的论文与泡利相左而震动物理学界。[2]

大家都因《再别康桥》的诗篇而知道徐志摩是剑桥出身，都不知他 1920 年 9 月离开哥大往英国的。徐志摩的父亲为殷实商人，希望儿子读书理财，因此，他在哥大学的是财经。先往克拉克大学学银行和社会学，后到哥大读硕士，选学了政治、劳动、民主、文明、哲学、科学、文学等课业。他关心社会问题，甚至读起了列宁的著作，其硕士论文是《论中国妇女的地位》。初来美国，他一切好奇，主动参加美国学生的

---

〔1〕 参见闻一多：《闻一多诗歌经典全集》，时代文艺出版社 2003 年版，第 194 页。

〔2〕 参见李晓林：《克莱蒙大道的故事》，载《华夏文摘》第 600 期。

军训，倾听各种演说。他当时的志向也是当一个理财家，遂自名为汉密尔顿·徐，取哥大出身的美国第一任财政部部长之名为名。其时也并无写诗的兴趣。后来放弃了哥大的博士学位往英国追随罗素，遇林徽因生恋，才成为诗人。[1]徐志摩没有谈过他在哥大的遭遇，但他离开哥大往英国的事实不能证明他在哥大过得很愉快。

哥大出身是胡适一生的三大自豪点之一。他于 1917 年 4 月 27 日在哥大完成其博士论文，1917 年 5 月 22 日通过了答辩，于是应北大之召回国。1927 年，哥大才追授胡适博士学位。20 世纪 50 年代初，胡适赴美，同林语堂先生同居纽约，经常到哥大借书，但哥大没有聘他们教书（然而聘了赵元任、李芳桂），有人认为是校方怕他们与本地人竞争。胡适遂生活拮据。台湾当局曾专为他拨 6 万美元，遭拒。最后他在普林斯顿大学做过短期的中文图书管理员。[2]胡适以哥大为自豪，哥大却薄待胡适，一冷一热成对比。而且，胡适一生自称哥大哲学博士，后来人们却不能在哥大图书馆找到他的博士论文，博士真假问题成为悬案，也成为胡适先生心中永远的一块痛。

尽管有人证明了胡适的博士学位为真，但我对此仍有

〔1〕 参见王海龙：《哥大与现代中国》，上海文艺出版社 2000 年版，第 36 页及以次。

〔2〕 参见王海龙：《哥大与现代中国》，上海文艺出版社 2000 年版，第 25 页及以次。

疑问:理由一,其题目是《先秦哲学史》,不是专题研究,而是断代史,不合美国博士论文的选题要求,甚至不合20世纪90年代后的中国的博士论文的选题要求。而且此书只有上册,下册一直没有出来,怎么能作为博士论文?理由二,如果胡适完成了论文和答辩,因没有等到博士论文出版而没有获得博士学位,那么,为什么哥大建校200周年时东亚图书馆的馆长霍华德·林顿(Howard P.Lindon)编的《哥伦比亚大学有关亚洲的博士硕士论文目录》中不收胡适的论文?而且中国学者袁同礼编著的《中国留美同学博士论文目录》中也不收?这样的目录并非授予学位的依据,而是作为资料力求收罗广博的。看来,胡适是否真的完成了博士论文真是个问题。当年不要他教书,可能就是因为这个原因呢!无论如何,哥大的东亚图书馆现在有胡适的塑像,算是对一个忠诚校友的补偿吧!

冯友兰于1919年抵哥大学习,住在后来闻一多住的克莱蒙大道114号。他在这里把孔子的学说传播到西方世界。历经磨难后,他于1983年回到哥大母校得文学博士学位。期间因批孔的经历遭人诘难,他因此老泪长流。在哥大求学期间,他感到西方近代科学发达基于两种动力:一是寻求认识自然界的知识;二是寻求统治自然界的权力。而中国人只求幸福于内心,疏于追求认识自然、控制自然,因此研究哲学史，希望解剖中国人的精神结构并发现其弱点。[1]

应该说，还有一个非学人与哥大有勾连，他就是清末的名臣李鸿章。前面已经说到他与哥大汉学系的关联，但他还与哥大有另外的联系。美国南北战争后，李鸿章来到美国，在克莱蒙大街哥大的外国学生宿舍后面的格兰特总统的坟墓后面种了一棵树，它至今存活。[2]按照当时的交通条件，垂老的李鸿章航来美国不易（似乎是乘船3个月），当地华侨十分感念。

说了这么多古人，必须说一个今人。现在的哥大法学院院长利伯农（Leebron）教授的妻子孙乐平就是89级的哥大毕业生。她大概是在求学期间认识其丈夫的。结婚后生有两个小孩，他们长得更像中国人。今年的新生入学后，院长总是以他自己和其妻子的名义分6批把所有的新生（包括本科生、硕士生和博士生）邀请到他占了半层楼的家里参加招待会。我不请自到参加了其中的一次，主要目的就是看我们这位成功的女同胞。我注意到他们家室内的装修基本上是中国风格。

六、哥大的中国法研究中心

与哥大的东亚系相呼应的是该校法学院的中国法研究中

〔1〕 参见王海龙：《哥大与现代中国》，上海文艺出版社2000年版，第50页及以次。

〔2〕 参见李晓林：《克莱蒙大道的故事》，载《华夏文摘》第600期。

心。1973 年，也就是在尼克松访华的当年，娶了中国妻子的兰迪 · 爱德华（Randle Edward）教授在这里开始讲授中国法，是全美第一，因此，这里的中国法研究中心也历史悠久。相比起来，耶鲁大学法学院的中国法研究中心只有 5 年的历史。

兰迪喜欢讲中文，课间时常蹦出中文词句，以示地道。他退休后，接任的中心主任本杰明 · 利伯曼（Benjamin Liebman，中文名李本）教授是耶鲁中文系本科毕业，1986 年在景山中学上过学，在我国工作数年，他更是把中文变成了中心的官方语言。他聘请的助手也是中国人。他的中文讲得很地道，没有洋人中文的怪腔怪调。在他的办公室，中国人几乎不被允许讲英文，这倒打消了我第一次见老板的语言麻烦，但这极大地影响了我的英语水平的提高，反倒是老板的中文水平天天见长。他一再通知我参加他的中国法课，让我意识到不去不行。去了以后觉到不错，一是他的视角新颖，中国法被他按照美国人的判例和材料的方式讲，让我觉得很受启发；二是因为他的英语讲得极快，他邀请来这里做中国法讲座的美国人的英语我都能听个差不离，但我听他的英语却极为困难。我的想法是，拿下他的英语后，其他人的英语就不在话下了。不过，我从间接的渠道得知他因为我和其他中国访问学者的在场而感到紧张，因为我们都是法律专家，如果露怯，肯定逮个正着。

这样的事果然就发生了一次。兰迪教授已经退休去华盛顿了，有一次回来讲课，我是听众之一。他讲到清代的中国没有一个律师、没有一个警察。课毕我用中文主张清代的中国有两种律师：一种是刑名师爷，为官僚提供法律服务；另一种是讼师，为老百姓提供同样的服务。这下抓住了毛病。兰迪有些慌乱，当场表示根据美国宪法和刑诉法拒绝进行不利于己的翻译，又说讼师是被禁止的。看来我无意中搞了一次“破坏”。如果我要提到中国古代还有警察，破坏性还会更大。说起来，武松就相当于一个现代的探长！不过，坐在这样的课堂里，听人家讲“文化大革命”，讲中国的宪法到底有什么用，心里挺不是滋味的。

与哥大的东亚系起于汉学相反，哥大的中文法律藏书是位居美国第二位的阿塞·戴尔蒙德法律图书馆中的东亚诸国的法律藏书中最差的。日文法律图书是东芝公司赠送的，号称日本以外世界第一，有一个专门的藏区。韩文的法律书规模小些，但书的档次尚属上流。中文的法律书沦落在地下室，只有几架，没有漂亮的大套书，一些法律汇编亦非权威的版本，而是一些律考资料式的东西，让我这个中国法律人汗颜。一个国家大概要富到一定程度了，才会充分注意在外国扩展自己的文化吧！

2002年12月23日完稿于哥伦比亚大学

谁发现了美洲?

我在《哥伦比亚大学与中国人》一文中已指出，1783 年的哥大之所以选择“哥伦比亚”——“哥伦布”一词的形容词——作为自己的名称，看中的是该词的“史无前例”的意思。这一掌故说明 18 世纪的人们相信哥伦布第一个发现了美洲。随着研究的进步，在北美，可能已没有人这么相信了，但在中国，恐怕人们对这一问题的认识基本上还是哥大命名人那时候的水平，因此有必要写文章把新学说介绍给国内，并阐发这一问题的意义。

一、诸国争当发现人

还是从传统理论开始吧！第一它就是哥伦布最早发现美洲说。15 世纪是个探险的时代，一方面，天文学的进步带给人们地球是圆的认识,并且航海技术获得了长足的发展;另一方面,13 世纪末在欧亚间存在的传统的陆上商路被新崛起的奥斯曼帝国阻断,穆斯林商人利用垄断地位大肆抬高欧洲人需要的丝绸、香料等珍贵亚洲商品的价格,由此刺激了欧洲人寻找替代性的海上商路。意大利热那亚人克里斯托夫·哥伦布成为这一使命的完成者。他接受了新的地理概念,相信地球是圆的,因此,只要不断向西航行就可以到达东方。他首先向葡萄牙国王宣传他的航行计划,希望能得到其人员和物资方面的支持,但被拒绝,于是他转而游说相邻的西班牙国王并说服了后者。1492 年,他率领一个西班牙船队到达了现在的中美洲的萨尔瓦多,相信自己是到达了印度,遂把当地人称为印度人,这一称呼沿用至今,不过在翻译上为了与真正的印度人区别开来,我们把该词译为“印第安人”而已。从此以后,哥伦布进行了 4 次从西班牙出发到达美洲的航行,先后发现了加勒比群岛、中美洲和南美洲,但他并未涉足北美。[1]

第二是印第安人说。几万年前的一个夏天,一个蒙古人种的部落从西伯利亚渡过狭窄的白令海峡移居阿拉斯加。这些移民后来就成了现在的印第安人。在哥伦布“发现”美洲时,他们大约有 1000 万人,从事渔猎生活。例如,在加拿大,

---

〔1〕 See Roger Riendeau, *A Brief History of Canada*, Facts on File Inc., 2000, p.18.

有 25 万 ~50 万人属于 11 个语族，讲 53 种不同的语言的印第安人。[1]大家都知道，印第安人是比哥伦布带来的欧洲人更早的美洲居民，由于他们的存在，说哥伦布“发现”美洲十分牵强，因为“发现”是“第一个看到并占据”的意思，既然印第安人早已看到美洲并占据它了，哥伦布怎么去“发现”它呢？所以，现在北美的稍微谨慎的历史书都把哥伦布的活动定性为“再发现”。

第三是土耳其人说。大家根本想不到这个国家会站出来主张对美洲的发现权吧！它就是阻断了欧洲人的传统的欧亚陆上商路的奥斯曼帝国的传人，说它刺激了哥伦布发现美洲是可以的，怎么可能设想就是它发现了美洲呢？然而确确实实，1923 年土耳其革命成功后不久，这个新生国家的领导人穆斯塔法·凯马尔在一个公共场合笑眯眯地对美国记者说：我们是亲戚，因为我们比你们更早地到达了美洲。此语把美国人吓了一跳，但它是有一定道理的，因为土耳其人从中亚一带移居面向欧洲的阿纳托利高原，在语言上，这个民族与离白令海峡不远的日本人和蒙古人有亲缘关系，不排除印第安人就是后者的移民后代的可能。不过，这与其说是土耳其人争对美洲的发现权，不如说是为日本、蒙古人争这个权！不去分析这种学说隐含的矛盾了！在这些关系到民族自

---

〔1〕 See Roger Riendeau, *A Brief History of Canada*, Facts on File Inc., 2000, p.9.

豪感的议题上，有几句话是经得起仔细推敲的。无论凯马尔说法的真实性如何，其效果是好的，因为土耳其作为异质的、靠近欧洲的伊斯兰文明，并且还曾经把欧洲人打得屁滚尿流，它一直是被欧洲人妖魔化处理的，整个一红胡子蓝眼睛，吃人不吐骨头。凯马尔的这番话，一下子拉近了美国国家与土耳其人的距离：原来我们是亲戚哦！一母所生，差别不会有想象得那么大吧！

第四是斯堪的纳维亚人说。这种说法存在于北欧的歌谣中，它们在哥伦布时代失传，在哥伦布时代后被发现。按照这种说法，10 世纪晚期和 11 世纪早期，也叫作诺曼人的斯堪的纳维亚人的水手为了寻找更多的农田，从欧洲大陆的西北方向出发进行冒险，在 874 年发现了冰岛并在那里殖民，在 985 年发现了格林兰并在那里殖民。我们知道，格林兰与北美大陆相距很近，到了前者，后者就遥遥可望了。这个“后者”浓密的树林引起了诺曼人的兴趣，因为格林兰缺少森林。大约在 1001 年，格林兰的一个殖民者的儿子莱夫·埃里克森（Leif Eriksson）向西航行到美洲查看这里的资源。他和其船员大概是首先脚踏美洲土地的欧洲人。他们在这里过冬，带了木材回到格林兰。1004 年，莱夫·埃里克森的兄弟托尔瓦尔德（Thorvald）又来到美洲，与土著人发生了暴力冲突。在 1011 年左右，冰岛人托尔芬（Thorfinn）带了 160 人到美洲定居，他们与土著人进行互易，后来还是爆发了冲突，殖民者被赶回格林兰。后来还有其他的殖民尝试，但都以与土著人的流血冲突告终。尽管如此，在 14 世纪格林兰定居地被抛弃之前，诺曼人周期性地到美洲伐取木材是无可置疑的。这些古老的诺曼歌谣中记载的事实真假难辨，直到 1960 年，在纽芬兰的北部岬角上的兰瑟沃梅多斯（L' Anse aux Meadows）发现了诺曼人定居地的无可置疑的证据，才印证了上述传说。因此，在哥伦布来到美洲前的至少 5 个世纪前或更早，诺曼人就已访问过了北美的现在叫作加拿大的地方了[1]。此说为最新学说，对哥伦布的“第一”地位否定最多，也是人们目前最奉持的关于发现美洲的学说。但它一点也不能否定哥伦布的功绩，因为北欧人“迈过”一个海峡到达北美与哥伦布航行过整整一个大洋到达是无法等量齐观的。而且北欧人也只是发现了北美，正犹如哥伦布只发现了中美和南美，由于美洲太大了，这两个发现权可以互补。

与第四说沾边的是爱尔兰人说。按照此说，9 世纪前，爱尔兰人已经在冰岛殖民。他们都是很好的航海者，经常进行从冰岛到格林兰、从格林兰到现在的加拿大的拉伯拉多尔（Labrador）的航行，这样到达另一个大陆的航行比从爱尔兰到冰岛的航行还要短些。他们可能是最早到达美洲的欧洲人。尤其在诺曼人于 9 世纪把他们赶出冰岛后，他们很可能

---

〔1〕 See Roger Riendeau, *A Brief History of Canada*, Facts on File Inc., 2000, p.17.

逃到了美洲，被印第安人吸收或消灭〔1〕。因为他们是出于诺曼人的压力才到美洲的，因此此说与第四说沾边。

最后提出但与我们联系最紧的是中国人说。奇怪的是，中国人说并非中国人提出，而是英国人孟席斯提出来的。后者奏乐，我们跟着跳舞而已。老孟当过海军军官，退职后成了业余的历史学家研究航海史，他主张美洲是郑和而非欧洲人发现的，提出了以下三点理由：

第一，世界地图的精确绘制时间是 1423 年，这早于欧洲人的航海发现。欧洲探险者启航前，地图上已经有了他们前往的国家和地区。郑和从 1405~1433 年经过 7 次远航，他的船队的经历为“皮里·雷斯”“康提诺”等著名地图的绘制者们提供了必需的资料。1420~1430 年中国的航海指南和星象图如《吴裴志》绘制的星象证明了中国人曾到达过南美。

第二，第一批到达美洲的欧洲人发现了提取染料、制铜、采矿等在中国常见而当时世界领先的技术，并且发现了亚洲特有的动植物。

第三，医学分析证明加利福尼亚、巴西、澳大利亚等地的土著人中有可能含有中国人的 DNA，在美洲各民族中都发现了只有中国人和东南亚人才有的病症。

结论是在 1421 年 3 月至 1423 年 10 月，4 支中国大型

---

〔1〕 See Samuel Eliot Morison, *The Growth of the American Republic*, Volume one, Oxford University Press, 1962, p.14.

船队进行了环球航行，中国人（郑和船队）最先发现并定居美洲新大陆，并绘制了世界地图。[1]

这个结论够让我们中国人开心的，但漏洞也不少。首先，不知是报道上的偏差还是事实确实如此，反正，老孟表现出对哥伦布以外的美洲发现权的主张者的十足的无知，因此，比哥伦布更早的地图不仅可能是中国人绘制的，而且也可能是爱尔兰人、诺曼人绘制的呢！考虑到欧洲人由于地理阻隔造成的长期的对中国的无知（详见后文）以及中欧间存在的巨大文化差异，这些地图的绘制者为欧洲人的可能性更大。其次，美洲有亚洲特有的植物、美洲土著人有中国人的 DNA，患只有中国人和东南亚人才有的病症等，并不能证明美洲土人与中国人有专属的联系，只能证明他们与亚洲人有联系，而谁都没有否认印第安人的先祖就是地道的亚洲人呐！老孟的结论更是十足的胡说，因为考古发现已完全证明，在 1492 年哥伦布到达美洲前，已有印第安人和诺曼人到达美洲了，何来“中国人的最先发现并定居美洲新大陆”？

无论如何，哥伦比亚大学命名时，其命名者对美洲发现问题上的无知跟我的很多中国同胞对于这一问题的知识水平差不多。他要是达到我在这一问题上的知识水平，给这所大学命名时肯定要犹豫不决了：是要叫莱夫·埃里克森大学

〔1〕 参见李舒：《英国学者提出：郑和是环球航海第一人》，载《华夏文摘》2002 年 12 月 15 日。

呢，还是郑和大学，或者是不用具体的人名命名，而用团体性的名称命名，叫作印第安人大学、土耳其人大学或爱尔兰人大学？

二、发现的意义

当然，人们争美洲的发现权首先是个面子问题，当了第一，脸上光鲜而已。但我们必须看到，对于一些美洲发现权的主张者，发现具有非常实际的意义。因为对于一个受过法律训练的人来说，“发现”是一个典型的法律概念。它可分为“地下”和“地上”两个方面。对于地下的宝贝的发现称为“发现埋藏物”，罗马法允许发现人取得对此等物的所有权。对于地上的某块土地的发现，只要发现者有将之据为己有的意思，它也导致发现者取得对此等土地的所有权。不过，在此等情形，人们不使用“发现”的术语，而使用“先占”的术语。“据为己有的意思”何以表达？欧洲人的做法是在刚到达的土地上竖立起一个十字架，并由发现者的首领说一定的套语，为明确的人主张被发现的土地的所有权。哥伦布就是这样做的，尽管他是意大利人，他还是为西班牙国王主张了对刚“发现”的萨尔瓦多的所有权。“发现”了澳大利亚的库克船长也是这样做的。从这个意义上看，主张对美洲的发现权问题，实际上是主张对这块土地的所有权问题，换言之，

“发现”与所有权的联系证明前者是一个完全的法律问题。因此，老孟替我们中国人主张对美洲的发现权的逻辑结果，就是引起我们主张对这片广袤土地的所有权份额，至少可以作为我们向北美大量移民，尤其是高等教育人士移民的法理依据：地方都是我们发现的，你们身体壮，实际控制了这个地方，我们就不说什么了。但我们想移一下民，凭什么不给签证，或虽给但那么少？哼哼！没有我们的光荣过去，哪有尔等的快乐今天？哼哼！

当然，土耳其人和我们中国人远在亚洲，根本做不到对美洲的实际占有，因此，主张对美洲的发现权，“心瘾”的成分远远大于“体瘾”。但对已生活在美洲大地上的爱尔兰人、北欧人、意大利人、西班牙人以及他们的混合后裔美国人，再加上公认的美洲最早居民印第安人，这个问题就非常实际而且严峻。爱尔兰人在北美有那么大的移民份额，以至于纽约都以他们的圣帕特里克节为自己的节日，在这个城市建造爱尔兰大饥荒公园，难道与他们对这片土地的一定的发现权没有关系？北欧人中的荷兰人建造了最早的纽约城（当时叫新阿姆斯特丹），现在新英格兰的许多地名都是荷兰文，这些也体现了北欧人的发现权的份额。意大利人和西班牙人联手完成了完全改写美洲历史的“发现”美洲，只有他们的发现才是轰轰烈烈的、改天换地的、血腥冲天的，他们都兑现了自己的发现权：想当年，美国国门对移民大开时，意大利人是主要的到来者之一，他们多得在每个美国城市都建造起“小意大利”。西班牙兑现自己发现权的方式是把西班牙语变成了美国的第二语言。在哥伦比亚大学，连“地板未干，小心滑倒”的标识都实行英西双语制，这种状况能够证明西班牙人不牛？尽管如此，意大利人和西班牙人一起发现了美洲（或中南美洲），发现权到底算谁的？这可是一个民族尊严问题。从法律的角度看，哥伦布不过是西班牙国王的一个雇员，说难听一点是个打工的，雇员行动的一切法律效果都归属于雇主，他的发现属于“职务发现”，因此，就是西班牙人发现了美洲，没有什么意大利人的份！这是法律分析的结论，它是跟民族感情对着干的。作为一个意大利文化的崇拜者和比较了解意大利的中国人，我能够说的是，哥伦布不过是一个当时“不幸”的民族的小人物而已。他以自己的聪明才智创造了光荣，而此等荣耀却不能归属于他所属的民族，因为这个民族当时贫弱不振。在历史上，被称为“病夫”的民族有土耳其人，沙皇尼古拉一世那坏小子把这个民族称为“病夫”，首开使用这一恶毒之词的先例，马上它就被用在意大利人身上（欧洲病夫）。然而，作为“欧洲病夫”的意大利民族却是一个充满航海天才的民族（也充满了除战争艺术之外的其他天才）。许多意大利人在美洲的发现上像哥伦布一样为人作嫁衣，前面已经说过，哥伦布只不过发现了中美洲和南美洲，北美洲是由另一个意大利威尼斯人乔万尼·达·卡伯托(Giovanni Da Caboto,由于他是带领英国船队进行的航行,他的名字后来被英国化为约翰·卡伯特为人所知)发现的。1497 年,也就是在其同胞哥伦布率领西班牙船队发现中美洲后 7 年,他从英格兰出发向西航行,穿过北大西洋,于是 1497 年 6 月 24 日在纽芬兰的拉伯拉多尔海岸登陆。他在新发现的土地上同时插上了英国国旗和威尼斯国旗,但仅为英国主张了对新土地的权利[1]。可以说,哥伦布只揭开了美洲"面纱"的一半,另一半是由卡伯托揭开的,但由于他也是处在打工仔的地位,所以发现权也不能落入意大利人之手。

认识是曲折的!即使揭开了美洲的全部"面纱",人们也只看到了一张美丽的脸,至于这张脸的性质(是印度还是美洲本身)以及这张脸后的内容,人们要经过长期的摸索后才得到自己的发现。关于前者,哥伦布和他以后的许多人一样认为自己发现了印度(这是当时使用的包括现在的印度、中国和其他东亚地区的地理概念),直到 1513 年,也就是在哥伦布发现美洲半个世纪后,西班牙探险家巴斯科·穆内斯·德·巴尔博阿(Vasco Nunez de Balboa)穿过了巴拿马的狭窄地峡看到了太平洋,此时人们才把美洲定位为在欧洲与亚洲之间的一块大陆。葡萄牙人麦哲伦从 1519 年 ~1522

---

〔1〕 See Roger Riendeau, *A Brief History of Canada*, Facts on File Inc., 2000, p.18.

年的环球航行进一步确证了美洲是一个独立的大陆。[1]关于后者,又是意大利人通过为他人打工作出了自己的贡献。1524年,法国国王弗朗西斯(Francis)一世资助意大利人乔万尼·达·维拉扎诺(Giovanni Da Verrazzano,现在纽约有一座桥以其命名)探测从佛罗里达到纽芬兰的大西洋海岸,他成为第一个进入纽约湾的欧洲人,是发现加拿大之行动的开创者,为10年后的雅克·卡赫迭(Jacques Cartier)发现纽芬兰开辟了道路。最后我们还要提到,佛罗伦萨商人阿美利哥·维斯普奇(Amerigo Vespucci)于1499年深入了其同胞对南美的"发现",于1499年探测了亚马孙河口,这次是他作为一个意大利人独立行事,后来他又为西班牙或葡萄牙打工在南美做了许多探险。他还总结出了经度的计算方法,算出了赤道的周长,得出了美洲是一块独立大陆而非印度的正确认识。他对美洲研究的成就如此之大,以至于当1507年人们感到应该对这块并非亚洲的大陆起一个名字的时候,德国地理学家想到了用他的名字。[2]由于意大利人为"发现"美洲作出了如此大的贡献,民族自豪感逐渐膨胀,以至于不记得当初的雇佣契约了,与西班牙人争起美洲的发现权来,其

---

〔1〕 See Roger Riendeau, *A Brief History of Canada*, Facts on File Inc., 2000, p.20.

〔2〕 See Samuel Eliot Morison, *The Growth of the American Republic*, Volume one, Oxford University Press, 1962, p.26.See also Paul Lagasse (edited by), *The Columbia Encyclopedia*, 6th edition, Columbia University Press, 2000, p.2984.

表现是不服西班牙的哥伦布节，单独建立了自己的哥伦布节，前者在10月12日，后者在另一个日子，那是一个张扬意大利人对美洲的文化贡献和其他各种贡献的日子，人们举行游行，把意大利的各种好事情都拿出来展览一遍。在涉及对一个大陆的发现权的问题上，哪个民族能够头脑冷静，哪个民族不是被巴掌山挡住了自己的眼睛！伟大的民族如意大利人也不能免俗。从法律的角度看，这是一个非常明确的问题！

三、谁征服了美洲？

上面说到的各民族对美洲的发现权的主张多半为关乎面子问题的口水仗，而美国人与印第安人孰为美洲的发现人的问题就涉及切实的具体利益了，因而美方的感情更加多于理智。印第安人方面感情与理智的比例如何，我们无从知晓，因为他们恐怕很难有手段将自己的感受传达于外界。

1823年许，发生了Johnson诉M' Intosh一案[1]，它最初由伊利诺伊州地方法院审理，是年到了美国最高法院，著名的马歇尔法官主审。案情是这样的：原告从Piankeshaw印第安人手里购买了一块土地并完成了交付，被告被美国政府

〔1〕 关于本案的全部资料，参见Dukeminier and Krier, *Property*, Fifth Editon, Aspen Law&Business, 2002, p.3ss.

授予了同一块土地，由此发生了同一个物的两个承受人权利的效力比较问题：原告权利的有效性源于印第安人的充分处分权，被告权利的有效性来自美国政府对标的土地的有效处分，那么，哪一个处分人的处分有效？是印第安人还是美国政府？

马歇尔法官的判词采取了“自从盘古开天地，三皇五帝到如今”的路子。他说，美国政府对新世界土地的权利最早来自英王对它们的权利。1496 年，英王委托上面说到的意大利人卡伯托“去发现当时未为基督教人民所知的土地，以英王的名义占有它们”。两年后，该意大利人进行的航行导致了北美大陆的“发现”，由此带来了英国人对被发现的土地的所有权。而当时这些土地都被印第安人占据，那么印第安人与他们占据的土地是什么关系？答曰占有关系。什么是这样的占有？它的典型特征是只能由占有人本人享用，不能转让给他人，换言之，它是一种有限的权利。相反，英王作为发现人得到的土地所有权是完全的权利，不仅原权利人可以自己享用，而且还可以有效地转让给他人。至此，官司的胜负已经一目了然了：原告的第一手权利人把一个大于自己权利的权利转让给了原告，原告当然要败诉；而被告是从充分权利人美国政府手里得到的权利——顺便说一句，马歇尔提到由于美国的宣布独立，原英王享有的一切权利已移转给了美国政府——后来马歇尔在判决的末尾也是这么裁决本案的，然而他还要说下去。

他提到弗吉尼亚州在1779年通过了一个法律，禁止任何人从印第安人部落购买土地，有特别授权的除外，因此，从印第安人部落购买土地是政府的专有权，原告私购这种土地当然是非法的！用中国的法律术语应该说“买受人主体不适格”。

那么，在同一块土地上同时存在美国政府的权利和印第安人的占有权的情况下，这两种权利的关系如何？由一物不能二主的原则压迫，马歇尔不得不吐出真话：美国政府的专有权消灭印第安人的权利。然而，这种“消灭”的依据如何呢？我们看到，在此之前，马歇尔对美国政府权利的论证都以“发现”为依据，然而，“发现”的前提是以前没有人知道并占有被发现的物，可是，在哥伦布或卡伯托“发现”美洲或北美时，这里已经有1000万印第安人呢！他们已知道并且占有了美洲的土地，不存在欧洲人的“发现”问题。要想把这个问题建立起来只有一个途径：那就是认定印第安人不是人，而是某种像人一样的动物，因此，“它们”的“知道和占有”不具有法律的意义，正犹如一只老虎对它的400平方公里的领地的“知道和占有”对人类没有意义一样。提出这种蔑视人类的逻辑也许叫人吃惊，然而，当人们说哥伦布“发现”了美洲的时候，实际上就是隐持这种逻辑的呀！正因为这种逻辑的荒唐，像我前面写到过的，目前严肃一些的历史书都写哥伦布“再发现”美洲了。实际上,这是为了克服一个荒唐产生的新荒唐。法律意义上的发现只能有一次,我们不能说徐国栋发现了月球,然后陈喜又发现了它,尤其在徐国栋还活着并且已定居在月球上的情况下。如果要按照法律和正确的逻辑说话,我们不得不承认印第安人是美洲的发现者,他们应该得到发现者应该享有的一切权利。我很遗憾极为讲究人权的西方学者就是说不出这样的一句话。

而且,印第安人“非人”的逻辑还有一个巨大的法律障碍。在哥伦布把若干名土著人带到欧洲后不久,1537 年,罗马教皇保罗三世庄严宣告,印第安人或新大陆的土著居民也是真正的人类。这是基督教人性理智在人类的迷茫时期发出的清醒声音。说实话,教皇的判断以哥伦布的判断为基础,我看电影《哥伦布》,看到他把似乎穿着怪异、长相特别的土著人宣布为“这是人类”时,我心里涌过一股暖流,心想哥伦布到底是文艺复兴时期的意大利人,充满了人文主义的情怀。但这只是问题的一个方面,在教皇的眼中,人就分为宗教意义上的人和生物意义上的人两种,前者是基督徒,后者是“自然人”或尚未归化的人,只有前一种人是真正的人。因此,同一教皇在作出上述人道主义的决定的同时,又授权西班牙和葡萄牙这两个当时最强大的航海国家到美洲去传播基督教,并划定了两国的势力范围(教皇线),而欧洲人到来时的印第安人已经有了自己的宗教,因此,教皇通谕的另一方面是实行宗教的征服——用基督教取代土著人的原始宗教，无论他们愿意与否。在这两个方面的相互关系中，我们看到了教皇通谕中隐含的把印第安人视为减等的人的预设以及宗教征服的潜台词。当世俗的统治者执行这样的指示时，他们就会把潜台词变为“明台词”，并且把宗教目的替换成自己的世俗目的，把自己在美洲的生存变成了一场真正的征服！他们为此创造了美洲土地“视为无主说”，但被视为不存在的印第安人是实际存在的，你视为他不能存在，他就要用武器证明自己的存在，武器要受到武器的镇压，弱的武器于是受到强的武器的征服。

马歇尔在逻辑的逼压下，终于要把这铁的事实说出来。作为一个世俗的人，他很可能不具有教皇一样的宗教眼光——顺便说两句：第一，马歇尔作为一个新教徒不服教皇管；第二，在教皇对美洲的势力区划分中，没有英国的份额，英国是“自力更生”取得在美洲的势力范围的——并受到了自然法思想的熏陶，因此，他自然地把印第安人也看成人，如此一来，“发现”难以成立，那么，为什么“再发现者”的权力就要硬于“发现者”的权力？除了后者是一场殴斗的输家外，还能有别的解释吗？于是，马脚终于从“发现”的麒麟皮下露出来，它表现为“征服”。当然，马歇尔没有做到斩尽杀绝，而是承认被征服者同化吸收成为一个民族的必要，如此一来，“所有权”与“占有”的对立就会随着时间的流逝而消失。但印第安人是特别的被征服者,他们强悍,他们好战,他们不服输,同化他们极为困难。因此,美国政府“所有权”与印第安人“占有”的对立会长期存在,为了尽快实现“统一”(等占有人死光或变得驯服),印第安人的“占有”不得移转而已。

相形之下,西班牙殖民者比英国人和美国人坦率得多,他们从一开始就公开承认自己与美洲土著人的关系是征服。据此,德尔·卡斯蒂略写有《征服新西班牙信史》,即西班牙人在首领科尔特斯的率领下征服墨西哥的纪实。另外,一个美国作者普雷斯科特写有《秘鲁征服史》,讲的是对另一个印第安人帝国的暴力征服。在两部书的书名中,他们都赤裸裸地把自己活动的性质揭示出来。如果要说他们坏,一定要加上“坏得坦率”“坏得可爱”的说明。反过来说,现在若有人来到人烟如此稠密的英格兰或新英格兰,说自己“发现”了这两个地方并主张相应的权利,大家猜一下会发生什么?依我看,这个人的嘴巴至少会被揍肿!

马歇尔判词中的矛盾甚至为把该案作为经典案例的现代财产法教科书作者所揭示。它前面讲发现说,后面讲征服说,两者的前提完全不同,这表明了哪怕是一个公正的法官也是其民族利益的代言人,这种利益要损害他的普世公正。尽管如此,马歇尔还是一个诚实的美国人,终于把来到美洲的欧洲人与当地土著的真实关系揭示出来——征服,因此，对前面提到的四个美洲发现权主张者，应把它们分为三类：第一类是真正的发现者，那就是印第安人，他们应该享有发现者享有的一切权利；美国政府没有给他们这样完全的权利，但生活在保留地的土著人不纳税的特权似乎是这样的权利的缩微体现，从中透出“老子是先来者老子怕谁”的气息，他们的 Native 的车牌似乎是这样的特权的招牌，他们由于不纳税可以卖便宜的烟的特权便宜了许多的中国烟民，但此等土著人无选举权，证明他们不是美国市民社会的正式成员。第二类是访问者或客人，他们是爱尔兰人、土耳其人、诺曼人、中国人等，既然人家印第安人已经“发现”了，你们怎么可能再“发现”一次？只能当客人啰！第三类是征服者，他们是在哥伦布之后来到新世界的西班牙人、法国人、英国人等以及他们的后裔美国人。这样把上述美洲的发现权主张者分类，就理顺了他们的关系，定位好了他们的角色，而且也帮助他们把自己行为的性质搞清楚了。呵呵，这真是一场愉快的科学劳动！虽然辛苦，不亦快哉！

四、当代哥伦布：发现或征服

我们看到，人类对美洲的认识经历了一个漫长的过程，从哥伦布“做客”此地，错把美洲当作印度，到巴尔博阿穿过巴拿马的狭窄地峡看到太平洋从而确证美洲是一块独立的大陆，花了半个世纪的时间。现在，随着航天测绘技术的出现，地球上已没有什么地方需要我们“发现”了。人类的眼光开始投向地球之外，去揭示广袤的宇宙空间中蕴含的神秘。像当年的航海大国葡萄牙、西班牙、荷兰、法国、英国承担探测的风险并取得巨大的回报一样，目前的美国、俄罗斯、欧盟、中国取代了过去的航海大国的地位成为航天大国。也许有些国人对这样的要花费巨额金钱的事业不理解、不支持，但当年哥伦布航行需要的经费也是一个天文数字，西班牙国王要痛下决心才能作出后来被证明是正确的和获得了巨大利润之回报的决策，难道我们不能对这样的代价带来的可能利益怀有西班牙国王那样的希望吗？我高兴地发现，就像郑和代表中国参加了航海时期的“发现”一样，中国人又是航天时期的发现的参与者，由此我们可以指望在未来的单独发现物或共同发现物中取得我们中国人的份额以及相应的发现者的名号，“神舟七号”的成功载人飞行和“嫦娥一号”的成功绕月飞行足以强化我的这种愿望。不过，当代的航天家们，请你们做好记录，以免你们的“发现”被后人不知，导致他们的要耗费巨大资源的“再发现”，这是航海发现时期留下的深刻教训。地理发现时期的人类认识的曲折经历告诉我们，我们应随时承认现在自己认为正确的认识发生错误的可能，至少我们不能肯定我们现在的天文认识全部正确，因此我们一定要容忍不同的意见，实行民主。当然，当我们遭遇宇宙天体时，有两种可能：发现或征服。前者是天体无“人”任我住的情况；后者是天体有人人拒我的情况，对此种情况的处理，我的建议是做客 3 天后返回地球，因为我们探测空间的目的应仅在于“发现”，不应在于“征服”。

2003 年 1 月 3 日于哥伦比亚大学，新年开笔之作也

话说“系人”

——哥伦比亚大学阶级状况考察报告

同志！当你听到“系”这个词时，你会作何联想？你会想到一座楼（条件好一点的法律系如此，最大的好处是发了多的奖金，其他的系不知道）或者是一座楼里的一层（条件差一点的法律系如此，没有任何隐私可言），里面有办公桌若干、课桌若干、现金若干、电教设备若干，等等，它们在周末以外的时间为教师和教学辅助人员使用。总之，前面讲到的硬件是“营盘”，后面讲到的各色人等是“兵”，“铁打的营盘流水的兵”，一个个法律系度过一年又一年。我对你心中想到的系的描述对否？好，你说了对，这也证明不了我比你高明，因为我在来美国前，心里的“系”与你心里的“系”完全一样，所以我一把就摸准了你的心思。

有些词不到“此地”总是理解不了的，例如，我在《哥伦比亚大学与中国人》一文中写到的“Morningside”一词。只有处在 Morningside 以后你才可能理解什么是 Morningside。到了哥伦比亚大学法学院后，我才理解了“Faculty”这个词的意思并且改变人们把它译成“系”的常规把它译成“系人”。在哥伦比亚大学法学院的网站，对它的全部成员的介绍的栏目的名称是“Faculty and administration”。同志，看不懂吧？按照从我们的文化背景出发的理解，这一栏目应该介绍该系的历史和现状以及行政管理的结构（主任、书记下辖若干职能部门等）。然而，人家的这一栏目中的介绍一分为三：其一，Full time faculty；其二，Adjunct professor and lecturers；其三，staff。“全时的系”是怎么也说不清楚的，把它译成“全时的系人”，一下子就清楚了，译成地道地中文，就是全日制的教师的意思。我们中国人讲“全日制”这个词只用于学生，全日制的学生地位比那些半工半读的高，却从来不把该词用于老师。我已说过，从制度设计来看，所有中国大学的老师都是全日制的（尤其是军事化的大学如公安大学，全部老师要坐班），但由于种种原因，我们的大学教师队伍事实上多数成了半工半教，大家已把全日制看成一种惩罚。遥想 1989 年秋，中国社科院为严肃研究风气，新上任的该院主管想到的第一个措施就是尔等全部都给我坐班，大家群起愤怒并成功地击退了把我等知识分子“禁锢化”的企图。但按照全日制学生高于半工半读生的理路，全日制老师的地位应该高于半工半教老师!

“全时的系人”包括两种人[1]:一种是教授。许多教授都有自己独特的头衔:如徐国栋先生是巴特勒教授。什么意思?其实我在《哥伦比亚大学与中国人》一文中在讲到丁龙教授头衔的来历时已说明了这个问题:在某个历史时期,某个慈善家出钱设立一个教席并承担维持它的费用,此等教席就以该慈善家的名字为名。[2]据说得了某个奖也可以产生这样的头衔。例如,如果我像黄风一样得了奖励罗马法传播的库比切夫斯基[3]奖,我以后就可以自称为库比切夫斯基教授徐国栋。另一种是副教授(associate professor),持有这一头衔的人往往出身名门正派,绕过了讲师这一关直接奔教授而来。他们主要根据出身资历被名牌大学或普通大学选择。首先,最宝贵的资历是毕业于哈佛、耶鲁等名校。其次,是给著名的法官当过助理(clerk),在这一环节上,美国的大学首先表现出贵族精神,你不是名门出身恐怕难以进名校教书。事

〔1〕 根据郑戈的看法,美国有的大学,如哈佛,还有助理教授(assistant professor)的一级职称,由于我在此文中谈的是哥伦比亚大学的情况,故不予置论。

〔2〕 哥大校董会于2003年年初决定在法学院增设一个诊所人权教席。该教席由 Lieff, Cabraser, Heimann & Bernstein LLP 的150万美元捐赠维持,这笔钱是一个律师事务所在解决犹太人在大屠杀时期的瑞士银行存款争议中取得的律师费。该教席由第72届的LLM, Peter Rosenblum 获得,他曾经担任哈佛人权项目的诊所主任,还从事过许多其他人权工作。See Columbia law school Observer, Spring, 2003.

〔3〕 亨利克·库比切夫斯基(Henryk Kupiszewski, 1927~1994)是波兰华沙大学法律系罗马法教研室主任。在他去世后,意大利人设立了冠有他名字的罗马法传播奖。

实上，进了名校的人也笨不到哪里去。再次，美国大学表现出理论联系实际的精神，因此，法学教授的培养还带有法学院建立前的那种学徒式培养的色彩（跟著名法官当助理）。而且美国大学敢于冒险，不像中国大学那样在新成员进来时就要求多少成果。他们在这方面的要求宽松，十几年不发表东西没有问题。这恐怕是因为他们承认好的精神产品的生产需要一个相当长的过程，因此，应有等待的耐心。因此，像纳什那样的教授在美国大学能得到那么大的容忍，在他可以给予大学巨大回报之前，而这样的人在当代中国的大学恐怕会被淘汰。陈景润能在厦大被容忍是厦大的骄傲。

非全时的系人就是 Adjunct！这个词在我常用的《新英汉词典》上被译成“副教授”[1]，由此产生了如何把它与 associate professor 区别开的巨大难题。恐怕不到美国的大学待一阵的人区别不了两者。我待了近 4 个月，终于能区别两者了。Adjunct 就是兼职教师。他们分为两类：第一类为成功人士，很多带应用性的学院或专业为了扩大学生的眼界和知识面，有意识地雇用专业领域里的这类人士担任兼职教授，希望他们能在教授专业课程的同时，传授书本知识以外的职业技能，并利用他们的职位给学生介绍实习，由此带给他们将来的就业机会。这类兼职教授在 MBA、教育管理、

[1] 参见《新英汉词典》编写组：《新英汉词典》，上海人民出版社 1975 年版，第 14 页。

公共行政等专业尤其普遍。第二类为“固定兼职”(perma-temps)教授。这种教授平时在教授大会上没有选举权,黄包餐偶尔才吃一次,在系里课程设置的讨论中从不露面,连一年一度的圣诞晚会都不被邀请参加。半个世纪前,拉比教授骄傲地宣称教授即大学时,这个群体还几乎不存在。但近年来,随着高校财政日渐紧缩,雇用终身教授费用高昂,再加上取得此等职位后的教授不易管理,很多高校转而雇用这类教授来填补终身教授退休或自动离职空出的教职。根据联邦政府教育部统计,从 1993 年至 1998 年,40%的美国高校采取措施削减全职终身教职;其中 22%的高校用“固定兼职”的教职来取代全职终身教职。有的社区学院的兼职教授比例高达 70%~80%,连著名私立高校纽约大学都拥有超过 50%的兼职教授。他们按授课的门数拿钱(每门课 1300 美元左右),年收入通常不足 30,000 美元,没有医疗、退休或任何其他福利待遇。学校不给他们配备办公室,更加谈不上配备秘书了。他们不专属于某个大学,而是靠一个或很多大学的聘书过活,因此,为了获得良好的生存,他们应同时是几个大学的兼职教授才是。他们与全时教授的关系是老板与打工仔的关系,而前者除了作为成功人士担任本校其他学院或他校的第一种意义上的兼职教授外,是要全心全意为选择自己的大学服务的,后者则属于走穴者。如果全心全意地工作,自己单位的事情哪里做得完!有心人眼里就有活!人家都说美国的教授比中国的教授忙，至少我不认为他们比我忙，但他们比多数中国教授忙是事实，独当一面，要组织许多活动呢！很难想象他们有可能到处走穴。

可以说，在教师队伍中，存在“一个阶级”“两个阶层”。“一个阶级”就是教师阶级，“两个阶层”，就是专职教授和第二类兼职教授（第一类兼职教授的地位应该和专职教授差不多），前者是老板，后者是打工的。这种制度的来历我只能推测到古老的博洛尼亚大学。当时，大学（Universitas）就是“一群人”的意思，典雅的译法是“团体”，因此，像“系”的概念一样，“大学”也是一个人的概念而非物的概念，而在中文中，“大学”一词如果不是一个仅关涉一个校园以及里面的财产的概念，顶多能做到是一个兼包一所大学里的物和人的概念。在西方语言中，涉及一些兼涉人和物的因素的描述对象时，总是有不同的词把表示人的与表示物的区分开。例如，表示人的是 family；表示物的是 home 或 house，西方对我们在物的意义上理解的词汇在人的意义上的使用，表明了人家的人文主义传统，而我们的用法表明了我们的根深蒂固的物文主义传统。语言是一个民族的心灵轨迹，它“先占”了一个人的心灵，人们使用既有的语言思考，构成理解的前结构，因此，认识的客观性是非常渺茫的。所以，我的人文主义民法观遭遇的最严重的问题恐怕在于中文的物文主义的潜意识对学者们的先占！

博洛尼亚大学最初的举办具有企业性。一些罗马法研究者讲课卖钱，为了卖更多的钱，不惜掺水，把两个小时可以讲完的东西拉长到讲两天。所有的教授和学生构成一个Universitas与周遭的市民和市政府形成对立，但学习分为专业，因此，一个Universitas又分为若干个Facultas，也就是说，一个教授牵头把几个相关专业的教授组织起来，开几门课赚钱，这几个教授结成一种合伙的关系构成集体性的老板。对于一些七零八碎的课，他们就请人来讲，这样的讲课者就是adjunct的前身，他们处在合伙雇员的地位，是最早的自由职业者。不让他们进核心，是为了减少年终分红的人数。这跟合作制律师事务所中合伙人与打工律师的区分是一样的道理。说到这里，我想起来比萨大学法律系的主任罗伯特·隆波里曾问我，中国是否按“系”的方式组织大学，当时我对这个问题有些茫然，现在我算理解它了。说起来，这样的制度也曾引进于中国，人们通常说民国时几个教授构成一个系，当然，那时一个教授要开好几门相隔遥远的课，不像现在的大学教师如此专业化。他们也许就是合伙人。对于他们讲不了的小课，恐怕还是要请人。鲁迅曾担任北师大的聘书教授，他也许就是一个这样的Adjunct呢！

这样的几个老板构成一个Faculty，该词在拉丁文中的含义就是“权利”，老板们享有请什么打工仔以及年终分红的权利！当然，他们还享有在一起吃黄包餐，以便讨论一些事情，彼此联络一下感情的权利。所以，Faculty 的经典含义是“系人”，严格说来是享有权利的人的意思。过去，我不大理解“选修课”（Facoltativo corso）这个词，经过对“系人”的研究，我得到了答案！它就是学生有权决定是否上课的意思，其基本的意思来源还是“权利”。

然而，一校也好，一系也好，除了教书之外，还有日常的行政运作问题。当然，这方面的重大决策事项必须由老板来做，他们都是从教授中产生的系主任和院长等，至于一些具体操作的事情，就由行政人员来做了。他们构成 Staff，完全是打工的，对他们的管理实行不同的逻辑规则。例如，在意大利的大学，这些行政人员上班要打卡，因为他们是为了金钱而工作，要用条条框框把他们套住，而教授们都是为了荣誉而工作的，因此他们可以自由定来去的时间。事实上，他们总是工作得比 staff 多，上个厕所都一溜小跑。过去我对比萨大学的图书馆就设在每个教授的办公室里，而这些教授不偷书感到不解，现在似乎悟到了真谛：似乎不应设想所有人会偷自己的东西。

所以，在哥伦比亚大学法学院，存在由全时教授构成的统治阶级，由职员构成的被统治阶级，以及由兼职教授构成的中产阶级，两头大中间细，形成哑铃型的阶级结构。这种阶级结构与中国的大学完全相反。在很多中国大学都回荡着教师与行政人员的斗争的主旋律，前者常常吃亏，因为后者实际地掌握着许多资源。而在美国乃至于西方，行政人员是不能与统治阶级叫板的。我已告诉大家，哥大法学院外事办的负责人阿拉曼尼女士是相当高级的Staff，她通知我们每周四去吃黄包餐而她自己不能去享用，此事就表现了我和她的阶级分野。顺便告诉大家，从制度设计来看，外国访问学者属于系人，是统治阶级的一员，至于这种漂亮身份的实惠有多大，我们心里都有数。[1]

为何说全时教授们是统治阶级？首先，因为他们享有完全按自己认为正确的方式实施自己的教学研究活动的自由，不受“校领导”的干预，在这个意义上，校长不属于统治阶级，而属于Staff。因此，美国的教授都是独往独来的天马。其次，教授们像法官一样受到终身制（Tenure）的保障。助理教授任职6年经过逐级评议被授予教授职位后，就终身任职，大学除非有正当理由如刑事犯罪等情事，不得开除教授。这样的安排并非从来就有，而是从历史陈案中总结教训而来。19世纪末，斯坦福大学的激进的社会学教授爱德华·罗斯主张当时社会最主要的交通工具——铁路——应当交给政府管理，不能由私营企业把持。而斯坦福大学的恩主勒兰德·斯坦福生前正是通过修建铁路发家的（我在《白人的自

〔1〕本文从此以下至以“拉比教授的此语”句子开头的段落，主要摘引程星的《教授就是大学》一文，载《华夏文摘》第605~606期。在此对程教授致以衷心的谢意。此等摘引为快速向中国介绍美国的大学制度而为，非出于营利目的。

由女神》一文中提到过他)。他生前似乎容忍了罗斯,但他死后,其遗孀担任斯坦福大学校董会的董事长,遂念起旧恨,将罗斯教授赶出斯坦福大学。此案以后,为了防微杜渐,美国高校决定以终身制保证教授的教研活动不受政治干扰,维护学术自由,让教授们在研究与教学过程中传播的任何有争议的思想和言论不会对他们的"饭碗"构成任何威胁。

在上述两项制度的保障下,美国教授只要不犯罪,无人能奈何得了他们。在美国,也有老鹤方式的"有机知识分子",哈佛大学的黑人教授康奈尔·威斯特即为其例,他在非裔美国人的研究领域独树一帜,且多才多艺,不仅擅长讲演、表演,热心社会活动,而且还灌制 RAP 音乐唱片出售。他爱凑热闹,对各种团体向他发出的邀请有求必应,整天在国内外飞来飞去赶场子。时间久了自然冷落了自己的学生。哈佛新校长劳伦斯·萨默斯上任伊始找他谈心,对他灌制 RAP 唱片颇有微词,希望他多务点正业、少赶点场子。谁知这话捅了马蜂窝。威斯特把他与劳伦斯·萨默斯校长的谈话透露给媒体,当即爆为全国许多报纸的头条。为了表示抗议,他宣布从哈佛辞职,跳槽到普林斯顿。这样,哈佛大学雄极一时的非裔美国人研究专业就因为劳伦斯·萨默斯校长的一句话土崩瓦解了。为此,劳伦斯·萨默斯校长不得不一再发表抱歉声明,表示自己原没有给威斯特教授穿小鞋的意思。你看,一个校长的正当的职权行为就是因为教授们的巨大权力而泡汤。

最频繁地表现教授的权力的地方还是教学。在美国的大学里，尽管各学科都有教学大纲和学位标准，但教授对从课程设置到具体某一门课的教学都具有绝对的权威，系主任都无权干涉教授的讲课内容或教材选择。研究生教育尤其是专业内的教授们的“禁脔”。

当然，这是大学内部的逻辑，外人无从知晓，因此，当“内”“外”初遇时，往往发生观念冲突。我已写到，艾森豪威尔将军 1952 年“解甲归田”到哥大当校长，武人治文人伊始，发生了这样的一件事：将军在下属的陪同下巡视校园，会见校董会、行政人员和学生，最后参加了学校教授为他举行的欢迎大会。在一阵热烈的掌声之后艾克致辞。他首先谦恭地为有机会会见在场的全体哥伦比亚大学的“雇员”表示万分的荣幸。说话间，哥大德高望重的物理学教授、后来成为诺贝尔奖得主的拉比教授站起来，自负而不失风度地说：“先生，教授们并不是哥伦比亚大学的‘雇员’；教授们就是哥伦比亚大学。”事实上，拉比教授在这样的场合不过说出了一个合乎常情的事实，让武人出身的艾克明白了自己这个校长与教授们的关系而已，并无冒犯之意。

教授的这种统治阶级地位还得到了美国最高法院判例的确认。1980 年，该院在裁决一场涉及大学的劳资纠纷案件时（NLRB vs. Yeshiva University, 944 U.S.672）表态说，大学教授属于“资方”或管理阶层，而非劳方，因为他们在日常高校的管理和运作过程中对课程设置、学术标准、学生录取、学习成绩、课时安排等一系列重大问题享有决定权，而且现任教授们直接参与新教授的招聘、录用、提职等管理过程，所以，按照《国家劳工关系法》的规定，大学教授没有资格享受通过集体谈判进行交涉的权利。确立教授统治阶级地位的这项裁决带给教授们的实惠并不多，因为它从根本上否决了私立高校教授加入工会、与校方进行集体谈判交涉的任何可能性。这样在涨工资的问题上就难免吃亏，一些青年教师的工资还不如资格稍老的秘书高，但他们却不能组织工会维权。作为被统治阶级的 Satff 是有这个权力的。因此，秘书、清洁工、食堂职工可以在一个学年中最紧张的时候宣布罢工，让忙考试的学生吃不上饭，毕业班的学生毕不了业，校园里垃圾成堆无人收拾，甚至雇人敲锣打鼓破坏校园宁静，甚至从哈莱姆请来黑人同志助阵。校方为了维持正常的教学秩序，一般会作出些妥协，答应提高他们的工资待遇，这往往是集体行动的力量所致。

尽管有这样的不利，统治阶级的名分更重要，因此，没有听说过哪个大学的教授们为了增加工资的集体谈判权而宣布放弃他们当家作主的权利的。但第二类兼职教授为了改善自己的待遇，愿放弃统治阶级的名头而要求实惠，2002 年，纽约大学的兼职教授经过艰苦斗争，终于成立了美国私立大学中的第一个兼职教授工会，从而开创了私立大学教授集体谈判维权的先河。但从美国大学的阶级结构来看，这个工会的成立不仅没有提高兼职教授在大学中的地位，反而以法定的形式将这个知识群体与秘书、清洁工、食堂职工等高校“劳工”划上了等号。换言之，终身教授和“固定兼职”的兼职教授之间的管理者与被管理者关系从此法律化、明朗化了，用罗马法的术语来说，构成人格中减等。因此，兼职教授正在从统治阶级下降为被统治阶级。所以，拉比教授如果能活到今天，再次面对他的新校长时，他应该说：“先生，只有终身教授才是哥伦比亚大学。”

拉比教授的此语，不过是对“谁是大学的主人”的问题的一个美国式回答罢了。

上述问题在中国是爆炸性的，在美国提出这个问题一点不会引起“爆锅”，因为这种安排早就是美国大学的实践，而且也有相应的理论支撑。美国实行机会平等下的等级制，其大学里的尊卑等级分明着呢！不过，各阶级间具有流动性就是了。每个人都有平等的选择充当某一阶级的成员的机会，但如果运气不好或能力不够，那就只好当自己不怎么愿望的阶级的成员。

2002 年 12 月 26 日圣诞节次日纽约大雪中于晨边高地

哦！黄包餐

哥大法学院寄给我的访问学者录取通知上告知我有吃黄包餐的权利，当时我并不知道黄包餐的意思是什么，因为我日常使用的《新英汉词典》不收此词，我不知道它是在原始的含义上被使用，意味着我可以免费吃一顿呢还是在引申的含义上使用，意味着我要每周和美国同志在一起学习一个钟头的布什总统语录？来了以后，吃了两顿黄包餐后，我就知道这个词的基本含义了，我把这点心得反映在《我的大学》一文中，其中写到，黄包餐“也就是全系老师在一起吃饭，同时听一位报告人就一个主题做几十分钟的发言，然后大家提问。真是精神物质双会餐”。到今天，我吃完了哥大法学院本学期最后的一顿黄包餐，我对此餐的认识可比过去强多了，写出来供大家分享。

按照权威的 The American Heritage College Dictionary

的解释，Brown Bag 就是“带饭去工作，典型的是装在黄色纸包中的饭”。大家都知道，美国人吃饭不怎么讲究，中午买个热狗或三明治或其他，加上一瓶饮料，一股脑地包在一个黄色的纸包内边走边吃或带到工作场所，吃完继续工作，这就是黄包餐了。说实话，叫“黄包”有点不合时，因为原文是“褐包”。用褐包的表达，中文觉得别扭，因此我宁愿用黄包的表达。什么是“褐包”？我们中国的食品店用来包装出售后的熟食的纸包就是褐包，原来是我们熟悉的东西。可以看出，最初的黄包餐与大学没有必然的联系，凡是有人上班的地方就有黄包餐，这样的黄包餐肯定是吃饭者自己买的。当然，大学也是有人上班的地方，因此也有黄包餐。但在一个我不知道的时间，有一个我不知道的大学人灵机一动，认为反正大家都要用将近 1 小时的时间吃黄包餐，为何不利用这个时间听一个同行讲自己的研究心得？这个点子为大家接受，于是第一讲开始了。第一场的演讲者讲完后觉得吃亏：怎么光我讲大家都不讲？要讲大家都讲！于是大家达成协议：每人在每周的某个午饭时间（哥大法学院是星期四）轮流讲自己正在进行的研究，同行们提出质疑。一方面，演讲者实施了自己的新产品演示，其中的有些毛病就暴露出来，发现后修改正式出版；另一方面，听众们也了解了其他专业的动态，也许可以从中得到启发。因此，黄包餐的精神是展览新产品，听取批评，给人启发。这个时候的黄包餐食品由与会者自理。后来，国家富强了，有了财力，也为了避免有人带鹿肉三明治，有人带猪肉汉堡包，相互斗富比穷带来的注意力分散，干脆决定黄包餐统一由教学科研单位供应。如此进入了黄包餐的高级阶段，人们开始享受“大黄包餐”。对于那种自备的黄包餐，我们姑且把它称为“小黄包餐”。黄包餐与“讲”的关联，导致只有能讲的教师能吃，通常不能讲的职员是无权吃的。再者，黄包餐由小到大的转变，潜伏着它的危机：开头它是纯粹出于精神需要，现在它已经有了食品引诱的意味了！“吃”与“思”开始脱离，完全出现了某些人把头脑关闭，纯粹为了吃出席黄包餐的可能。

可以说，黄包餐是美国校园文化的一个特点，因此，在美国学习过，吃过这种餐的人无不印象深刻，许多人试图把它引进于国内[1]。回想起来，在我知道黄包餐的名称前，我就在国内两次接触过黄包餐。第一次是在20世纪90年代初的一个夏日，当时社科院法学所民法室的副主任徐炳刚从美国回来，组织了一次“沙龙”，由他自掏腰包给每个参加者买了一份“大田园”的鸡腿快餐，让大家边吃边说，记得当时梁慧星老师的发言内容是放弃反对制定民法典的观点，改持可以制定民法典的观点。现在想来，徐炳教授组织的这次活动就

---

〔1〕 今天在中南财经政法大学的网站上看到北大的“午餐学术沙龙”。看来北大把黄包餐引进国内了，不过译名差别很大，看不出美国制度与北大制度的联系，建议还是叫黄包餐好，使人可以回味这个制度的来龙去脉。

是模仿美国的黄包餐，后来通过媒体知道社科院法学所经常举行这样的活动，看来还是这里留美的多。这种由某个“大款”（徐老师当时兼做律师，比较富有）出钱大家吃、大家谈的方法已经把黄包餐中国化了，可称为“中国黄包餐”，没有免费的午餐或曰要想美国人那样自己买一份饭带了去听您唠叨，这样的活动在中国能否组织得起来肯定是个问题，因此黄包餐来到中国，必然要中国化为“大款黄包餐”。后来又得到梁治平的一份讨论法律方法论的黄包餐邀请，没有去。最后一次听到包含黄包餐内容的故事是今年与老鹤教授聊天，他说美国人很有意思，其中之一是在大家吃饭的时候听你讲一讲。我当时根本没想到，他讲的就是后来我百思不得其解的 Brown Bag Lunch。

然而，黄包餐能否在中国推行得开，我认真地怀疑。理由一，经费问题。我们要引进的是小黄包餐还是大黄包餐？小黄包餐与初级阶段相适应，大黄包餐与高级阶段相适应。我国仍处在初级阶段，这是不争的事实，搞大黄包餐有超越生产力的发展水平之嫌。要大家自备饭菜听某人唠叨一个自己可能根本用不着，也没有兴趣的问题，一次可以，多了，大家就不愿作出这样的牺牲了。事实上，在我的大学，同行们的相聚也是有的，不过每年一次而已（春节前），不过光吃不说而已。不说，不是什么话都不说，而是指不谈学术。这种“说”与“学”相脱离的教研室聚会，我把它形容为“我吃故我在”。理由二，教师队伍素质问题。好！我们就搞小黄包餐！每人买一份饭听你老徐扯一扯，恐怕我老徐没有这么大的吸引力，听我扯一次可以，第二次就如坐针毡了。原因者何？乃因为黄包餐的成立基础是两个命题：第一，人人都能讲，换言之，人人都能做研究，不然，不能讲的人就会有“我听你说”的委屈感。在中国的大学，由于教学与研究的相对分离，有一部分老师没有东西讲，他们只能讲课，不能“讲学”。时间长了，会出现总是那几个人讲，其他人出于面子等各方面的原因不愿来的情况。第二，所有的老师都对学问感兴趣，愿意做“射幸听取”，因为黄包餐的本质还在于跨行对话，听者中可能只有一个狭义上的同行，其他都是相对的外行，由于这种格局，听的效果是有偶然性的，换言之，对于一个非同专业的同事谈论的问题，在偶然的情况下可能对我有醍醐灌顶一样的启发作用，但在多数情况下，我的所听对我没有什么用。这也是黄包餐把“听”与“吃”设计在一起的哲学依据，食品本身是对那些白听者的报偿。在这样的体制条件下，必须是对学问有极大兴趣，为了那 1%的机会愿意白听 99 次的人，才能维持黄包餐持续进行。但我国的大学由于没有淘汰机制（退休淘汰、重大过错淘汰的除外），无心学问者在教师队伍中占相当比例，这些人是不会坚持参加黄包餐的。说实话，哥大黄包餐的稳定食客是那些 Full time 教授，他们与 Adjunct 教授形成对立。什么是全时教授？按照我的理解和观察，是那些在上班时间都能在办公室找到他们的教授。

在美国，黄包餐还有富贵黄包餐与贫贱黄包餐之分。法学院的当然是前者，其内容包括肉和鱼、蔬菜、面包、米饭或意大利面条、水果、甜食、咖啡和茶等，相当于在一家好的餐馆里吃一顿饭。让我感到气愤的是，当豆腐和大白菜、葱和姜在意大利还徘徊在中国人的餐桌上的时候，美国人已经堂而皇之地把它们纳入了自己的日常食谱，一个谢字都没有。这个民族对外来文化的吸收能力与意大利人形成鲜明的对比。在法学院之外，还有不计其数的黄包餐，可以说，除非周末，在哥大法学院的大楼内，你基本上都可以吃到不要钱的午饭和晚饭，而且都不是蹭，而是通过 e-mail 得到邀请的。免费的饭多，实际上是人家举行的学术活动多，一句话，人家把“饭”作为吸引人来参加活动的手段，因此，在各种各样的学术活动广告中，最后都有一句让读者关心的话：将供应某某食品。这个“某某”，通常是比萨、点心或小吃外加苏打水（到了美国我才知道，苏打水不是一种水，而是可乐、百事可乐、矿泉水等水的泛称）。它们都只相当于复合式的富贵黄包餐中的一道，因此我把它们称为贫贱黄包餐。可别看不起它，它也是够吃饱且免费的哦！

我加入的哥大中国法研究会就经常举行这样的贫贱黄包餐，食客都是学生嘛，能不贫贱乎！贫贱的属性还在于有时宣告了比萨，结果却是比萨缺席，把一些奔着比萨来的同志饿得头昏眼花。这样的黄包餐在举行学术活动时进行，通常是邀请一位美国的中国法专家或中国来的访问学者用英文或中文讲几十分钟的中国法，然后回答问题，大家边吃边听边提问，演讲者一点没有被冒犯的感觉。当然，这样的中国法演讲会的主要听众是中国人，不排除食品把大家吸引来的可能吧！我亲眼见到一些洋人，不是我们研究会的成员来参加我们的活动，明显是奔着比萨来的，但谁也不能对此说什么，因为黄包餐活动的本身就包含了食品吸引的因素。尴尬的是，黄包餐有大小之分，有时宣告的黄包餐是小黄包，我们外国人的背景知识不够，以为是法学院的大黄包，结果空着肚子去，有饿得满脸发绿的，有擅自拿另外一个团体的黄包餐食品的。还好，我没有犯过这样的错误。应该说，刚到哥大时，我对免费蛋糕也有一种人之初的热情，是两件事情改变了我：其一，我在外交部工作的在美国待过两年的同学，在我像年轻人一样把“小吃”盛了满满一盆作为一顿饭的时候，他却没有取任何食品，我从他那里学会了怎样当大哥。确实，我的待遇比那些利用机会找免费食品的年轻同胞高得多，我必须让他们。其二，有一次，中国法研究中心举行小黄包供应比萨，结果来的人特别多，每人一块都不够，有的同胞却取了两块，这时我看到有些成熟一些的美国人都没有去取食品，拿出自己的小饼干并且眼中有愤怒。尔后，我就是像郝思嘉一样吃个半饱再去参加这样的活动了。吃得到吃不到我都无所谓。不妨说，贫贱黄包餐不光简单，而且是吊人胃口的。为了显示自己的尊严，我后来就数次不参加这样的活动了。我在《西口闲笔》中已经揭示了西方的这样的历史传统，免费的食品是联络公共感情的手段，不吃是没有同类之爱，吃多了也是贪心毕露，因此，对于这样的食品，要做到介于吃与不吃之间。呵呵，做来可难！

据发给我们的资料统计，哥大法学院在 2002 年的下半年接待了 200 名访问学者，每一个这样的访问学者都有权利吃黄包餐，他们在每周四之前都会从外事办得到明天来吃饭的通知。他们多数是花了买到这样的权利的钱，因为作为访问学者要交所谓的座位费 6000 美元（Bench fee，我作为福布莱特学者被免收了这笔费用和许多其他费用而已）。但举行黄包餐的 Case Lounge 只能容纳 150 人左右，这 200 人外加法学院的 faculty60 人，而且加上“客”和我们外国人难以识别的不速之客（我们只是从餐 Case Lounge 门上经常贴出的“全系聚餐，外人勿扰”的告示知道他们的存在），这个可怜的厅肯定装不下，而且食物也肯定不够。但我们不妨用虚拟的方式与其探讨一下他们全来的可能。在这个问题上，我们看一下哥大法学院对访问学者办公室（哥大法学院的这么多访问学者共用一间大的办公室）用纸“过多”的处理态度就知道了。黄包餐上讲的论文都很长，最长的 90 页，最短的 45

页，放在网上让大家打印。以访问学者数除以每篇文章的页数，用这点纸只能说少了，不能说多了。我一直在想，假设那200个访问学者都来吃黄包餐怎么办？会不会在第二天吃一封申斥电子邮件？

作为外国人的我，初到时不知自己身在异国为客，遂随便找张桌子坐下来吃黄包餐，马上受到了语言问题的困扰，因为美国人的习惯坐下来吃饭时要和旁边的人打招呼并聊几句。这几句我就是熬不过去。后来，我就发现靠门的一桌是专门属于访问学者了。我记着《圣经》的“不要坐宴会的首席”的教导，以后就坐到了这一桌。前面已经讲过，黄包餐由“吃”与“听”两大要素构成，判断两者是否统一了的标志是“笑”，听到人家报告的精妙之处会心而笑的，就是又吃又听，上了层次了。遗憾的是，我们这一桌的老食客，无论是中国人、印度人、乌克兰人、瑞士人、意大利人等，从来都是只吃不笑，一回，见到一意大利同桌发笑，不胜嫉妒，今天才知道，他是住在佛罗伦萨的英国人。看来，美国的学术演讲对于西方国家的人乃至于受英语教育的印度人，都是很难的，因此，我们的光临已经背弃了黄包餐的全面本质，成了 Just for eating（仅仅为了吃）了。

是否该笑的时候就笑，只是区别在场食客是美国人还是外国人的尺度之一，因为即使像我这样的黄皮肤，你也不能断定我不是美国人，因为黄皮肤的美国人多着呢，黑皮肤就不用说了，另一个尺度是每个人取的食品的量。美国人来这里是自己吃自己，因此取食不多，刚好够吃。而外国人，不分国别，往往一取数盘，盛主食的大盘子用来盛水果而不用专门用来盛水果的小盘子，基本的比例是外国人吃一顿相当于美国人吃3顿。这跟到了邻居家胃口特别好的道理是一样的。因此，当你在哥大法学院的Case Lounge看到一个人用大盘子盛水果时，甭试他英语如何，就可以判定他是外国人了。呵呵！

英语总是交际场合的一个问题。今天的黄包餐讲的就是印度的“人法”（Personal law），演讲者明显地把它理解为“个人的法，国家无权插手的法”，这表明她不懂得伊斯兰国家的人身法（Personal status law）的意思，这正是我得意的题目。我想用英语提两个问题：“请给一个你的人法的定义”；“你讲的人法与伊斯兰国家的人身法关系如何？”与其是想听她的回答，不如说是想露一手。但我担心自己的英语她听不懂，闹出笑话，而且，在我近一个学期的黄包餐经历中，没有见过一个访问学者提问，我也就在激烈的内心斗争中放弃了提问的念头。

到过美国的中国学者多有回国宣传自己在美讲过学的，他们八成就是在这样的黄包餐上讲的，老鹤坦率地告诉了我这一点，其他人未必有这个勇气，因为按照我们的文化观念，如果在这样的场合讲学，未免丢人。但我们的价值判断要根据当地的情势：美国的大学教授，无论是在本校还是外校，都是这样做讲座的，只有州长级的人物或波斯纳一级的学者，才有可能以辩论会的形式举办中国式的讲座。哥大法学院的黄包餐上的演讲者，除了该学院自己的教授外，相当比例是美国其他大学来的访问学者呢！他们也没有觉得这种安排有何丢人，说实话，能在大黄包上做演讲，应该是了不得的荣耀呢！因此，昨天我得到久等的路易斯安那 Tulane Law School 发来的在明年我选择的时间为我在该学院安排一场黄包餐的通知，我毫无丢人的感觉，认为是对福布莱特学者的礼遇，更有感觉的是语言问题，因为我在哥大法学院没有见到过带着翻译的演讲者。而我还想按着意大利的老模式，由我念稿作为演讲，提问和回答借助于翻译呢！但愿到明年 4 月，我能产生翻译对我是多余的感觉。呵呵！

2002 年 12 月 12 日一气呵成于吃完本学期的最后一次黄包餐之后

我的大学

我的大学多又多,学习和工作过1个学期以上的大学有西南政法学院、江西大学、中国政法大学、中国社会科学院研究生院、中南政法学院、对外经济贸易大学、罗马第二大学、罗马第一大学、厦门大学、哥伦比亚大学,一共有10所,正好凑成一个整数!然而,我没有学习过一个学期以上的是两度访问过的比萨大学,一直被我列入我的大学的名单,她也是包括上面10所大学在内最古老的,有900多年的历史了。她给我的强烈印象使我把它列入自己的大学。

11所大学一一说得过来?不可能!只能挑最有特色的说。印象最深的是西南政法学院。我从一个小县城来,进大学前连文理科的区别都搞不清楚,西南政法学院让我对大学的知识从零变成了无穷大。当然,这种知识增长的过程十分痛楚,因为我通过小说想象出来的到处洋溢着青草气息的校园与西政百废待兴的凌乱反差太大，但后来我很快喜欢上了这所大学，因为她自由，我不去听课，临考前准备一周她也让我通过，由此我没有过于为课程所累，积累了许多知识；还因为她海纳百川，面向全国大部分省份招生，通过与同学们的交流，我一下子感到自己的眼界开阔起来，连青海的某个旮旯里发生的事都知道。当然，重庆的那股浓浓的人情味令人感怀，那就是超出校园的事情了。

印象第二深刻的大学是中国社会科学院研究生院。一是由于其综合性。进入这所大学前，我一直生活在专门的法律院系中，基本上只跟法律人打交道，这里可是文科的各专业都有，在食堂的饭桌上，我就从其他专业的同学身上学到了许多东西，它们后来都发展成为专业论题的支撑点。二是因为这里的学生的傲慢。自称为翰林院、最高学府，别人是否承认不论，先自己定下来再说。不过，这个学校的毕业生确实有成就的多。

印象第三深刻的大学是意大利的罗马第二大学，她让我看到了最早的大学博洛尼亚大学的影子：师徒关系式的人才培养以及支撑这种关系的严格的等级制度和相应的学术分工制度。她还让我看到了贵族精神与治学和大学管理的关系。她叫我难忘，我从她那里获得的最多。

排在第四叙述，但不能说第四印象深刻（因为要深刻得多）的大学是比萨大学，她有近千年的历史，伽利略、巴图鲁斯、费米等奇才都出于此。她的图书馆是狭小的，狭小到每个教授的办公室都是图书馆的一部分；她的图书馆又是雄伟的，因为欧洲900年来的有关书籍尽被收罗于此，你尽可以在它们中做一只快乐的书虫。我一直梦想到这里来读几个月书，可惜她没有访问学者制度。另外，叫我称奇的是她的教室，尤其是大教室，那完全是精美的艺术品的殿堂。在其中读书，不做贵族很难。古老的大学是威严的，罗马二大才有20多年历史呢！

排在最后叙述，并不见得最次要的大学是哥伦比亚大学，她的毕业生、员工或校友有58人获诺贝尔奖。我只想讲这个学校的三点。

第一，图书馆，她有好几个图书馆，其法律图书馆是世界上第二大的，进去以后你就知道了什么是王者之气。如果说在意大利的图书馆基本上只能看到意大利的或主要欧洲国家的书，这里却能让你看到全世界的书。其罗马法藏书比罗马二大的图书馆多，新的古的，我在意大利都找不到的在这里找到了。其他国家的图书按国别排列，每个国家都有自己的地方。中文书有一席之地，但远远比不上日文书和韩文书。这种藏书格局一说明美国人志在高远，有要把全球思想精华为我用的气概；二说明美国人有钱和工作精神，书买回来靠钱，买回来后编很好的目录、很好地管理它们靠工作精神。在这样的图书馆的电脑目录系统“贝加苏斯”中输入

“诚信”的英文关键词，一下子出来 200 多种书，法文、德文、西班牙文、葡萄牙文、罗马尼亚文、荷兰文的有关著作也能跟着英文的关键词出来，叫我拍案称奇：美国人真是把图书管绝了。

第二，要说说哥大的教室，其中每个座位上都有电源插座和网线接口，所以课堂中有一种电脑键盘的声音回荡，用笔做笔记的学生已经是极少数了。有些不专心的学生就在上课时上网，反正老师看他盯着屏幕以为他在做笔记。教室的墙上有电话，有电视屏幕，依靠后者，老师可将自己讲课的场面摄下来反映其上。在大教室里，每个座位上都有麦克风，扬声器把学生的发言放大到全班都能听清楚。这样的教室跟联合国安理会的会场差不多。学生一毕业就习惯在联合国的讲坛上讲话了。不要说我国的学生还远远享受不到这样的教学设备，连意大利的学生到这一步还远着呢！

第三，说说哥大法学院每周四的“黄包餐”(Brown bag lunch)，也就是全系老师在一起吃饭，同时听一位报告人就一个主题做几十分钟的发言，然后大家提问。真是精神物质双会餐。

与意大利的大学相比，哥大的教学环境是在充分利用现代最先进的物质文明，比萨大学（也许还要加上萨萨里大学和其他意大利的古老大学）则是在充分享受着祖先留下的古典文明，各有其味吧。

转了这么多国内大学，观察出它们有什么共性？有的。第一，无论哪所大学，本校留校的老师都普遍比外校分来调来的老师发展得好。这种现象一反映我国大学普遍存在的“近亲繁殖”现象；二反映了同在一所大学工作的人的发展机会的不平等，因此，每所大学都回荡着“排外”的问题。而这一问题在美国的大学不存在，因为她们早就以制度杜绝了这种现象。第二，我国大学普遍处在“搞饭吃”的层次，要到下一层次才谈得上发展。而欧美的大学已经在鼓足干劲谈发展了，这个差距可不小。欧美的大学并非“不吃饭”，但她们的“饭”是如何既可弄来又不必让系主任当业余的教授的，这是个值得认真研究的问题。

2002 年 9 月 26 日于纽约

三、俄罗斯及塔吉克斯坦闲笔

莫斯科一日

2006年7月1日，星期六，阴有阵雨

早起看日历，发现是中国共产党的75周岁生日。在一个影响了这个党的诞生、决定了其相当长时间的基本路线、后来又与这个党发生长期纠葛的国度过今日，非常特别。看外面的温度计，原来只有11度。温差这么大！今天出门要穿外套了。看完克罗地亚的与会者关于罗马法中的盗窃的论文，增长了我很多这方面的知识。将近12时，退房、存行李出门，先去新圣母修道院。首先看了斯莫棱斯克大教堂，里面有个像灵塔一样的东西，非常美。这里没有什么人，因此可比在克里姆林宫更加安心地欣赏宗教艺术品。在这里我看到了带翅膀的天使画像。然后参观一个宗教画展览，有英文说明，因此我对它们的理解大大增加。原来耶稣的荆冠是用一种非常残酷的方法戴上去的。看到了一幅非常动人的圣母圣婴像。非常的安谧。最后看的是一个兵器馆，其中介绍了一些俄罗斯内外的伟大的统帅。在这个大院里，也有几个墓，但没有我想看的赫鲁晓夫墓，于是问人，这才知道公墓在另一个部分，要出门绕行才能找到。免费进入，跟旅游手册上介绍的不同。在这里遇到了一对中国的年轻人，热心带我去找我感兴趣的名人墓。他们首先讶异于我敢一个人到这样的地方来；其次讶异我对这样的题材感兴趣，因为其他中国人多不具备我的这两个属性。我们首先到了公墓入口，这里有一个停棺台，是亲友们最后告别棺葬的死者的地方。俄罗斯人对于正常死亡者都土葬，只对病故者和肢体有残缺者实施火葬。他们的土地也多得很，看到莫斯科郊外的广袤空地，觉得勃列日涅夫时期就允许大城市人有郊外别墅并不奇怪。我们第一找到了王明墓，他穿着中山装，苏联人给了他本国精英的待遇。发现王明并非如人所说的那样改用俄国名字马马维奇，还是叫王明。不远的地方有他妻子的墓，也用的中国名字孟庆树。两人的墓上都有鲜花，后者的还有糖果，大概是来访的中国人献的。第二来到了漂亮的赫鲁晓夫墓，他微笑的头颅被嵌在黑白相间的石块中，白的略少于黑的，似乎象征的是赫鲁晓夫是有功有过的人物，过比功略多一点。过去以为赫鲁晓夫被葬在这个地方是死后流放，这是文献资料给我的印象。实地考察后觉得不是这样，这个地方的环境比克里姆林宫的红墙下好，而且他在苏联的优秀人物之间。我要是他，就选择这里。我与这个墓合影，表达对这个社会主义国家的第一个改革家的敬意。克里姆林宫红墙下的墓地属于改革对象的设计师，新圣母公墓属于改革的设计师。一个是“堡垒”，另一个是“爆破手”，冰炭岂可同器！正因此理，2007 年 4 月 25 日叶利钦逝世，他也没有去克里姆林宫红墙下，而选择在这里长眠。第三是伊柳辛飞机的总设计师谢尔盖·弗拉基米洛维奇·伊柳辛的墓，墓碑的装饰是他设计的飞机的图案。他的旁边还有图式飞机的总设计师图波列夫的墓，造型类似。第四是一个男妇产科医生别尔斯雅尼诺夫的墓，雕塑是墓主托着一个初生的婴儿。这很类似于林巧稚的纪念雕塑。第五是一个画家的墓，雕塑是墓主在画板上作画。第六是一对夫妻的合葬墓，丈夫先死，所以雕塑是一对鸽子一亡一存，亡者摧矣，存者哀矣。第七是列宁的弟弟墓，死者雕像的头边漫过一条白纱构成装饰。第八是斯大林的妻子斯维特兰娜的墓，她死于自杀。斯大林在她死后十分悲伤。第九是作家列夫·托尔斯泰的墓，十分硕大，中间是墓主的浮雕像，两旁是哀悼的人们。第十是果戈理的墓，雕像是我们在所有介绍他的辞书条目中见到的那个造型，所以我一眼就认出了他。他是一个沙俄时期的人，夹在这一群苏维埃人中显得突兀，大概因为苏维埃人把他当作自己的一员，他才有幸跻身于这个墓地吧！但他是乌克兰人，苏联解体后自然产生了他是属于哪个国家的名人的问题。接下来是一位著名的马戏演员的墓，他的雕像和他的爱犬的雕像在一起。旁边是著名芭蕾舞演员乌兰诺娃的雕像，造型是她在跳芭蕾，用的是白色的石头。最后是三军战士墓，挑选了“二战”中牺牲的陆海空三军各一名士兵入葬，以纪念那场伟大的牺牲。这里还有契诃夫、马雅科夫斯基、卓娅和舒拉的墓，但由于标志系统复杂，一时破译不了，只得放弃。我感到这是我来到莫斯科后最值得看的地方。西方国家的墓地我见过一些，很美，那是宗教的美，彼岸的美，建筑造型都与复活的希望有关。这里也很美，但是世俗的美，没有彼岸，只有对此岸的总结和追忆。每个墓碑都匠心独运，成为艺术学校学生经常的观摩对象。我讶异于苏维埃人对美的追求。

这个公墓及旁边的修道院的名字很有意思。目前的译法是“新圣母”。圣母当然指的是耶稣的母亲玛利亚。正在这里学习的中国人把它译成“新圣女”。这里还是囚禁过彼得大帝的姐姐索菲亚的地方。她发动兵变夺权失败，被其弟弟囚禁于此。并把参与兵变的禁卫军人吊死在修道院的树上。索菲亚出来就见到这些尸体，后来疯了。这是一个伤心的故事。

我还要去普希金造型艺术博物馆，期望在那里看到施里曼黄金，所以我必须离开这个美丽的地方。乘地铁到文化公园站，上来，发现普希金博物馆要在克鲁泡特金站下，尽管如此，本站附近有托尔斯泰博物馆，于是去那里。这是一个有200多年历史的二层木楼。门票200卢布，很贵。要穿上保护性的套鞋才能进去。里面是各种用途的房间：列夫·托尔斯泰夫妇的，他们的孩子们的。餐厅接待过很多文化名人，两架巨大的钢琴给我印象深刻，用列宁的话来说，这是一个“富裕的、文明的家庭”。托尔斯泰一家在这里住过十几年，是《复活》的诞生地。好处是有英文说明。我匆匆离开这里往下一个目标，但在换乘地铁时发生“迷航”，耽误了半个多小时，发现去一个景点时间不够用了，现在回旅馆又稍微有点早，最后做了一个保守的选择，慢慢地回旅馆，路上吃些东西。我在地铁中的摄影行为被警察的干预打断，我模糊听懂他说在地铁里不许照相。我的护照自然受到其检查。我在6时差一刻的时候回到旅馆，诺维斯基正等在这里。我问自己是否是最后离开的人，他说今天是，但明天还有一对比利时夫妇离开。他对赫鲁晓夫与中国的因缘不大清楚——他没有去过新圣母公墓——以为我去凭吊他是因为他当政时两国关系很好，实际的情形相反。

6时，他打电话召来一辆所谓的出租车——之所以这样说，乃因为它没有出租车的标志——车主名安德烈，显然是诺维斯基的朋友，出来赚一点外快。老诺为我谈好价钱，送到机场750卢布，我点头同意，要求一张发票，传译过去，司机表示一点问题都没有。于是我与诺维斯基拥抱告别，他和他妻子感谢我送的提线木偶，希望我再来莫斯科，我则希望他去中国。我们出发，经过奥林匹克体育场，司机让我照相。莫斯科的建筑不高，所以 20 世纪 50 年代的几栋斯大林式建筑还是鹤立鸡群。现在莫斯科对我而言已经是一座平凡的城市了，对她有了批评的眼光。不知不觉我睡着了，醒来发现自己在一栋居民楼前，我怀疑自己上了黑车，被拉到一个偏僻地方“做掉”。车总是走这样的地方，不过慢慢地间杂有乡村。我捏着拳头做好了搏斗的准备，但掂量自己不是这个安德烈的对手。渐渐地，我明白了，他是为了省高速公路费走村路，这样也好，让我看到了莫斯科地毯的背面。45 分钟后，看到了谢烈杰沃 2 号机场的屋顶。司机停下车来，写发票，接受我的支付，少找我 10 卢布，把手中全部的 100 卢布一张的钱洗成扑克牌状，说明没有 10 卢布的钞票了，我只得作罢。

先把行李过 X 光进机场。我到得太早，到北京的俄航航班要 1 小时后才能办票。只得等待。在商店里为妻子买了一点礼物，为自己买了一部俄文的袖珍本《圣经》，手里的 1600 卢布闲钱就只剩下 60 卢布了。办票后，托运了行李，然后排队过边境检查，队伍移动得非常缓慢，但也没有王蒙描写的 2004 年的一个人 4 分钟那样慢。看王蒙的《苏联祭》里描写的以铜圈装饰的天花板，发现多数铜圈上积满了灰尘，感到很可怕。事实上，我没有在任何旅馆见过王蒙描写过的葵花盘大的莲蓬头，使用的是在中国可归入最简陋等级的莲蓬头，王蒙忘了他是作为贵宾享受到这样大型的莲蓬头的。我在莫斯科尚且有这样的莲蓬头可用，一些意大利同事要从洗脸盆里撩水洗澡呢！我有的电扇他们也没有。我开玩笑说今年是俄罗斯的中国年，所以我受到照顾。王蒙描写过的，2000 年我在俄罗斯也见过的那种哑铃般结实的公用电话已不复存在，所有的这种电话是在西方国家也能见到的那种轻便型电话。俄国在变，许多方面变得更好，但问题仍然存在。过边检时，我把护照连同那张盖有我住过的所有旅馆以及旅馆所在地的警察局的章的移民卡递上去，很快过去。在塔吉克斯坦，我们中国人最后过边检遇到麻烦，就是没有把这张纸交给旅馆以及旅馆所在地的警察局盖章，现在看来人家并非为难我们。问题在于这种警察国家式的盖章是仅仅存在于俄国或其前殖民地的制度，在其他国家不用，所以通常人们不知道。这样来看，问题仍然在俄国人方面。不过，我高兴自己在这里没有被强迫交机场费。

过了边检，进入候机大厅，这里充满了商店，奇怪的是，这里的商品除了面巾纸和药，通通用欧元或美元标价，而且价格比外面飙升许多倍。我庆幸自己在外面已把 1600 卢布的余款基本花掉了，不然带进来，就花不掉了，带回中国有何用哉！商店太多，候机没有地方了，往中国、法国、瑞士 3 个方向的乘客排队过安检——与中国的顺序倒过来，又是排队！缓慢地向前移动，在俄国乘国际航班，一定要很早到机场。幸亏排队的时候有世界杯看，屏幕上正在上演点球大战，球迷不时发出惊呼。安检要脱鞋，穿上临时的塑料袜子，并不刁难人。过了这关就是登机了，又是排队。从进机场到登机，至少要排 3 次队。前面的人移动起来，我跟着移进了俄国的波音飞机，我要离开这个国家了，这是一个我从童年就开始梦想的地方，现在它成了一个平常的地方，我看到了它的不足，更重要的是，我看到了她的美，人民的创造力和为中国曾经做出的牺牲。

吃了丰盛的晚饭后，我饮下最后的一点 70 度琅琊台烈酒，然后沉沉睡去。一觉睡到了中国——一个曾经以俄为师的国家。

乌丝塔洛娃教授的中国情

2008 年 10 月 24~30 日，我到俄罗斯的沃罗涅日市参加了“罗马法与现代：权利的保护与诉讼制度”国际研讨会，偶遇乌丝塔洛娃教授。

到达沃罗涅日当天的晚宴在斯巴达克斯剧院举行。剧院处在列宁广场，也是社会主义名字。列宁的雕像挺立在广场上，无论寒暑明暗都如此，十分辛苦，看来当代俄国并无完全与过去告别的意愿。上来就是一个大的肉冷盘，然后是土豆泥和鱼，最后是甜食和咖啡，要食量大才行。科凡诺夫担任席长，一一指定某人致辞，要求 3 分钟以上。我讲了自己的 3 次俄国行，从俄国同事身上得到的学习。后来又自发讲一个段子：误认梅德韦杰夫为罗马法老师后来发现错了的经历，科凡诺夫告诉我未错，梅德韦杰夫真的教过 5 年罗马法，而且是他的罗马法中心圣彼得堡分中心的 3 大创始人之一。一个资深女老师阿萨·弗拉基米诺夫娜·乌丝塔洛娃教授致辞，谈到她在莫斯科大学时学习的中国同学聪明努力，经常把某一日变成中国日——因为那天上某门课的中国学生特别多——我走十几步过去和她碰杯，后来科凡诺夫说此举极佳，这在中国是正常反应。乌丝塔洛娃也很感动，问我哪天发言，得知是 29 日后，她算了一番，说要来听。大家以为是诳语，因为从沃罗涅日大学到会议举行的捷尔仁斯基疗养院，有 25 公里之遥。而且老人家年事已高，精力够用吗？

29 日上午我第二个发言。我已忘了乌丝塔洛娃的承诺。快讲完时，我看到了端坐在会场上的乌丝塔洛娃，她真是守信。休息时，她给我看一些照片。首先是一位姓钱的中国男同学的照片，很帅。其次是她自己年轻时的照片，有在参加星期六义务劳动时照的，有在海滨休假时照的。她强调自己年轻时很美，的确如此。我把她的照片翻拍，希望找到它所属的人，同时翻拍了一些她的照片。一个女人保留一个男人的照片是奇怪的，问是否曾是其男友，答曰不是，但钱似乎追求过她。两人求学的时间是 1955~1959 年莫斯科大学法律系，这样，寻找的范围就很小了，找到合适的询问对象，照片的属主很快就可找到。明年是他们毕业 50 周年，她希望找到这些人重聚。体验这个中俄友好故事，很感动。两国交恶的时间，她保存这些照片当很不容易。与这位老前辈合影，她挺讲究的，一定要涂好口红才照。

对于两国曾有过的蜜月，双方都讳莫如深，缄口不谈，以免卷入难解的恩怨是非。总之，在中俄交往上，我们是忘掉过去，面向未来的。但有一个例外，那就是乌丝塔洛娃，她记得她的中国同学，他们聪明、勤奋，给她留下好印象。这种印象一保留就是50年，她真是一个重情意的人。我希望帮她找到照片的主人钱，一个当年的帅小伙。法学界的圈子不大，留苏的法律人也就那么多，完成这个任务，应该不难吧！

沃罗涅日处在顿河之滨，这是俄国的黑土带，一米多深的黑土掘开，像煤一样黑，它保障了本地每年的好收成。这里是哥萨克之地，格里高里和阿克西尼娅曾在这里谈情。中国诗人袁水拍曾讴歌过这里的向日葵。这里又称俄国的红色地带，是社会主义革命之火烧得很旺的地方。卫国战争爆发，这里是苏联顶住德国法西斯第一波猛攻和以后的持续的猛攻的地方，在这里的静静的顿河下游200多公里，就是血战过的伏尔加格勒。总之，在这块土地上既展示过恨，也展示过爱，只有爱能保留下来，让恨随风而去。乌丝塔洛娃的这份中国情体现了这片土地的性格，这是顿河的性格，也是俄国黑土的性格。看来，对于我在俄国遭遇的温情和不快，我也只能牢记前者，忘掉后者了。

但愿姓钱的那位前辈或其门生家人能看到本文！老人家当记起阿萨·弗拉基米诺夫娜·乌丝塔洛娃这个温馨的名字以及一段温暖的经历。

俄罗斯及塔吉克斯坦机场受敲诈记

2000 年秋，我第一次访问俄罗斯，到目前为止，访问这里 8 次，超出了许多俄语人士的频度。访问塔吉克斯坦 2 次。在这些访问中，我享受了学术交流的快乐，也承受了 3 次受警察或非警察敲诈的痛苦。记下来，提醒俄罗斯及塔吉克斯坦改进工作，同胞们小心避免。先从 2008 年 10 月 30 日在沃罗涅日受警察敲诈写起。

一、沃罗涅日机场受警察敲诈记

4 时起床，洗漱吃饭。5 时 45 分准时出门，申索夫教授等在门外。尽管螺旋桨式飞机起飞时的巨大轰鸣声天天听到，机场却不是想象的那么近。办完票后，我就要他回去了，后来证明这是一个错误，因为在办理安全检查时我遇到了麻烦，这个无良的警察要看移民卡，我此番坐的是国内航班，他不该查这个的。把我撂到一边，等其他人走完后，通过一个自愿的翻译告诉我，他发现我的入境卡上写的入境日期是 24 日，沃罗涅日警察局办的居留登记文件的办理时间是另一个日期。两者不一致要罚 2000 卢布。我要求发票，他说当然可以给。然后把我带到厕所附近，用蹩脚的英语说我们私了，给 1000 卢布走人，没有发票。我想扛下去，他说登机口要关门了。我只得给他 1000 卢布了事。我一脸轻蔑，看不起这个人和他所属的国家。作为一个国家，俄国是这么糟，像涅克拉索夫说的那样“谁在俄罗斯能过好日子？”我担心在莫斯科的机场遇到同样的问题，想不到这里比 3 年前大有改进，不仅不用排队了，而且边检程序也大有改进。善良的女警察连我的移民卡都未看就让我过去了。沃罗涅日大学的老师把这个移民卡交给我时说它非常非常重要，当时我完全同意。3 年前的莫斯科会议上，保加利亚学者科斯托娃因为找不到这个文件非常惧怕。2 年前，我在塔吉克斯坦一度面临不能出境的困境，也是因为没有办这个卡。现在，它变得不重要，甚至让我拿回中国了，只能作为无良警察敲诈外国人的借口了，看来俄罗斯在出入境问题上也在进步呢！

暑假开俄罗斯法学研讨会，黑龙江大学长期留俄的刘老师讲起俄国领导人坦承现代俄国的警察制度与沙皇时期的相应制度一脉相承：那就是国家只给警察发半薪，另一半薪水由警察自己从人民身上去找，他在俄国期间经常成为警察的捕食对象，进了局子，熟练到自己一头钻进铁笼等待收罚款了。未带护照的外国人最经常地成为俄国警察的生计来源。听到这些，我曾感到与我相距遥远，而今天，我就与这种警察面对面了，领教了俄罗斯的法治！我并不认为我的国家多么好，但比起俄罗斯来，我还是觉得好得多。我未听说过外国人在现在的中国受公务员的敲诈。

我想到，历史上一度对外国人采取自然敌对论，对于外国人，只要未成为我们的朋友的，都是天然的敌人，因此可以侵犯他们。在罗马公有制条件下，从外国人身上攫取的财产是真正的私有财产。俄罗斯和中国都采取过对外国人就同样的商品和服务加倍收费的做法，就是在实行自然敌对论，因为这样不文明，两国都先后放弃这种行为。但中国放弃得更彻底，俄国未完全放弃，这让我有理由把它看作一定意义上的“野蛮”国家。对外国人是否采取掠夺态度，是衡量一个国家是野蛮还是文明的尺度。

当我逃出俄国的“敌对状态”，登上芬兰的飞机，看到乘务员亲切的笑脸和听到他们温良的 Hello 时，我有一种回家的感觉。这个我两度光临的国家以及其他西方国家，对外国人体贴入微，殚精竭虑地要让他们感到舒适温暖，由于这种品质，它们无愧于文明国家的名号。我赞成“流氓”国家的提法，可用来描述恶待外国人的国家以及没有采取严厉的法律措施保障行人在斑马线上的安全的国家，对于这样的国家可采取一些制裁措施，例如，剥夺其公民取得诺贝尔奖的资格。我也认为，俄罗斯冬奥会的东道国的资格要重新审查。如果俄罗斯真的想举办冬奥会，建议整顿其全部警察，给他们发全薪，让他们无必要打野食，并对他们进行必要的文明礼貌教育。他们头戴的大圆盘帽与历史上的太多丑陋事件相联系，为了表示洗心革面，建立一种全新的警察制度，不妨把这种帽子改一改甚至完全更换他们现在的制服。这是一个希望中俄是真朋友的人对俄国的一点希望。

二、杜尚别机场受敲诈记

2005 年 10 月 23 日和 2011 年 10 月 15 日，我两次在杜尚别受到警察和非警察的敲诈，两次大同小异，所以，这里只记载第一次敲诈。

21 时 30 分，我们中国与会者开始办登机手续。首先交运行李，填报关单，申明带了 600 美元，2 次被要求拿出来点给官员看。他们许多人抽烟，空气中弥漫着难闻的气味。不会讲英语，交流困难。托运行李后，又被要求自己去认领。未经我同意，就把我的箱子松松地捆了几道透明胶，然后要美元——“Dollar”这个字他们还是能说的——好像是要5个，我把懂俄语的小宋叫来翻译，要求改成了4个苏莫尼，把钱包里的5个苏莫尼中的多数给了他们。还要求为小宋等捆行李，被拒绝了，而我被敲诈了。小宋建议在这样的场合就要表露出听不懂，什么都不知道，他们拿你也没有办法。接下来的麻烦发生在边境检查，首先是费老师的护照上没有盖邀请单位的章或警察局的手续。费老师态度强硬，摔出邀请者马赫姆多夫议员的名片，与小宋通过了。他们是因私护照持有者。哈老师是因公护照，又不让过，问题在于没有办理落地签或警察局的手续，要靠邀请单位解决。这个时候机票贩子小楚来了，他说这种事情过去就是把人扣下来，现在则是给10~20美元解决。我们气坏了。到过许多国家，都是管进不管出，没见过这么折腾人的。费老师掏出电话拨号找当地人，这时候警察软了，招呼我们放行，很不耐烦地把护照扔给我，脸上一副折腾人的坏笑。我们终于都通过了这个可怕的关口，这个国家在一周的时间里带给我们的一点温馨被它抵消得差不多了。

登上自己国家的飞机，这次乘客的素质确实高些，没有看到最丑陋的行李仓，人群中有不少知识分子模样的。在当地时间2时，也就是应该到达乌鲁木齐的时间，我们的飞机起飞，整整晚点2个多小时。从广播得知，从杜尚别到乌鲁木齐的距离是1700多公里，飞行时间2小时20分，算一下，我很有希望转乘上 8 时 40 分去上海的飞机。

我们终于离开杜尚别了，可以得到确定性和可预见性了。不用跟票贩子和谎言打交道了。